Carlos Alberto Montaner

La mujer del coronel

La violencia, el deseo, la soledad y el erotismo
suelen provocar desenlaces inesperados

Carlos Alberto Montaner nació en La Habana. Vive en Madrid desde 1970. Escritor, periodista, profesor, conferencista, ha publicado veinticinco libros y miles de artículos y ensayos en numerosos diarios de España, Estados Unidos y América Latina. Ésta es su tercera novela. Las dos anteriores se titularon *Perromundo* y *1898: La Trama*. Entre sus obras más conocidas y traducidas están *Manual del perfecto idiota latinoamericano*, *El regreso del idiota* (ambas escritas junto a Álvaro Vargas Llosa y Plinio Apuleyo Mendoza), *La libertad y sus enemigos*, *Las raíces torcidas de América Latina*, *Las columnas de la libertad*, *Los latinoamericanos y la cultura occidental* y *Sin ir más lejos*.

Contemporánea

Carlos Alberto Montaner

La mujer del coronel

La violencia, el deseo, la soledad y el erotismo
suelen provocar desenlaces inesperados

DEBOLS!LLO

Penguin
Random House
Grupo Editorial

Primera edición: abril de 2021

Adaptación del diseño de cubierta de Sebastian Bellver: Penguin Random House Grupo Editorial

Impreso en Estados Unidos / *Printed in USA*

ISBN: 978-1-64473-365-3

21 22 23 24   10 9 8 7 6 5 4 3 2 1

"A Linda, medio siglo después"

I

Soy Eduardo Berti y nunca pensé que el destino me deparara la incómoda tarea de llevarle a Arturo el sobre amarillo. Traté de que me relevaran de esa desagradable responsabilidad, pero no tuve éxito. La vida está llena de inesperadas paradojas. Le expliqué al general Bermúdez que Arturo y yo nos conocíamos desde la adolescencia, lo que le agregaba sal a la herida, pero fue inútil. Alegué que su esposa, Nuria, la bella Nuria, era también mi amiga, y que los tres habíamos estudiado en la misma escuela. No me hizo caso. Pareció no escucharme, o no le dio la menor importancia a mis argumentos. "El coronel Arturo Gómez –me dijo–, es un soldado duro, fogueado y herido en cien batallas, un héroe de la Revolución, y sabrá enfrentarse a esta calamidad como un verdadero hombre". Y luego agregó: "Ser engañado por la esposa no envilece a nadie, salvo a la adúltera". Esto lo dijo ensayando un gesto grave, teatral, como el de quien conoce las claves profundas de la vida y proclama una verdad definitiva. Hizo una pausa, me miró fijamente a los ojos y remató la frase con un énfasis probablemente exagerado: "Pero sólo si el agraviado interrumpe inmediatamente el vínculo que los une". Hizo un gesto en demanda de aprobación. Sonreí e incliné la cabeza cortésmente, para que no adivinara que todo aquello, francamente, me parecía ridículo.

El "sobre amarillo", que entonces asociábamos a "Cartas amarillas", una melancólica canción de Nino Bravo, era como popularmente se denominaba la rutinaria notificación con que el Ejército y el Partido les comunicaban a ciertos oficiales entregados a misiones internacionalistas que su esposa les había sido infiel. El porqué utilizaban un sobre amarillo, o más bien color "manila", era algo que jamás pregunté y nadie me explicó, pero supongo que el color amarillo se ha asociado a la cobardía tradicionalmente, o acaso (no lo sé) era una forma elemental de no confundir la correspondencia en un tema tan absolutamente delicado. No obstante, el origen del color del sobre me resultaba menos enigmático que la obvia pregunta de porqué las autoridades del país se sentían autorizadas para inmiscuirse en la vida privada de las personas penetrando en sus secretos de entrepierna.

Siendo yo mismo las dos cosas —militar y comunista—, aunque sólo hubiese alcanzado el grado de capitán y mi militancia partidista fuera más pasiva que entusiasta, nunca me atreví a indagar sobre las razones de esa intromisión en la intimidad familiar, pero supongo que tenían que ver con la imagen colectiva de la Revolución. Un buen revolucionario es un hombre sin tacha, dotado de una moral superior y aceptar ser un cornudo, tras saberlo, era una deshonra que empañaba la conciencia política del conjunto de los camaradas, aunque ese severo juicio moral no incluía el adulterio masculino, que se aceptaba de buen grado y, de alguna manera, potenciaba la percepción del varón. "El espíritu de cuerpo —como solían decir con un juego de palabras un tanto pueril en los cursillos de formación ideológica— se defiende manteniendo saludable el cuerpo del espíritu".

Me parecía exagerado que me enviasen desde La Habana a Angola con el único objetivo de entregarle a Arturo el sobre amarillo, pero Bermúdez, en un tono confidencial, me explicó los otros motivos ocultos de mi misión. Extraoficialmente, además de entregarle el sobre con la mayor discreción, yo debía convencer a Arturo de que se divorciara de Nuria sin escándalos ni violencia, para evitar un incidente como el del ex embajador Manolo Hernández, quien mató de un tiro en la espalda al amante de su mujer tras recibir la fatal notificación, liquidando, de paso, su brillante carrera política. Además, con el gesto ambiguo con que se dicen estas cosas, dando a entender que algo sabía del tema, debía advertirle que Raúl Castro, el ministro de Defensa, estaba considerando seriamente ascenderlo a general, de manera que sería una pena tremenda que un percance como éste, provocado por la liviandad de una mujer sin corazón, o con demasiado corazón, arruinara su futuro y perjudicara los planes extraordinarios que la Revolución tenía con él.

Pero todavía había más. Tras esa labor, a mitad de camino entre la asistencia psicológica y la intriga burocrática, se suponía que debía acompañar a Arturo de regreso a La Habana para que disolviera su matrimonio, dándole refuerzo emocional si lo necesitaba, y disuadiéndolo con mi compañía para que no se le ocurriera desertar en la escala que hacía el avión en Lisboa, dado que un hombre humillado por la infidelidad de su mujer podía llegar a pensar que la mejor solución a su infortunio era escapar para no tener que enfrentarse a la vergüenza del adulterio y los comentarios maliciosos de sus compañeros de armas. No se trataba, en este caso, de que Bermúdez o el alto mando desconfiaran de las convicciones políticas de Arturo, demostradas con creces en diversos momentos de su vida, sino que un hombre despechado y golpeado en su amor propio era capaz de cualquier locura.

Este último temor no provenía exactamente de Bermúdez, sino del casi desconocido equipo de psicólogos de la Seguridad del Estado que monitorean constantemente el comportamiento de los oficiales de alta graduación de las Fuerzas Armadas. El arrojo, la valentía en combate de Arturo y su audacia ilimitada no sólo revelaban la psiquis de un soldado perfecto, sino, también, la de una persona impulsiva que no meditaba demasiado las consecuencias de sus actos. Era verdad que lo habían condecorado por haberse enfrentado en la selva a un comando de seis hombres del ejército sudafricano, al que exterminó literalmente con sus manos (al último lo mató en un enfrentamiento a cuchillo que le dejó una leve cicatriz en la cara), pero el suyo era un valor salvaje, mezclado con una dosis grave de temeridad.

Mientras Bermúdez me describía el diagnóstico de los psicólogos de la Seguridad del Estado no pude menos que recordar al Arturo adolescente, ágil y musculoso, con el que compartí varias clases en el Instituto del Vedado, y con el que llegué a tener cierta genuina amistad. Era verdad que se trataba de una persona irreflexivamente agresiva que disfrutaba retando a pelear a los compañeros más altos y más fuertes, a los que solía derrotar con facilidad porque se había adiestrado en artes marciales. Entonces, uno de sus pasatiempos favoritos era detener las guaguas en la Calle 23 para insultar a los chóferes, feroces *guagüeros* generalmente armados con palos, a los que invitaba a pelear y a los que casi siempre lograba vencer en medio de un coro de compañeros que lo arengábamos al grito salvaje de "mátalo, Arturo, mátalo".

¿Por qué lo hacía? No era que estuviese dispuesto a pelear si era amenazado –algo que se esperaba de cualquier joven dentro de los rigurosos códigos de nuestra cultura–, sino que gratuitamente buscaba pleitos peligrosos sin necesidad, por el mero hecho de alimentar su autoestima. Es curioso que en aquella época nadie en el grupo se preguntara las razones ocultas de ese comportamiento, pero me sospecho que con su conducta despertaba la admiración del resto de sus compañeros, y, acaso, más aún de las muchachas, que veían en él a un atleta valiente y apuesto, capaz de liarse a trompadas o de tocar la guitarra y cantar medianamente bien, al que los demás jóvenes temían y envidiaban. Era lo que en inglés –que entonces estudiábamos sin entusiasmo– llamaban un *bully* y en cubano calificábamos de *guapo*. A Arturo le gustaba mucho desempeñar el papel del guapo, y con ese talante fue forjándose una identidad que suscitaba admiración y miedo al mismo tiempo, sentimientos con los que reforzaba los rasgos más acusados de su propio carácter.

Tal vez (nunca lo supe) fue eso lo que enamoró a Nuria. A los quince años, sacudidas por las hormonas y controladas por los genes (esos interesados buscadores de estabilidad), no hay nada más atractivo para las hembras que un varón viril y atlético, con un rostro agradable, que transmita la imagen subliminal de ser un buen protector. Arturo tenía todos esos atributos, y ni siquiera era un tipo vulgar o estúpido, pues, curiosamente, era un buen estudiante, dotado de una notable cabeza para las matemáticas, diestro en la guitarra y el ajedrez. Nuria, por su parte, era una muchacha preciosa: alta, delgada, de cabellos negros, trigueña, risueña, llena de imaginación, de senos pequeños y caderas amplias; nada vulgar, que disfrutaba de la literatura, el cine y la música, probablemente muy bien dotada para convertirse en una cantante profesional o en una actriz si se lo hubiera propuesto, aunque ya entonces aseguraba interesarse por la psicología. A mí me gustaba, como a casi todos los muchachos del grupo, y la suerte me concedió tres oportunidades de manifestárselo. Una fue mientras bailábamos en *La Red*, una especie de oscura discoteca, pequeña y sensual, a la que los estudiantes acudíamos cuando nos escapábamos de clases; otra, la tarde en que nos quedamos solos en el laboratorio de química; pero acaso la más inolvidable y rara transcurrió mientras paseábamos en carro acompañados por un amigo común.

Primero ocurrió el episodio del baile. Habíamos acudido en tromba al bar de moda para escapar de la espantosa clase de trigonometría. En la vitrola, una cantante americana entonaba una balada triste sobre una muchacha enamorada que no era correspondida. *La Red* era un sitio deliberadamente en penumbras, impregnado de un fuerte olor a cigarrillo y a güisqui adulterado, que incitaba a la intimidad y al manoseo de las parejas. Invité a Nuria a bailar. Casi de inmediato sentí sus dos pechos firmes clavados contra mi torso, lo que me resultó excitante. Incluso, no tuve dudas de que ése había sido su propósito cuando permitió que la abrazase fuertemente mientras bailábamos: desafiarme con el contacto punzante de sus senos. A los pocos segundos, fue ella la que seguramente percibió mi pene erecto sobre su vientre, resultado previsible de su provocación. Nos miramos con cierta picardía, pero sin decir nada. Había sido un silencioso cruce de espadas entre dos pezones agresivos y un pene rígido. Nada más. Otro compañero bailó con ella la pieza siguiente.

A los pocos días ocurrió el encuentro en el laboratorio de química. Yo sabía a la hora que Nuria solía acudir para hacer sus prácticas y fingí sorprenderme cuando la encontré. El pequeño recinto estaba vacío. Había meditado mil veces cómo le iba a decir que me había enamorado de ella, o que me gustaba intensamente, pero las cosas sucedieron de otro modo. Le tomé las manos, nos miramos, y, sin decirnos una palabra, nos besamos. Enseguida fue subiendo la temperatura. Le acaricié los senos por encima de su vestido. La mordisqueé en la nuca y le guié su mano hasta mi pene. Mis dedos no tardaron en posarse en su sexo. "Con cuidado, Eduardo –me dijo–, soy virgen" así que me limité a acariciar suavemente su clítoris y los labios de su vagina empapada mientras ella, a su vez, me masturbaba. Felizmente, no escuchamos los pasos de otros estudiantes hasta unos minutos después de ambos haber disfrutado. Nadie, supongo, notó que el laboratorio de química había sido utilizado para otra clase de experimentos más próximos a la biología.

Nuestra tercera y última experiencia sexual fue la más extraña, y, si se quiere, la más elaborada. Viajábamos de noche en un carro viejo en dirección al Instituto. Manejaba Víctor, un compañero burgués –entonces no usábamos esa palabra– que poseía, no sé cómo, un bello y medio des-

tartalado Ford convertible de 1957. Los tres íbamos senta-
dos delante, con Nuria en el medio, quien vestía una "falda
de campana", ancha y cómoda, seguramente de un algodón
insinuante. El muslo de Nuria y el mío no sólo se rozaban:
se apretaban deliberadamente. Yo estimé que eso era una
invitación a que la acariciara, y me atreví a deslizar discretamente mi mano derecha bajo su falda, entre sus piernas,
que se abrieron ligeramente, mientras mi brazo izquierdo
reposaba sobre sus hombros. Víctor, obviamente, notó el
movimiento −me lo confirmaría luego−, pero continuó
mirando al frente mientras manejaba, como si nada ocurriera, y los tres dejamos de hablar mientras mi mano nerviosa se abría paso hacia el sexo de Nuria, levantando
hábilmente el borde de su *bloomer* hasta que pude acari-
ciarla suave y rítmicamente. Han pasado muchos años y
aún recuerdo vivamente la extraordinaria humedad de su
vagina y sus jadeos contenidos. Entonces no me daba
cuenta −apenas teníamos quince o dieciséis años−, pero
hoy estoy seguro de que la presencia de Víctor, aunque
simulara no saber lo que estaba sucediendo a su lado,
aumentaba el nivel de excitación de Nuria al multiplicar la
intensidad de la transgresión. Sin advertirlo, y de manera
imprevista, habíamos inaugurado una versión adolescente
del *ménage à trois*.

Desgraciadamente, esos furtivos contactos con Nuria
no sirvieron para trenzar un lazo duradero entre nosotros.
Una semana después del memorable paseo en carro, mientras estaba sentado en el parque a la espera de entrar a clase,
la vi aproximarse sonriente y feliz junto a Arturo, que la
tenía abrazada por el talle, con el gesto indudable de una
pareja de novios recién enamorados. Ambos me saludaron

muy amablemente, y ella, incluso, me dio un beso fraternal en la mejilla con la actitud inocente de quien deseaba transmitirme un mensaje inequívoco: "entre nosotros no pasó absolutamente nada que nos comprometiera". Fue entonces cuando caí en la cuenta de que, en efecto, nos habíamos acariciado y besado ardientemente, pero sin hablar jamás del carácter de nuestras relaciones. Nunca las definimos, no establecimos los límites de nuestro compromiso y no hablamos de nosotros como pareja. Haber puesto en contacto nuestras lenguas y habernos sobado placenteramente los genitales no eran elementos suficientes para anudar nuestras vidas. Creo que fue la primera vez que comencé a intuir que las palabras, para las mujeres, significan mucho más que los orgasmos.

II

El viaje del capitán Eduardo Berti a Angola duró una eternidad y en las precarias condiciones habituales de los aviones rusos de trasporte militar: catorce interminables horas incrustado en un potro de tortura carente del menor síntoma de confort. Seguramente sus compañeros de vuelo (cincuenta y dos oficiales, soldados y personal médico de reemplazo, incluida una joven cirujana que no cesaba de hacer comentarios políticos irreverentes en un gracioso tono humorístico) observaron que las veces que se levantó a orinar lo hizo con el maletín en la mano, pero ésa era una medida de seguridad a la que todos estaban acostumbrados. Sin embargo, las molestias ni siquiera terminaron con el aterrizaje atropellado y saltarín en una pista cariada por el sol y por la lluvia inclemente del trópico. Tras la llegada a Luanda, la antes bella capital de Angola, convertida en un amasijo polvoriento de casas y calles dilapidadas, devastada por la guerra civil y por la incuria de los gobernantes, Eduardo debió esperar tres horas en el destartalado aeropuerto para poder trasladarse en una pequeña avioneta a Cabinda, donde el coronel Arturo Gómez había instalado su cuartel general en los predios de un viejo complejo colonial que los portugueses ya habían utilizado como capitanía general de la región.

El coronel Arturo Gómez sintió cierta alegría cuando el clavista le colocó sobre la mesa la nota en la que el general Bermúdez le notificaba la próxima visita del capitán Eduardo Berti, portador de un mensaje confidencial. No veía a Eddy —así lo llamaban todos en el Instituto— desde hacía muchos años, cuando ambos tomaban un curso para oficiales en la Academia Frunze de la URSS, de donde Eddy había sido expulsado, o acaso obligado a regresar a Cuba precipitadamente, en el momento en que la KGB lo filmó haciéndole el amor a una hermosa ucraniana que, a su vez, tenía relaciones con un sospechoso agregado de prensa de la embajada española en Moscú. La investigación no reveló ningún vestigio de traición en la conducta del cubano, pero sí una irresponsable propensión a dejarse llevar por sus impulsos hormonales. Tras ese episodio, la carrera militar de Eddy se vio truncada, y si no lo licenciaron del Ejército fue porque era una persona culta, capaz de escribir con talento —destreza muy valorada en esos áridos parajes castrenses—, así que lo confinaron al Estado Mayor en La Habana donde debía entrevistar a los veteranos de la Sierra Maestra para organizarles sus memorias, mientras constantemente le encargaban la redacción de artículos y conferencias que luego en las fechas de la patria pronunciaban los Comandantes históricos o los generales, o donde le asignaban tareas delicadas para las que era más importante el buen trato y la sutileza que el rango.

Arturo no sabía exactamente qué asunto Eduardo debía tratar con él, pero suponía que alguna relación podía tener con una secreta investigación que llevaba a cargo la jefatura cubana (precisamente a cargo del general Bermúdez) con ciertas actividades delictivas en las que estaban involucrados diversos oficiales de alta graduación. Se hablaba de contrabando de diamantes y marfiles, a lo que se agregaban comisiones ilícitas obtenidas con la complicidad de funcionarios angolanos en el sobreprecio de los alimentos y los insumos destinados a abastecer a las tropas. Se murmuraba, también, sobre supuestas bacanales –con cocaína incluida, en las que habían intervenido un par de coroneles cubanos de Tropas Especiales junto a muchachas angoleñas menores de edad–, violación de las reglas que había merecido una secreta carta de protesta de las autoridades de Luanda. Afortunadamente para él, nada de eso ocurría en Cabinda –una provincia situada en la frontera norte, junto a Zaire, artificialmente incorporada a Angola y disputada por fuerzas independentistas de tres tribus adversarias–, en la que apenas se advertía la guerra civil que había llevado al país a cincuenta mil soldados cubanos para apuntalar a la facción prosoviética del MPLA.

Arturo acudió al aeropuerto con cierta alegría a esperar a su amigo Eddy, aunque tal vez era una hipérbole llamarlo aeropuerto. Se trataba de una pista bien cuidada, con una torre de control recién pintada, tres viejos hangares de regular tamaño y una zona de aparcamiento en la que se confundían los helicópteros militares y las aeronaves averiadas. Lo aguardó al pie de la escalerilla, a pocos metros de su carro, un viejo Jeep dejado por los portugueses, y tan pronto Eduardo descendió ambos se fundieron en un abrazo sincero mezclado con palmadas y palabrotas:

–¡Carajo! Casi diez años sin vernos y te mantienes igual –mintió Arturo con jovialidad tras comprobar rápidamente el cabello en retirada de Eduardo y la franja canosa que le circunvalaba la cabeza. Continuaba, sin embargo, delgado, como cuando jugaba baloncesto.

–Y tú, coño, pareces más joven todavía –exageró Eduardo tras observar que la cicatriz de la cara ya apenas era un hilo borroso–. Aquí debe haber un aguardiente maravilloso o los angoleños tienen el secreto de la eterna juventud.

–Las angoleñas, las angoleñas –rió Arturo maliciosamente.

El corto viaje a los predios de Arturo se hizo aún más breve con el rápido recuento de los amigos comunes vivos y muertos. El pobre Tony Tenjido voló por los aires con una mina. Siempre fue muy osado. Mientras hablaban, al capitán Eduardo Berti le llamó la atención el orden y la pulcritud de las instalaciones civiles y militares en Cabinda, y muy certeramente, sin decirlo, atribuyó ese hospitalario ambiente a la irónica función que tenían las tropas cubanas en esa región de Angola: proteger a las empresas extranjeras que extraían y exportaban el petróleo rumbo a los mercados internacionales. Jorge Dávila, recuerdas, el joven escritor, fue devuelto a Cuba condenado a muerte por una extraña y dolorosísima enfermedad, pero se salvó de una forma que todavía los médicos, o él mismo, no consiguen explicar. Fue la suerte, o las defensas naturales, o vaya usted a saber. Su hermano, un valiente muchacho, había muerto a los pocos meses de llegar a Angola debido a un aneurisma probablemente provocado por una micosis tropical. Aquí hay unas enfermedades misteriosas totalmente desconocidas en Cuba. Hubiera sido terrible que los dos hubiesen perecido. Jorge me dijo que algún día pensaba contar su experiencia angolana. Ojalá lo haga. Alguien tiene que relatar esta historia. El paisaje era sorprendentemente moderno. Cada una de esas multinacionales que se veían desde la carretera, con la americana Chevron como la más emblemática, había contribuido a recrear artificialmente el mundo desarrollado de los países de los que provenían. En el trayecto del aeropuerto a la comandancia Eduardo observó el césped bien cortado, las calles arregladas y hasta los distintivos arcos amarillos de un improbable restaurante americano repleto de jóvenes comensales que deliberadamente ignoraban la triste realidad del ensangrentado país. ¿Recuerdas a Agustín, el hijo del barbero? Hoy está a cargo de todas las comunicaciones en Luanda. Resultó ser un genio de la electrónica. Cabinda, un territorio en disputa tensado por fuerzas nacionalistas divergentes, y cohesionado por los intereses petroleros internacionales, era el pulmón económico de Angola.

A Eduardo le sorprendió el orden y la elegante sobriedad del despacho de Arturo. Era un salón grande y ventilado, con enormes ventanales asomados a un agradable jardín en el que unos soldados de la escolta hacían guardia y otros discutían a viva voz cosas intrascendentes. La enorme mesa de caoba estaba cubierta de papeles cuidadosamente agrupados en carpetas de diferentes colores. Tras ella, un butacón de cuero, separado de la pared por una especie de armario que hacía las veces de archivo, sobre el que descansaba una hermosa foto de Nuria en blanco y negro, no muy antigua, y otra de Graziella, la bellísima hija de ambos, muy parecida a Nuria, pero con ciertos rasgos de Arturo (quizás su mirada), fallecida en La Habana de leucemia hacía unos tres años.

—Muy bonita la foto de Nuria —dijo Eduardo señalándola con una inclinación de la barbilla. Y era cierto: la foto mostraba el rostro de una bellísima mujer de unos cuarenta años absolutamente sensual.

—Se la sacó Germán Puig en un viaje relámpago que hizo a La Habana desde París. Conoció a Nuria en una recepción en el ICAIC, donde le daban un homenaje por haber fundado la Cinemateca, y le dijo que tenía que retratarla porque jamás había visto un óvalo tan perfecto desde la muerte de Ava Gardner. Ya sabes lo entusiasta y exagerado que es Germán.

Eduardo pensó que había comenzado la conversación con el pie izquierdo. Arturo hablaba de Nuria con una enorme admiración.

—La otra es Graziella, un año antes de morir —el tono de la voz cambió de registro entristeciéndose súbitamente.

Eduardo recordó la noticia de la muerte de la niña. Fue la última vez que vio a Nuria. La abrazó en el velorio. Ella no lo notó. Ella no notaba a nadie. Estaba absorta, sonámbula, desfigurada, llorosa, con algo de muñeca de trapo metida en un pozo negro. Entonces, Eduardo preguntó por Arturo y le explicaron que estaba en operaciones y no pudo enterrar a su hija. Dos días antes de la crisis definitiva de la niña, precipitada de una forma imprevista, tuvo que volver a África.

—¿Cómo te sientes en Angola? —preguntó Eduardo para sacar la conversación de la zona emocionalmente peligrosa en la que había encallado.

Arturo se quedó pensando unos segundos, torció imperceptiblemente los labios, como subrayando una clara frustración, y asumió cierta cadencia irónica que pesaba aún más que sus palabras:

—Me siento extraño —le dijo—. En los primeros tiempos todo parecía estar más claro. Peleábamos, o creíamos que peleábamos, contra los sudafricanos y contra los peones de los americanos. Pero, ¿qué hago yo ahora en Cabinda? Protejo los intereses petroleros de la Chevron de los ataques de un grupo de independentistas que, además, dicen sentirse marxistas.

Eduardo movió la cabeza y arrugó el entrecejo en un gesto universal de perplejidad. El nuevo tema, en efecto, había distendido la conversación, pero se deslizaba hacia un terreno comprometedor.

—Ayer un pelotón de cubanos capturó a tres sudafricanos disfrazados de negros que pretendían volar las instalaciones de Chevron, y perdí en la operación a uno de mis mejores hombres —agregó Arturo a su lista de sinrazones—. ¿Te imaginas la situación? Unos sudafricanos blancos, que son la quintaesencia del imperialismo, disfrazados de negros, tratando de perjudicar intereses económicos norteamericanos, mientras los soldados cubanos, armados con AK47 soviéticos, nos jugamos la vida para impedirlo.

—Supongo que habrá alguna explicación dialéctica para eso —dijo Eduardo en un tono ligeramente sarcástico.

—Supongo que sí —continuó Arturo en la misma tesitura.

Al unísono, los dos hicieron silencio, como para darle paso a la razón última de la visita. Eduardo trató de recordar el breve parlamento que mentalmente había preparado antes de entregarle el sobre amarillo. Arturo se le adelantó:

—Ya me han contado algo. Todo esto es muy desagradable. La corrupción, las fiestas de perchero, para que no se arrugue la ropa —sonrió levemente—, la complicidad con los bandidos angoleños...

Eduardo no pudo más. Calladamente, buscó los ojos de su amigo tratando de darle apoyo con la mirada, abrió el maletín y sacó el sobre amarillo. Con un gesto triste, lo puso sobre la mesa, frente a Arturo. Arturo miró el sobre y miró a Eduardo. En los primeros segundos parecía que no entendía exactamente lo que sucedía. Cuando cayó en la cuenta, casi enseguida, su rostro se fue desencajando mientras su piel palidecía visiblemente, como si envejeciera un siglo en unos instantes. Eduardo no sabía qué hacer, salvo lamentar en silencio su terrible papel de mensajero de la infelicidad.

III

Eduardo duerme serenamente a mi lado. El ruido del avión no parece molestarlo. Ni siquiera la turbulencia que sentimos cuando volábamos a la altura de Nigeria. Yo no puedo dormir. Anoche tampoco pude. Cuando me quedé solo, lloré, mordí la almohada, acaricié las cachas de mi pistola y pensé en volarme la cabeza. Es tan fácil colocar la pistola dentro de la boca y disparar. El cerebro se pulveriza. El cráneo estalla como una cueva dinamitada. Deseaba llorar. La fantasía de mi suicidio me llenaba de pena. ¿Cuántos años hacía que no lloraba? Llorar me alivió. El recuerdo de Nuria revoloteaba en mi cabeza como un pájaro negro. ¿Por qué hicieron a Eduardo portador del maldito sobre amarillo? ¿Sería una forma de humillarme? ¿Quién quiere humillarme? ¿Por qué querrían humillarme? Pero me alegro. Eduardo supo calmarme cuando comencé a destruir los objetos de mi despacho. Es un buen amigo. Yo necesitaba sentir una mano en mi hombro. Yo necesitaba una mano que detuviera la mía. La foto de Nuria quedó hecha añicos. Sólo se salvó la de la niña. Mi pobre hija. Nunca me perdonaré no haber estado junto a ella cuando murió. Nuria tampoco me lo perdonó. No podía regresar a La Habana, Nuria, en medio de una ofensiva. Todo sucedió tan rápido. Me habían dicho que Graziella viviría varios meses más, tal vez un año. Me habían dicho que acaso un trasplante de médula podía salvarla. De pronto, Nuria, se *nos* murió. El nos es porque era nuestra, Nuria, de los dos. Tal vez Graziella murió para no saber que su madre era una puta. Los papeles volaron. Creo que grité. Creo que los escoltas se alarmaron. Ése no es un comportamiento maduro, me dijo Eduardo, siempre tan racional, tan educado, con la palabra exacta. La desesperación es siempre inmadura. La ira es inmadura, Eduardo. Yo la quería mucho. Ahora la odio. ¿La odio? ¿Cómo se puede pasar del amor al odio en un instante? Anoche leí cien veces la carta del general Bermúdez, escrita en esa prosa burocrática que tanto detesto.

Coronel Arturo Gómez, estimado compañero.
Cumplo con el incómodo deber de informarle que su esposa, la compañera Nuria Garcés, no se ha comportado a la altura de lo que se espera de la mujer de un honroso revolucionario internacionalista, como es usted. Mientras usted defendía en África valientemente la causa de los pueblos oprimidos, la compañera Garcés entablaba relaciones íntimas con otro hombre durante un viaje realizado al extranjero. El capitán Aramís Monreal, adscrito a la División de Contrainteligencia del Ministerio del Interior, tiene todos los detalles de este desafortunado suceso, con instrucciones de guardar la mayor discreción, y es con quien deberá ponerse en contacto tan pronto regrese a La Habana a resolver este ingrato conflicto familiar. Espero que comprenda nuestro interés en este penoso asunto.

La gloria de las Fuerzas Armadas Revolucionarias depende, en gran medida, de la imagen de sus mejores líderes, y usted, coronel Gómez, es uno de ellos. Como supondrá, coronel, para nosotros es incompatible la pertenencia a nuestra institución y la aceptación pasiva de la infidelidad de la esposa, por todo lo que tiene de denigrante y desmoralizador, y por el riesgo que significa que semejante información caiga en manos del enemigo, de manera que le recomendamos el divorcio inmediato para liquidar rápidamente este desagradable incidente, extremo para el cual le confirmo que puede disponer sin costo de nuestro departamento legal y la certeza de un proceso justo y expedito, facilitado por la ausencia de hijos. En su defecto, si usted decidiera lo contrario y optara por consentir el engaño y mantener, a pesar de la deshonra, su vínculo conyugal, debo notificarle que se impone entonces su formal renuncia a las Fuerzas Armadas y al Partido Comunista, porque ya conoce los altos estándares que les exigimos a nuestros miembros. Confío plenamente en que sabrá actuar de acuerdo con los principios de nuestra Revolución y que continuará, durante muchos años, sirviendo a la causa del socialismo con el mismo tesón y amor por nuestro país con que lo ha hecho hasta ahora. Patria o muerte. Le saluda, con el mayor respeto, Luis Bermúdez, General de División.

¿Respeto? ¿Quién respeta a los cornudos, general? ¿Por qué espiaron a Nuria? ¿Desconfiaban de ella porque sus padres y su hermana se exiliaron en el extranjero? ¿No les bastaba su obediencia continuada, su militancia? ¿Qué les llevó a pensar que me engañaba? ¿Sabían ellos de otros adulterios anteriores? ¿Desde cuándo la espiaban? Si lo sabían, ¿por qué no me lo dijeron? ¿Cuántos de mis compañeros saben que Nuria me engañaba? ¿Qué bromas han hecho a mis espaldas? ¿Con quién me engañaba? ¿Quién fue el canalla que se acostó con ella? Lo mataría. Lo mataría de un tiro en el corazón. También he releído cien veces las cartas de Nuria, escritas en esa letra cuidada en un papel elegante que le regalaban en la embajada francesa. Nuria, Nuria, siempre atenta a los detalles formales, enamorada de los objetos bellos. Te amo, Arturo, y no veo el momento en que podamos reunirnos. Ayer soñé contigo, Arturo, soñé que me besabas, que estábamos en una habitación del hotel Riviera. En el hotel Riviera, Nuria, te hice el amor por primera vez. Éramos dos críos, Nuria, y tú eras virgen. Tomamos unas copas de menta para animarnos. Yo derramé la mía. Los dos estábamos nerviosos. No era la primera vez que me acostaba con una mujer, pero era la primera vez que esa mujer no era una puta. Era la primera vez que me acostaba con una virgen. Recuerdo tus temores, tu pudor de primeriza, mi miedo a fracasar, a que no disfrutaras, a eyacular antes de poder penetrarte, Nuria, porque en esa época mi semen galopaba a la velocidad de mi fantasía. Pero todo salió bien, Nuria, y rompí tu himen, y tú sangraste, y yo me vine dentro de ti, y después lloraste, pero no de dolor, sino de la extraña felicidad de haberte hecho mujer entre mis brazos, porque entonces, Nuria, estábamos muy enamorados, y nos queríamos, nos amábamos, y yo te pregunté si habías gozado, y me miraste a los ojos, como diciéndome que eso no era lo más importante, pero me abrazaste muy fuertemente, mientras me asegurabas que sí, que habías disfrutado, y eso para mí era esencial, porque en ello, yo creía, me iba la hombría.

Tal vez nunca gozaste lo suficiente conmigo, Nuria, y por eso me has engañado. ¿Por qué me escribías esas cartas, Nuria, si me engañabas, si no te satisfacía como hombre? ¿Por qué me contabas, para excitarme, que guardabas en la gaveta mi ropa interior, y la tuya, impregnadas de nuestro sudor, de nuestras secreciones, tras una mañana en la que hicimos el amor en aquel hotel de La Habana Vieja, y no nos bañamos para conservar intacto el olor del otro, y me asegurabas que a veces te dormías con esa ropa cerca de tu rostro, como para avivar los recuerdos más íntimos. Mi mano en tu sexo. La tuya en el mío. Mi boca entre tus piernas. Tu lengua lamiendo mi miembro mientras me clavabas una mirada lasciva. Tus pezones entre mis dedos. Oigo, Nuria, tu voz desesperada, me muero, me muero, y veo tus ojos refulgentes de placer en la penumbra de la habitación, con ese destello triunfal de quien ama y goza al mismo tiempo. ¿Por qué me escribías esas cartas? ¿Para consolar esta miserable soledad cuartelera? ¿Para aliviar mi vida de soldado? ¿Para mantener vivo un amor que, realmente, no te interesaba? Las despedidas de tus cartas se me hacen ahora muy hirientes. Te espero ansiosamente. En las paredes cuelgan los dibujos de una borrosa mujer desnuda. Soy yo. Ven, que ardo por verte. Me muero por ti. Nadie ha querido tanto. Va con esta carta, como tú dices, un beso *prolongao*, como el de ese tango viejo que tanto nos gusta.

Abrí mi caja fuerte, donde guardo los documentos más comprometedores. Primero tiré a la basura la cinta de boleros románticos que grabaste para mí, para alegrar mi soledad, "para que no me olvides", decías, y luego rompí en mil pedazos las fotos eróticas con que me despediste a mi primera misión internacionalista. ¿Las recuerdas? Te las saqué yo mismo en el estudio del pintor. Las escondíamos como un tesoro. Sabías que me gustaba ver cuando te acariciabas, con las piernas abiertas frente a la cámara, mientras tu mano derecha acariciaba tu sexo, la izquierda aprisionaba tus pezones, y tu rostro reflejaba el placer que estabas experimentando. Me la dedicaste con las palabras exactas que me estremecían: "contigo en la cabeza, amor mío". ¿Era realmente en mí en quien pensabas cuando te masturbabas? ¿Cómo saberlo después de lo ocurrido? ¿No sería en otro en quien pensabas? Destruí la foto con rabia, como te hubiera destruido a ti si estuvieras en mi presencia. Te odio con toda mi alma, Nuria. Te odio con la misma intensidad con que he odiado a mis enemigos cuando les he disparado, cuando les he clavado mi cuchillo una y otra vez hasta verlos morir. Te desprecio como despreciaba a aquel chivato al que le destrocé la cabeza de un balazo cuando descubrí su traición. Los pedazos de su cerebro, Nuria, me salpicaron el rostro, y no sentí el menor remordimiento.

IV

A Nuria no le gustó la llamada. Ni la hora, ni el tono misterioso, ni la voz del desconocido, ligeramente impostada, auguraban nada bueno. Nuria siempre había creído que la gente se parecía a su voz. Había voces de tonto, de amable, de buenas personas, y casi siempre respondían a la naturaleza real de sus dueños. Ésta era una voz ominosa, con una resonancia metálica de mal augurio, que algo traía de amenaza sutil. Soy el capitán Aramís Monreal, compañera, le dijo, del Ministerio del Interior, y me han encargado su caso. ¿Mi caso? No sabía que yo era un caso. Quiero verla mañana. No puedo en la mañana, pues doy clases en la universidad. Pausa larga, interminable. Monreal insistió. No es necesario que vaya mañana a la universidad. El decano ya ha sido avisado. ¿Avisado de qué? Sólo de que usted faltará mañana. Se lo explicaré personalmente. Nuria le dio la dirección, pero como el capitán Monreal parecía saberla, no perdió tiempo en abundar con más detalles.

Tras colgar, comenzó a repasar el probable origen de *su caso*. ¿Por qué se había convertido en un caso? ¿Qué había hecho? Sintió miedo. No era una sensación nueva, sentir miedo, pensó, es el pasatiempo nacional, pero esta vez Arturo estaba en Angola y no podría ayudarla. Arturo era su talismán contra el miedo, su *detente* contra los malos espíritus, tan abundantes en la isla. De pronto, tres posibilidades se agolparon atropelladamente en su cabeza. Su primera conjetura fue que se trataba de algún problema surgido en el Departamento de Psicología de la universidad tras la publicación de un artículo suyo en una revista académica italiana sobre las ventajas del enfoque humanista sobre las teorías conductistas. Rápidamente desechó esa causa. Era un asunto demasiado abstruso para la policía. El artículo se había publicado hacía un año, y aunque no les gustó demasiado a las autoridades académicas, que lo tildaron, extraoficialmente, de "subjetivo, *rogeriano*, y divorciado de la realidad histórica de los pueblos del tercer mundo", no había tenido otra consecuencia que una sorpresiva invitación a participar en Sapienza, la Università di Roma, en un seminario de una semana de duración que llevaba el abarcador título de "Lenguaje y Psicología". Era cierto que en la facultad ella era la única defensora de la escuela terapéutica de Carl Rogers, el gran psicólogo norteamericano, desde que descubrió *client-centered therapy*, esa magnífica estrategia para solucionar conflictos personales, pero le parecía muy extraño que esta vieja preferencia suya, abiertamente proclamada desde hacía años, se convirtiera súbitamente en un problema político y llegara hasta el Ministerio del Interior. No: definitivamente la psicología humanista no podía ser la causa del problema.

La segunda hipótesis le resultó más inquietante y tenía que ver con un desagradable conflicto que afectaba a un profesor que mostraba ciertos amaneramientos evidentemente homosexuales. A este catedrático nunca le comunicaban oficialmente por qué no le permitían viajar al extranjero en misiones académicas, pero *sotto voce* el decano afirmaba que era una vergüenza que a Cuba la representara en el exterior una persona con esas características, aunque tuviera mucho talento. Ante esa situación, ella, junto a otros compañeros, había firmado una carta solicitando se autorizara la salida de este colega invitado a dar una conferencia en Buenos Aires, pero, tan pronto puso un pie en Argentina, el ingrato pidió asilo político y denunció al Gobierno. Era algo que sucedía todos los días, mas como mediaba la dichosa misiva, existía una cierta corresponsabilidad general en la deslealtad cometida. Es verdad que ella, como todos los que habían firmado la carta solicitando le permitieran viajar, luego había suscrito un comunicado denunciando su conducta y acusándolo de traición, pero nunca le quedó claro si ese fallido primer aval en algún momento podía ser utilizado en su contra al calor de alguna de las intriguillas académicas que surgían constantemente en el caldeado ambiente universitario.

El tercer "pecado" era el más grave, pero el más improbable, porque era difícil que las autoridades lo conocieran: se trataba del contacto que había tenido en Roma con Lucía, su hermana menor, tras veinte años de dolorosa separación. La historia de su familia, de la que circulaban unos confusos rumores desdibujados por el tiempo, se centraba en la huida de sus padres. A los pocos años de iniciada la Revolución, el doctor Manuel Garcés y la licenciada Hilda Vaillant –él, un cardiólogo notable, y ella, una profesora de matemáticas–, habían decidido arriesgarse a abandonar el país rumbo a Estados Unidos en un pequeño bote, en el que también viajó Lucía, entonces apenas una adolescente. En ese momento ya Nuria vivía con Arturo, quien formaba parte de las Fuerzas Armadas, y sus padres no le comunicaron la apremiante decisión que habían tomado, omisión que ella jamás pudo perdonarles porque la atribuía a la desconfianza, aunque su madre le juró muchas veces, en una docena de cartas consecutivas, que no le habían comunicado el plan de huir del país para no comprometerla, puesto que daban por descontado que jamás abandonaría a Arturo ni renunciaría a su entusiasta militancia política. No temían que ella los denunciara a la policía, sino que no pudiera responder sin temores cuando le preguntaran sobre los pormenores de la fuga de sus padres (interrogatorio que, en realidad, ocurrió). Ignorarlo todo era la única forma que Nuria tenía de ser inocente, y sus padres deseaban protegerla.

Ya fuera porque sus padres no le comunicaron que pensaban escapar de Cuba, o porque estaba prohibido tener relaciones de ningún tipo con familiares desafectos radicados en el exterior, Nuria jamás contestó las múltiples llamadas telefónicas y las numerosas cartas de su madre, o las menos frecuentes de su padre, hasta que un día, muchos años más tarde, cuando ya sus vínculos familiares se habían disuelto en el magma pastoso del tiempo transcurrido, un amigo de Arturo que había viajado a Nueva York le trajo una nota de su hermana, escueta y cariñosa, pero triste, en la que le contaba que sus padres habían perecido hacía cierto tiempo en un accidente automovilístico.

La nota había sido redactada en un tarjetón timbrado que llevaba el nombre de Lucía Bern, *Architect*, y el amigo de Arturo (un hombre relacionado con los festivales de cine) le contó que la autora era una mujer muy bonita, arquitecta, casada con un silencioso y educado banquero apellidado Bern, a la que había conocido casualmente en una fiesta celebrada en Manhattan en homenaje a Néstor Almendros, un cineasta catalán que había obtenido un Oscar en la categoría de Director de Fotografía. Como Almendros había pasado parte de su juventud en Cuba, pronto hablaron de amigos comunes y él, no recordaba por qué, había mencionado el nombre de Arturo Gómez. Fue entonces cuando la arquitecta le preguntó si éste estaba casado, y cuando él le confirmó que sí, que su mujer era una psicóloga llamada Nuria Garcés, ella se quedó callada, muy conmovida y, entonces, en un difícil equilibrio entre la sorpresa y el sollozo contenido, le reveló que se trataba de su hermana.

El tarjetón tenía una dirección y unas instrucciones seguras por si Nuria decidía responderle. Podía entregarle la carta al delegado en La Habana del Banco ANG, un holandés medio aturdido, pero buena persona y laboralmente subordinado a su esposo, que le haría llegar cualquier correspondencia por medio de la embajada de su país o la llevaría él mismo a Nueva York en cualquiera de sus frecuentes viajes a la sede regional desde donde se manejaba la pequeña oficina cubana. Nuria aprovechó ese correo seguro y le contestó amablemente a su hermana, a la que no veía desde que a los once años de edad la muchacha se había marchado de Cuba. Al fin y al cabo, Lucía no tenía ninguna responsabilidad en la decisión que habían tomado sus padres, y Nuria la recordaba como una niña extremadamente dulce y cariñosa con la que le gustaba jugar, y a la que hasta los siete u ocho años, mientras compartían la misma habitación, solía dormir inventándole unas truculentas historias de enanos y gigantes feroces dotados de un tercer ojo en la parte trasera de la cabeza.

A partir de ese contacto fortuito, las relaciones entre las dos hermanas fueron anudándose con cada carta y con cada confidencia que se hacían. Joshua Bern, norteamericano y judío, un hombre bueno y brillante, le dijo Lucía, con el que tenía dos niños de cinco y seis años, no era el primer compañero que pasaba por su vida. Antes había estado casada, brevemente, con un saxofonista bohemio y perdidamente marihuanero del que tuvo que divorciarse, porque era un marido imposible, aunque un amante competente y tierno. Nuria, por su parte, le contó que sólo había estado casada con Arturo Gómez, felizmente casada, quien había tenido una fulgurante carrera militar hasta alcanzar el grado de coronel, pero sólo como una escala segura hacia el próximo generalato, que le debía llegar en los próximos años. Le reveló que no había sido fácil acostumbrarse a las largas ausencias de Arturo, siempre involucrado en peligrosas campañas internacionalistas, pero no podía quejarse de la vida que habían tenido, salvo en un aspecto muy doloroso, la muerte de su hija Graziella, una niña preciosa aquejada de leucemia, a la que no hubo forma humana de salvar, pese a que se intentaron prácticamente todos los tratamientos que conoce la medicina.

Junto a las cartas, viajaron las fotos familiares, grabaciones de viejas canciones, y un creciente intercambio de recuerdos compartidos. Aquella tarde en que cumpliste año y te embarré la nariz de merengue antes de la foto. La noche en que quemaste el colchón de mamá con la vela. Nunca supe por qué te escondiste debajo de la cama con un cirio encendido. ¿Te acuerdas de la saya verde con una enorme brocha estampada en el muslo? ¿Y a que has olvidado la camiseta ridícula con esquís de nieve bordados en la espalda? ¿Te recuerdas cuando le vaciamos un frasco de agua en la cabeza a un vecino desde nuestro balcón? En esa época ya vivíamos en el apartamento de Miramar. ¿A quién se le ocurre una camiseta con esquís de nieve en los trópicos? Cuando tenías once años, Lucía, poco antes de marcharte de Cuba, te gustaba un bello niño del barrio que se llamaba Andrés. Si lo ves ahora, huyes despavorida. Andrés se ha vuelto un gordo enorme, calvo y tonto. De la que te salvaste. Por las fotos, Nuria, veo que Arturo sigue siendo un hombre apuesto. No me olvido de que fuiste tú quien me enseñó a patinar y a montar bicicleta, aquella bicicleta enorme y roja, marca Niágara, y me sospecho que yo era un poco torpe. Joshua prefiere que le llamen Josh. Aunque el inglés es, claro, el idioma de casa, Josh aprendió español cuando trabajaba en Costa Rica con los Cuerpos de Paz, y hemos conseguido que los niños lo entiendan, aunque no les gusta que lo utilicemos en presencia de sus amiguitos. Mamá me hablaba mucho de ti y casi siempre se echaba a llorar. Una de las pocas cosas que trajimos en el bote fueron un par de fotos tuyas, una de ellas del día de tu graduación de bachiller. Mamá decía que eras la más inteligente de la casa. Yo sentía celos. Papá hablaba menos, pero también te recordaba mucho. Nunca lo supiste, pero en la entrada de nuestra casa en Nueva York había otra foto tuya muy bonita, ampliada, con el cabello suelto y unos pantalones ajustados, muy *sexy*, como entonces usaban las *pepillas*. Mamá nunca dejó de usar esa palabra, pepilla, un poco cursi, que yo odiaba. Celebrábamos tu cumpleaños todos los 25 de octubre, yéndonos a cenar a algún lugar distinguido. Era como una especie de ritual religioso en el que mamá hablaba de ti, de tus travesuras infantiles y de la foto de James Dean que colgaste en tu habitación el día en que tuviste tu primera menstruación, como proclamando que ya eras una mujer hecha y derecha. Lo que me cuentas, Lucía, me conmueve. Yo muchas veces he llorado de noche, sola, recordándolos a ustedes tres, lamentando que me faltara el coraje para solicitar permiso para ir a verlos y abrazarlos. Muchas veces le dije a Arturo que me habría encantado reunirme con mamá, con papá, contigo. Pero siempre me decía que era muy peligroso, y que para él habría resultado devastador, porque era algo que la contrainteligencia no perdonaba. Incluso para mí, querida Lucía, era un paso muy costoso, porque el precio de esos contactos era altísimo. Tal vez no hubiera podido estudiar Psicología, una carrera que amo, pero reservada para personas de militancia intachable, de integración total, como aquí le dicen, y seguramente no habría podido enseñar en la universidad. Esto no ha sido fácil, Lucía. ¿Por qué hemos tenido que elegir entre la Revolución y la familia? ¿No era posible sostener las dos lealtades al mismo tiempo? Tu ausencia, Nuria, también fue terrible para nosotros. Creo que me gané el regaño más grande de mi vida cuando alguna vez respondí que era hija única. Debía tener en ese momento unos quince años. Mamá me advirtió que nunca más se me ocurriera negarte, tuvieras tú la ideología que fuera, e hicieras lo que hicieras. Entiendo tu curiosidad sobre el choque que les costó la vida. Ya yo puedo hablar o escribir sobre eso. Hasta hace poco me resultaba demasiado doloroso. El accidente en que mamá y papá murieron podía haberse evitado. Salieron sin ponerles cadenas a las ruedas y el auto patinó en el hielo. Dio una vuelta de campana y un camión que venía de frente no pudo detenerse a tiempo. Fue terrible, porque ambos todavía tenían un buen trozo de vida por delante. Los dos se conservaban muy bien. Ella fue siempre muy bella, con aquellos increíbles ojos amarillos, como de gata, y él muy buen mozo. El único consuelo que nos queda es que nada sufrieron. Murieron instantáneamente. Cuando recogí sus pertenencias me encontré las copias de las cartas que mamá te había mandado. Eran decenas. Primero les hacía copias en papel carbón, hasta que, con el tiempo, se popularizaron las fotocopiadoras. Siempre te quiso mucho, Nuria. He llorado leyendo tu última carta, querida Lucía, y se me ha ocurrido que acaso pueda, finalmente, volver a verte. Me ha surgido un viaje imprevisto a Roma y he pensado que tal vez podríamos reunirnos allá. Escribí un artículo sobre el tipo de terapia psicológica que propone Carl Rogers, uno de mis ídolos intelectuales, y por medio de la UNESCO, sin yo solicitarlo, me han invitado a un seminario de una semana en la Universidad de Roma, con todos los gastos pagados. Arturo está en Angola y tenemos vacaciones universitarias en La Habana, así que es una oportunidad que no quiero desaprovechar. Pero, si puedes viajar a verme, es muy importante que no se lo digas a nadie (a Josh sí, por supuesto, pero sólo a él). Sería muy comprometedor para mí si se supiera que nos hemos encontrado, pero más aún para Arturo, pues a los militares les está absolutamente prohibido mantener relaciones con familiares que hayan emigrado, ni siquiera indirectamente. Si lo descubriesen podría convertirse en un serio problema. Sé que muchas veces no se entiende cómo vivimos en Cuba, pero te cuento un detalle de lo que se llama "culpabilidad por asociación": acaban de expulsar de nuestra facultad a una joven profesora auxiliar porque su marido, un veterinario, aparentemente era homosexual y tenía relaciones con un compañero de trabajo. En la misma asamblea en la que la expulsaron la pobre mujer descubrió las preferencias sexuales del marido. Pocas veces he visto a una persona llorar con más amargura. El hotel donde me han hecho la reserva es el Mecenate Palace, en la vía Carlo Alberto 3. En el folleto que acompaña la invitación señalan que es muy céntrico, y queda dentro del perímetro histórico de la vieja Roma, frente a la Basílica de Santa María, y muy cerca de la Plaza de España. Magnífico, Nuria. Voy a hacer lo indecible por visitarte, hermana querida, aunque sólo sea un fin de semana. Es irónico que, como arquitecta, siempre soñé con estar varios días recorriendo la ciudad eterna, y eres tú quien cumplirá mi fantasía. No temas en cuanto a mi discreción. Comprendo la situación de Arturo. Sólo se lo diré a Josh. Sé que le gustaría acompañarme, pero deberá quedarse con los niños. Yo, hermana, ardo en deseos de darte el abrazo que nuestros padres anhelaron. Sé que cuando te estreche sentirás en mi piel la presencia de ellos, que tanto te quisieron.

V

El capitán Aramís Monreal miró su reloj ruso Vostok, comprobó que eran exactamente las 9:30 de la mañana, y llamó a la puerta de la pequeña casa de dos plantas, situada en la Tercera Avenida y la Calle 88 del reparto Miramar. Le abrió la profesora Nuria Garcés. Monreal sonrió y le dio los buenos días. Nuria apenas ensayó un leve gesto de cortesía con una inclinación de la cabeza.

–Pase –le dijo–. Es usted muy puntual.

El mutuo examen fue sumario. Monreal, rápidamente, encontró hermoso el rostro limpio de Nuria, sin maquillaje ni pintura, nimbado por una cabellera negra, lavada y frondosa, pero advirtió las huellas de unas intensas ojeras seguramente fabricadas con mala noche y tensión. Cuando su anfitriona se volteó para guiarlo hacia la sala, recorrió impunemente sus nalgas y caderas con la mirada, confirmando la admirada descripción que sus agentes habían consignado en el informe sobre sus rasgos personales y las innumerables fotos y videos reunidos en el expediente. Nuria, en cambio, sólo vio a un hombre blanco y diminuto, con algo de roedor, hasta entonces desconocido, tal vez atlético o, por lo menos, delgado, oculto tras unos grandes lentes oscuros, con la cara rayada por un bigote muy fino, vestido con una camisa safari abultada en la cadera, en cuyo bolsillo derecho asomaban varios bolígrafos como condecoraciones apócrifas de la orden de los burócratas atareados. Portaba, claro, el amenazante maletín negro.

—¿Quiere café? —preguntó Nuria.

—¿Por qué no? —respondió el capitán.

—Sólo tengo polvo instantáneo.

—Perfecto.

No hay como un diálogo tonto y una taza de café para reducir la tensión, pensó Nuria. Por un momento el ruido de las cucharillas se apoderó del ambiente. El capitán Monreal no sólo tenía voz de policía. Su aspecto, su ropa, sus modales condescendientes, también respondían al estereotipo de los *segurosos*, los poderosos agentes de la Seguridad del Estado. Era "el vecino admirable, el tierno carcelero, el benéfico espía de la razón y el orden", como alguna vez Nuria le había leído y memorizado a un poeta español.

—Usted dirá —demandó Nuria trufando sus palabras con cierta curiosidad en la mirada.

—Puedes tutearme —la autorizó Monreal—. No soy tan viejo —agregó, pretendiendo ser simpático y simulando una vanidad que, realmente, poseía. Con esa iniciativa, además, colocaba la dinámica de la conversación en la dirección que quería: aunque estaba en territorio ajeno, él era el que mandaba. El que daba las órdenes.

—Como quieras —obedeció Nuria.

−Hace algún tiempo que te conozco −a Monreal le gustaba el suspense. La incertidumbre le agregaba morbo al vínculo. A veces se sentía como el protagonista de una novela negra.

−¿Y por qué hace tiempo que me conoces? Yo no recuerdo que nadie nos haya presentado −Nuria comenzó a sentirse incómoda, pero eligió la ironía y el distanciamiento para que no se trasluciera.

−Debe ser que las personas interesantes me llaman la atención.

Era un halago, pero dentro del contexto, también podía ser una amenaza. ¿Interesante? ¿Por qué era interesante? ¿Interesante para qué? Monreal desvió la mirada y observó un caballete con un pequeño lienzo a medio pintar. En ese momento oyó por primera vez una tenue música de fondo.

−¿Qué estamos oyendo? −preguntó Monreal, como si aquellas voces tristes le molestaran.

−*Cavalleria rusticana*, una ópera italiana −contestó Nuria inflexible, decidida a mantenerla.

La mirada de Monreal planeó sobre la casa sobria, pequeña, pero de dos pisos, con los dormitorios en la planta alta, y un comedor elegante, con una mesa de cristal y hierro, y en la sala unos muebles discretos, de corte escandinavo, castigados por los años y la falta de barniz. En las paredes colgaban unos dibujos claramente eróticos, aunque deliberadamente ambiguos, con el trazo inconfundible de Cabrera Martínez, un pintor al que, casualmente, Monreal también había conocido en el pasado. Los desnudos recordaban sospechosamente a Nuria, aunque el rostro difuminado desfiguraba las facciones. ¿Sería ella? La mujer, muy estilizada y oculta tras las transparencias típicas de Cabrera Martínez, en tres lienzos consecutivos aparecía recostada en un diván, sentada en una silla con las piernas abiertas, o acariciándose la vulva tendida en una cama.

–¿Te gusta pintar? –indagó señalando al caballete con el mentón.

–Me tranquiliza. Soy sólo una aficionada –dijo Nuria. Era obvio que Monreal pretendía descolocarla.

–Fui amigo del autor de esos cuadros –respondió Monreal orientando ahora su mirada a la pared–. Yo también lo *atendía*. ¿Quién es la modelo?

Nuria entendió exactamente el sentido y el subtexto de la frase. Ella y Arturo habían sido amigos del artista. Cabrera Martínez era un pintor homosexual castigado por dibujar desnudos y seres andróginos dotados con penes y pechos prominentes. *Atender* era el eufemismo que se utilizaba en la jerga policíaca en lugar de disciplinar o aleccionar. Ella había posado para esos cuadros en el estudio del pintor, con la colaboración de Arturo, su esposo, que había tomado las fotos de referencia. La función de Monreal, seguramente, fue conducir a Cabrera Martínez por la senda correcta hasta que eliminara de su obra esas repugnantes perversiones, como el perro guardián guía a las ovejas en la buena dirección, que es siempre la del matadero. Pero la palabra realmente inquietante era *también*. Monreal le estaba notificando, explícitamente, que, a partir de ese momento, su responsabilidad era *atenderla*.

—No tengo la menor idea de quién pudo ser la modelo —mintió Nuria—. Tal vez es un ser imaginario. Pero, ¿por qué me estás *atendiendo* a mí? —preguntó Nuria con más intranquilidad que sorna.

—No sé —mintió Monreal—. Tal vez seas tú la que me debas decir qué hago yo en tu casa hoy por la mañana. ¿Se te ocurre por qué? A ver: ¿por qué un oficial de la contrainteligencia puede *atender* a una persona?

—¿Mi marido está al tanto de esta visita? —inquirió Nuria molesta. Como sabes, porque tú pareces saberlo todo, es el coronel Arturo Gómez, de Tropas Especiales. Tan pronto me comunique con él le contaré de esta conversación —amenazó sin demasiada convicción.

—No, no lo sabe, pero lo sabrá, o se lo imagina, y se lo podrás decir muy pronto. En este momento vuela hacia La Habana. Tal vez ya haya llegado —Monreal no presentaba el menor síntoma de preocupación ante la mención del coronel, su superior en orden jerárquico.

A Nuria le pareció abominable el capitán Monreal. ¿Arturo volaba hacia La Habana y ella no lo sabía? Nerviosa, cruzó la pierna y advirtió en el semblante del policía un rápido vestigio de lascivia. Le tocaba a ella contar sus *pecados*, así que comenzó por los veniales para explorar el terreno.

—¿Qué ocurre? ¿No les gusta que defienda a un psicólogo americano? La ciencia está por encima de la ideología. Yo comprendo que, por razones culturales, y por defender la esencia nacional, se prohíban el *rock* y el *jazz* para proteger los ritmos nuestros, pero, que yo sepa, no hay ninguna escuela terapéutica cubana, no existe una escuela cubana de psicología. No es lo mismo Rogers que los Beatles.

El capitán Monreal la miró divertido: "Frío, frío", le dijo.

No era eso. Lo presentía. Nuria se movió hacia otra zona de sus debilidades.

—Es verdad que no pedí permiso para publicar el artículo, pero se trataba de una oscura revista académica italiana y el tema no tenía ningún componente político.

Nuria sabía de sobra, o suponía, que ésa no era la causa de la visita de Monreal, pero trataba de provocarlo para que fuera él quien aclarara sus motivos y así preparar ella su mejor línea de defensa.

—Sí, Nuria, no nos hizo feliz que publicaras ese texto sin el consentimiento del decano, que es de los nuestros, pero coincido contigo en que no tiene importancia. Aunque todo punto de vista contiene siempre un elemento político, y aunque hubiera sido más propio estudiar a algún psicólogo soviético, o al menos a un teórico amigo, la Revolución puede darse el lujo de permitirte publicar tu artículo sin permiso, sin tomar represalias por ello. No es eso.

—¿Por qué no me dices tú lo que te trae por aquí y abreviamos la conversación? —Nuria estaba molesta, le irritaba la prepotencia de Monreal, le indignaba que le perdonara la vida, que jugara con ella como un gato con una cucaracha antes de matarla.

—Te voy a dar una pista: tu viaje a Italia.

Monreal reveló la primera de sus cartas con la felicidad de quien grita "jaque al rey" en una partida de ajedrez.

Nuria pensó en su hermana. ¿Lo sabrían? Es cierto: la había visto en Roma. Se habían reunido un fin de semana inolvidable, vertiginoso, de confesiones interminables. Se habían reencontrado para darse un abrazo secreto, el más cálido, tal vez, de toda su vida. Habían llorado juntas. Habían reído. Habían repasado, en persona, los recuerdos compartidos en las cartas. Habían intercambiado fotos, incluso las más íntimas. Se habían cogido de las manos, como cuando eran niñas, y habían evocado juntas los espíritus de sus padres ausentes hasta lograr revivirlos en medio de un torrente de palabras mágicas. Pero las dos, discretamente, habían orillado el tema político. ¿Para qué lastimarse? Fue un encuentro sin recriminaciones ni cuchillos escondidos. Yo me hice arquitecta, Nuria, porque recordaba que tú pintabas muy bien. Yo quería dibujar como tú. Y acaso yo me hice psicóloga, Lucía, para poder entender muchas cosas: la Revolución, la gente, nuestra separación, a mí misma. Es verdad: estaba prohibido. Sí, era culpable de abrazar a su hermana, y Arturo era un coronel de las Fuerzas Armadas, lo que complicaba las cosas, pero no era una falta tan grave. Arturo, además, no lo sabía. Él era inocente.

–¿Qué pasó en Roma? –preguntó Nuria con expresión inocente, simulando perplejidad, para tratar de averiguar cuánto, realmente, sabía la policía de aquel encuentro.

–No, no, eres tú quien debe contarme qué pasó en Roma –la misma sonrisa cínica volvió a posarse en la cara de Monreal.

—Pues lo que pasó fue que la Università di Roma me invitó a leer un trabajo en un seminario titulado "Lenguaje y Psicología", y eso fue lo que hice —su voz sonaba alterada.

El capitán Monreal hizo un gesto de cansancio, como el de alguien que sabe que le están tomando el pelo, y movió la cabeza de izquierda a derecha varias veces.

—No, no, Nuria, tienes mala memoria. ¿No viste a nadie en Roma? ¿No comenzaste una nueva relación?

Era eso. La Contrainteligencia conocía que ella se había encontrado con su hermana. La habían espiado durante el viaje. Siempre lo hacen. Debió suponerlo. Seguramente sabían que el holandés del banco servía de mensajero. ¿Sería un chivato, un "trompeta", el holandés? Por eso la autorizaron a viajar sola. No era confianza, sino desconfianza. Querían llegar hasta el final de la pista.

—Sí, ¿y qué? —respondió desafiante, y ya no pudo controlarse—. Es mi hermana. Es mi única hermana. Es más: es la única persona viva de mi familia porque mis padres murieron. Hacía veinte años que no nos veíamos. Mis padres la sacaron de Cuba cuando era una niña. ¿Qué derecho tienen ustedes a controlar mi vida afectiva? Me dicen lo que debo leer, y eso es lo que leo. Me dicen lo que debo decir, y eso es lo que digo. Soy revolucionaria. Me siento revolucionaria. Milito en el Partido. Pero ¿por qué no puedo tratar a mi hermana? ¿Tengo, también, que entregarles el corazón? Mi hermana no es política. Es una arquitecta, es una madre de familia, está casada con un americano al que nuestras querellas ni le van ni le vienen. Mi hermana no es enemiga del Gobierno. ¿Por qué no puedo verla? ¿Por qué no puedo reunirme con ella?

El capitán Monreal no se inmutó. Conocía esos argumentos. Otros, antes que Nuria, los habían esgrimido. Hubo uno, un tal Padilla, que hasta proclamó su derecho a lo que llamaba, pomposamente, "la libertad afectiva" y se quejó de que le hubieran pedido su voz de poeta. No tardó en arrepentirse de sus palabras. La Revolución vivía bajo el asedio constante de Estados Unidos y tenía que protegerse. Detrás de cada uno de esos encuentros furtivos podía estar la mano de la CIA o algún plan para desestabilizar al Gobierno. En el exilio había cientos de miles de cubanos. Si los revolucionarios, libremente, podían restablecer sus relaciones personales con quienes habían escogido traicionar al país, la Revolución pronto se hundiría.

–¿Qué habló con su hermana? –la voz seguía siendo desagradablemente autoritaria, pero esta vez la entonación se tornó seca como una bofetada.

–¿Qué hablé con ella? Lo que hablan dos hermanas que llevan veinte años sin verse. Hablamos de nuestros padres, de nuestros hijos, de la niña que se me murió, de nuestros maridos. ¿De qué coño cree que podíamos estar hablando? ¿De la guerra fría, del imperialismo yanqui? Hablamos de lo que hablan dos mujeres que tienen la necesidad de volver a quererse.

–Pero usted sabía que una militante integrada, profesora de la universidad, casada con un coronel de Tropas Especiales, no podía encontrarse clandestinamente con una hermana exiliada. Usted sabía que eso estaba prohibido.

El capitán Monreal había vuelto al "usted". Era una señal de severidad, de distancia crítica.

—Sí, lo sabía, pero soy lo suficientemente adulta para saber, también, que esa prohibición es una canallada que no tiene justificación. Yo puedo aceptar que la Revolución quiera mandar en mi cabeza, pero no que se meta en mi corazón y decida a quién debo querer y a quién debo rechazar. ¿Quiénes coño se han creído que son ustedes?

A Monreal le molestó el "ustedes", no el coño.

—¿*Ustedes*, Nuria? ¿Por qué no *nosotros*? —el énfasis envenenado era clarísimo—. Hasta ahora tú has sido parte de este proceso. Aquí todos somos responsables de lo que hace la Revolución. Yo hago mi labor en la Contrainteligencia y tú la hacías en la universidad.

Monreal había vuelto al tú. Lo prefirió para notificarle, indirectamente, que ya no podía volver a enseñar en la universidad.

—¿Hacía? ¿Qué quiere decir eso? ¿Que he sido expulsada de la universidad, que no puedo volver a dar clases?

Monreal asintió con la cabeza y agregó al final un movimiento de hombros cargado de indiferencia.

—Exacto, Nuria. La Facultad de Psicología es especialmente sensible. Tiene que dar el ejemplo. Si es muy selectiva con los estudiantes, tiene que serlo aún más con los profesores. Ahí no hay espacio para las ambigüedades ni las contradicciones. Ya han nombrado a un sustituto. Lo mejor es que no vuelvas ni comentes con nadie lo que ha sucedido.

Nuria, inútilmente, trataba de contener las lágrimas. La universidad era su vida. El contacto con los jóvenes era el antídoto contra las largas ausencias de Arturo.

—Pero hay más —el capitán Monreal volvió al ataque con una renovada carga de hostilidad—: tal vez recuerdes algún otro encuentro en Roma del que quieras hablarme un poco.

Nuria sintió un dolor en el pecho, como si una mano oculta le apretara el corazón. Lo había, hubo otro encuentro muy personal, pero nadie lo sabía. Era su secreto. Ni siquiera se lo contó a Lucía cuando se encontraron. Pensaba llevárselo a la tumba.

—No sé de qué me habla, capitán —ahora era ella la que volvía al "usted" como para alejar el peligro.

—¿No sabes, Nuria? ¿No sabes quién es el profesor Valerio Martinelli? —había algo aplastante en sus palabras.

Nuria tragó en seco. Súbitamente compareció en su memoria la imagen de Martinelli. Se le mezcló con la tristeza infinita del "Intermezzo" de *Cavalleria rusticana*, aquella trágica historia de adulterio y muerte que apasionaba al profesor italiano y que ella había convertido en el lazo que la mantenía atada a sus más intensas vivencias romanas. De pronto, sobre los lentes oscuros de Monreal se posaron, no supo cómo, los ojos azules del profesor Martinelli, con aquella mirada transparente de agua limpia, acaso tierna, acaso irónica, acaso amable, que se había llevado de Roma como su más preciado recuerdo.

—Sí, sé quién es, claro. Es un neurolingüista muy conocido. Fue el organizador del seminario en Roma. Él firmó la carta de invitación.

–Nuria –ahora el ademán y la voz de Monreal se volvieron paternales–, tu vínculo con el profesor Valerio Martinelli es lo que realmente nos decepcionó. Esto es mucho más grave que el encuentro con tu hermana. El encuentro con tu hermana se puede perdonar; tus relaciones con el profesor son intolerables. Al encontrarte con tu hermana te manchaste tú. Al encontrarte con Martinelli nos manchaste a todos. Manchaste al Ejército.

–¿Qué relaciones? –protestó Nuria casi gritando–. ¿Quiénes son todos? Fui a un seminario a dar una charla y allí estaban él y otras dos docenas de colegas. Nada más.

Monreal la miró con desprecio. Hizo un largo silencio, o lo que pareció un largo silencio, y comenzó a hablar muy despacio.

–Lo más importante que tiene esta Revolución es el honor de sus dirigentes, y tú has mancillado el honor de tu marido. Ninguna Revolución puede prevalecer si sus dirigentes no son respetados, y tú te has burlado de tu marido.

–¡No es verdad! –gritó Nuria llorando, con la cara descompuesta, torcida por una mueca–. Yo quiero a mi marido. Nada tuve que ver con el profesor Martinelli.

–¿No? –se burló Monreal–. ¿Tampoco con el Sultán?

Nuria enmudeció y pensó que podía desmayarse. Se sintió absolutamente desamparada, sola en medio de una multitud hostil o indiferente tejida con esa palabra, *todos*, que la enfrentaba a un mundo que, hasta entonces, había sido suyo. ¿Cómo Monreal podía saber que Martinelli y el Sultán eran la misma persona? El capitán Monreal abrió el maletín y extrajo un sobre manila que tenía una leyenda escrita en mayúsculas, CARTAS DEL SULTÁN A SHE-REZADA. Lo tiró sobre la mesa de centro desdeñosamente y le clavó un puñal muy afilado sin el menor síntoma de compasión:

–Mañana, *Sherezada*, a esta misma hora, el coronel Arturo Gómez tendrá en sus manos una copia de estas cartas, de numerosas fotos, y una detallada descripción de lo ocurrido en Roma entre usted y el profesor Valerio Martinelli. Lo siento. Comprenda que la Revolución debe cuidar el honor de sus dirigentes. Es el honor de todos lo que está en juego.

El capitán Monreal había vuelto a utilizar el usted.

VI

Eduardo Berti recogió a Arturo Gómez en el Hotel Nacional, donde había pasado la noche tras el extenuante viaje desde Angola, sin comunicarle a Nuria su llegada a La Habana. Así lo había previsto el general Bermúdez para propiciar el encuentro del coronel con el capitán Aramís Monreal y la entrega de las pruebas de la infidelidad de su esposa, antes de que el matrimonio se reuniera, quién sabe si por última vez. La cita con Monreal no se llevaría a cabo en una dependencia oficialmente pública, sino en una discreta casa de Seguridad situada en el exclusivo barrio Siboney –antiguo reducto de la burguesía, en los suburbios de La Habana–, lejos de los comentarios venenosos de las secretarias y del personal subalterno del Ministerio, siempre proclives a difundir los chismes relacionados con la vida privada de los oficiales de alta graduación. Era la casa, además, en la que Monreal solía *atender* a las personas a él asignadas por el Departamento de Contrainteligencia.

El capitán Monreal se había preparado cuidadosamente para la reunión. La secuencia de la conversación y la entrega de las pruebas estaban sujetas a un orden meticulosamente estudiado. No era la primera vez que Monreal se enfrentaba a un escenario como éste, bastante frecuente en situaciones e instituciones donde el cónyuge debe permanecer mucho tiempo fuera de su hogar, así que conocía el modo de comunicar el desagradable mensaje: una gran naturalidad, respetando siempre la dignidad del agraviado, sin el menor asomo de descortesía que pudiera interpretarse como una forma de burla, y cuidando no caer en ninguna suerte de condescendencia que pudiera afectar el honor del oficial ofendido. No obstante, corazón adentro Monreal no podía evitar cierto oscuro regocijo surgido del poder que le daba manejar información comprometedora y embarazosa sobre la vida de oficiales que tenían mayor graduación que él y de los que, probablemente, en algún momento dependería su propio ascenso dentro de la estructura militar. Se lo oyó decir a su padre muchas veces: "El que conoce la intimidad de otra persona se convierte en su dueño". A Monreal le gustaba atrapar por la entrepierna a sus superiores y someterlos tácitamente a la autoridad del secreto con que los ataba, aunque nada en su discreta conducta revelara este curioso rasgo de su carácter.

Compilar los datos, sin embargo, no solía ser lo más difícil en estos casos. La parte más delicada de su misión consistía en transmitir la información en un tono que no enconara demasiado los ánimos de los afectados para evitar los desenlaces violentos, como aquel atroz asesinato cometido por el mayor Higinio Gotardi, uno de sus casos fallidos, de los primeros que *atendió*, quien, como testificaron los vecinos, tras recibir la notificación de que su mujer lo engañaba, fue a su casa, le introdujo una pistola en la vagina y la reventó de tres disparos mientras le gritaba "por aquí es que has gozado, so puta, y por aquí te vas a morir". Comprensiblemente, ni los méritos revolucionarios de Gotardi –un verdadero héroe en la lucha contra las guerrillas campesinas del Escambray y hermano de un mártir de la Revolución–, ni su impresionante historial como internacionalista, pudieron librarlo de una sentencia a diez años de cárcel, aunque luego fuera perdonado por buen comportamiento al cabo de treinta y seis meses de cautiverio. El comité que examina las peticiones de clemencia en el fuero castrense, gente curtida y bien apercibida de los valores masculinos, especialmente entre militares, entendió la existencia del factor atenuante que generalmente existe en el comprensible arrebato súbito de cualquier varón respetable que descubre la deslealtad de su mujer. No había duda de que darle tres tiros dentro del útero había sido una salvajada, agravada por el hecho de que tenían dos hijos pequeños que dormitaban en la habitación contigua, pero tampoco de que ella se lo había buscado con su proceder indigno.

Arturo Gómez –vestido de civil, como le habían sugerido para no llamar la atención–, le pidió a Eduardo que lo esperara en la antesala del despacho del capitán Monreal. Prefería que no hubiera testigos de una conversación tan dolorosa como la que tendría, aunque sabía que estas entrevistas eran rutinariamente grabadas y filmadas con cámaras ocultas. Entró, saludó con un apretón de manos a Monreal, que lo aguardaba de pie tras la puerta, atrincherado en una amable sonrisa, y, por indicación del capitán, se sentó en una de las dos mecedoras de madera que había en el salón, ambas colocadas frente a frente, en un ambiente hogareño, casi de sala de estar, totalmente inesperado en semejante oficina.

–Coronel –comenzó Monreal con aire algo solemne–, me temo que éste será un encuentro muy desagradable para los dos. Para usted, por los detalles que debo comunicarle del comportamiento de su esposa, y para mí por el gran respeto que le tengo.

Había un componente obsequioso en las bien meditadas palabras de Monreal, reforzado por una mirada esquiva que rechazaba el contacto visual de los ojos del coronel, como si huir de su rostro redujera el dolor del mensaje.

–Antes de entrar en esos detalles, explíqueme por qué la Contrainteligencia investigó a mi mujer –le respondió Arturo con sequedad.

Monreal pensó que el coronel le estaba desarticulando la secuencia lógica del discurso que había preparado, pero no tuvo más remedio que complacerlo.

–Realmente, buscábamos otra cosa. Todo comenzó en la oficina de un banco holandés que posee una sucursal en La Habana. Como es habitual, mantenemos una estricta vigilancia sobre ese tipo de negocio para evitar las penetraciones, y nuestro hombre en esa empresa, a quien llamamos "Virgilio", le sirve de chófer y secretario personal al europeo que la dirige, un tal Jan Vankanegan. Virgilio nos comunicó que su jefe estaba sirviendo de correo entre su esposa, la compañera Nuria Garcés, y Lucía Bern, una hermana que ésta tenía en Nueva York. Bern era el apellido del esposo. Usted conoce la costumbre americana de despojar a las mujeres del apellido paterno. Como sabe, coronel, una profesora de la Universidad de La Habana, casada con un alto oficial de Tropas Especiales, no debe tener relaciones con una hermana exiliada. Eso está terminantemente prohibido. Fue en ese punto en el que la Contrainteligencia abrió un expediente a Nuria Garcés y me asignaron el caso. Nosotros sabíamos, sin embargo, que usted no estaba al corriente de las relaciones que las dos hermanas habían establecido.

Monreal quiso, desde el principio, aclarar inequívocamente que el coronel Arturo Gómez no era objeto de investigación alguna y mantenía la total confianza del Gobierno.

–¿Leyeron esas cartas? –preguntó Arturo.

–Algunas fueron leídas: concretamente, las escritas por Lucía que Vankanegan le entregaba al chófer en un sobre sellado para que se las diera a Nuria. Virgilio me las traía, abríamos el sobre, las fotocopiábamos y luego él se las llevaba a su esposa. Hubo otras cartas que Vankanegan le dio personalmente a su esposa. Esas no pudimos leerlas.

–¿Y qué decían las que pudieron examinar? –Arturo comenzó a inquietarse de una manera distinta, mezclada con odio. Notó que sudaba copiosamente pese al aire acondicionado.

–No mucho. Compartían viejas historias sobre la familia, pero en el lenguaje y en ciertas expresiones que utilizaba su esposa se adivinaba una actitud hipercrítica hacia la Revolución. Podía evolucionar y pasarse al enemigo.

"Podía evolucionar". Era sólo una hipótesis fundada en la sospecha. No había nada realmente peligroso en el incidente. Arturo movió la cabeza en un gesto ambiguo.

El lenguaje del capitán le sonaba ridículo. Nuria podía ser hipercrítica –esa palabra de moda–, pero jamás se pasaría al enemigo.

–Hasta ese punto no estábamos muy preocupados –prosiguió Monreal–. Eran dos hermanas diciéndose tonterías por escrito después de mucho tiempo de estar separadas. Pero cuando saltaron las alarmas fue cuando una universidad italiana invitó a su esposa a Roma y ella citó a Lucía para encontrarse en esa ciudad clandestinamente. Cuando el decano nos consultó, autorizamos el viaje de Nuria para saber exactamente hasta dónde podía llegar esa relación. El esposo de Lucía es un banquero americano. Por definición, un banquero americano es alguien que siempre será nuestro enemigo. Los servicios yanquis podían tratar de reclutar a Nuria. Si tenían acceso a Nuria lo tendrían a usted indirectamente.

Arturo no hizo ningún gesto que revelara lo que estaba pensando sobre la incurable paranoia de los servicios de inteligencia. En el pasado él también hubiera razonado dentro de esos esquemas.

–¿Vio Nuria a su hermana en Roma? –indagó Arturo. Nuria le había informado de su viaje, pero no de que se encontraría con su hermana.

–Sí, la vio. Lucía viajó a Roma y estuvieron juntas un par de días.

–¿Tiene pruebas?

–Sí. Desde que invitaron a su esposa a Roma teníamos todos los detalles del viaje. Se quedaría en el Mecenate

Palace, en una zona muy céntrica, donde también se desarrollaría el seminario. Movilizamos a nuestra gente en
Roma para que se ocupara discretamente de seguirla. Con-
seguimos entrar en su habitación, colocar cierta "técnica".

Técnica era una palabra vaga que usaba la Contrainteligencia para designar los equipos de escucha y, a veces, de
filmación o fotografía. Arturo movió imperceptiblemente
la cabeza dando a entender que había comprendido.

–Le repito la pregunta, ¿poseen pruebas? –era evidente que el coronel no tenía el menor interés en resultarle
agradable al capitán Monreal.

–Sí, tenemos grabaciones, fotos y algunos videos de la
reunión de las hermanas, pero eso no es lo importante,
coronel. Uno de nuestros colaboradores logró entrar en la
habitación de su esposa la víspera de su regreso a La Habana y retrató ciertas cartas comprometedoras.

La conversación había tocado fondo. Súbitamente, las
relaciones se tensaron y el aire se congeló entre ellos. Monreal advirtió que debía pasar a la incómoda zona de las
revelaciones más dolorosas y sintió una extraña satisfacción. Ése era el momento.

–Tal vez usted jamás se habría enterado de las relaciones de su esposa con su hermana si todo hubiera quedado
en una imprudencia sin consecuencias para la Revolución.
La verdad es que en el encuentro de Nuria con Lucía no
hubo el menor intento de reclutamiento. Lo grave es lo que
sucedió en Roma entre la compañera Nuria Garcés y el
profesor Valerio Martinelli. Eso sí no podíamos ocultárse-
lo. Ya conoce las reglas: todos cuidamos el honor de todos,

y muy especialmente de los que están sirviendo a la patria en misiones internacionalistas.

Arturo sintió que la sangre le hervía. En ese momento deseó ardientemente callar de un balazo entre las cejas al capitán Monreal y eliminar a todas las personas que conocían la traición cometida por Nuria.

—¿Quién es el profesor Valerio Martinelli? —masculló la pregunta, como si pronunciar ese nombre le hiriera la boca.

Monreal sacó varias fotos de un maletín negro de piel y se las entregó al coronel.

—De acuerdo con la ficha que hemos compilado —Monreal puso sobre la mesa un expediente lleno de papeles—, es un neurolingüista con cierta reputación académica entre sus colegas. Tiene cincuenta y nueve años, es políglota, y entre las lenguas que habla perfectamente está el español. Vivió en España cierto tiempo. Nunca ha estado en Cuba ni tiene filiación política relevante, aunque en su juventud estuvo muy cerca de la izquierda, pero luego abandonó esas convicciones. Posee fama de Casanova y, al menos una vez, hace unos cuantos años, tuvo un problema con una alumna norteamericana con la que se estaba acostando durante un curso de verano, relación que se transformó en un escándalo dentro de la universidad. Los padres de la muchacha, unos mormones de Utah, lo acusaron y casi le cuesta la carrera docente. Ha publicado veintidós libros y decenas de artículos. Se ha casado varias veces, aunque enviudó de su última mujer, una profesora de literatura mucho más joven que él. La mujer murió de cáncer hace un par de años. Según el informe que me llegó de Italia, formaban lo que allá llaman un "matrimonio abierto". Cada uno iba por su lado. Aquí les llamaríamos "enfermitos".

Arturo miró las fotos con atención. Era evidente que Monreal devaluaba la figura de Martinelli para ganarse su simpatía. La palabra *enfermitos* era una vulgaridad destinada a ese fin miserable. En la primera pudo identificar a Nuria de espaldas mientras el italiano la abrazaba por la cintura. Caminaban por la Plaza de San Pedro. La segunda foto tal vez había sido tomada con teleobjetivo. Estaba ligeramente desenfocada. Se veía a Nuria y a un acompañante de aspecto distinguido, cabello cano ondulado y chaqueta de piel. Nuria estaba radiante: era evidente. Arturo, en un instante, consiguió amarla y despreciarla a la vez. Reían. Comían en una acogedora *trattoria* del Trastevere, le dijo Monreal. Arturo no pudo evitar compararse con el italiano y se sintió humillado. Le pareció sorprendente que Nuria se interesara en un hombre que le llevaba veinte años. Se había entregado a un viejo. Había preferido a un viejo.

–Esta foto no prueba nada –dijo Arturo ásperamente.

Monreal se esforzó en contestarle con amabilidad.

–Por supuesto. Son dos colegas cenando. Sólo quería que viera el aspecto de Martinelli. Es el típico profesor maduro, con algo de galán envejecido y ridículo. Las universidades están llenas de estos tipejos. Se dedican a conquistar a las muchachas por medio de su labia. También los tenemos aquí en Cuba. Pero nuestra gente sacó otras fotos comprometedoras. Hay grabaciones y unas extrañas cartas pornográficas escritas por Martinelli a su esposa con detalles, francamente, asquerosos. Aunque me da una pena enorme, tengo órdenes de enseñárselo todo.

—¿Cartas? ¿Se atrevió a escribirle a Cuba? —preguntó Arturo con incredulidad.

—No. Las cartas fueron escritas durante la estancia de su esposa en Roma. Parece que se trataba de un juego íntimo entre ellos. Él la llamaba *Sherezada* y las firmaba con el sobrenombre de *Sultán*. Las interceptamos en Roma y las fotografiamos. Probablemente ella le respondió, pero si lo hizo nunca pudimos echarle mano a lo que escribió. Nuria destruyó los textos originales de Martinelli antes de regresar a La Habana. Tal vez pensaba que nunca más lo vería y sabía que las cartas eran muy comprometedoras. Nunca se imaginó que ya habían caído en nuestro poder.

—¿Sabe Nuria que su engaño ha sido descubierto? ¿Sabe que la Contrainteligencia conoce la existencia de estas cartas?

—Yo mismo se lo dije y le dejé copias de las cartas para que no tratara de negar la evidencia. La visité ayer en la mañana. También le notifiqué que había sido separada de la universidad.

—¿Cómo reaccionó? —preguntó Arturo, convencido de que ese castigo era devastador para una mujer que amaba su carrera como pocas cosas. No pudo evitar sentir pena por ella, pero mezclada con el odio invencible que lo poseía.

—Digamos que tuvo dos reacciones diferentes. Cuando la enfrenté al hecho de que se había reunido con su hermana reaccionó como una fiera. Aceptó que era cierto, pero defendió su posición. En cambio, cuando surgió el tema de sus vínculos con Martinelli se desplomó. Primero negó que entre ellos hubiera existido ninguna relación íntima, pero cuando le entregué copia de las cartas, ridículamente dirigidas a *Sherezada* y firmadas por *Sultán*, se dio cuenta de que no tenía escape y tuvo un acceso de histerismo.

—¿Hay más pruebas de su infidelidad? —Arturo preguntó simulando una indiferencia que realmente no sentía, con la esperanza de que en ese punto terminara el martirio.

Monreal hizo un breve silencio, abrió de par en par el maletín, y vació su contenido sobre la mesa con cierto estudiado dramatismo: dos docenas de fotos, cintas de video, grabaciones y los informes de la Contrainteligencia. De alguna forma oscura, éste era el momento que estaba esperando con cierta ansiedad. Se sintió como los abogados cuando presentan ante un jurado las pruebas definitivas que inculpan sin remedio al acusado, o como el verdugo que da el hachazo final e inapelable sobre el cuello del condenado a muerte. Había llegado el momento del mensaje final, incluida la mención de Napoleón a la que habitualmente recurría para fortalecer el ego golpeado de las personas a las que *atendía*.

—Estas cosas también les suceden a los grandes hombres. Le ocurrió a Napoleón con Josefina. Usted es un héroe de la Revolución, coronel, que le ha prestado grandes servicios a la patria, y no dejará de serlo por la conducta reprensible de su mujer, siempre que usted tome la decisión de divorciarse de ella para que se mantengan los altos estándares morales de nuestras Fuerzas Armadas.

Arturo lo miró con una expresión vacía. La alusión a Napoleón le pareció una desproporcionada estupidez. Cuando se pusieron de pie para despedirse, Monreal, amistosamente, colocó su mano derecha sobre el hombro del coronel y le dijo:

—Un último consejo no pedido, pero de un amigo que lo admira: no ceda ante la natural inclinación a la violencia que se siente en estos casos. No vale la pena. Hable lo mínimo con su esposa, y rompa con ella rápidamente. Tras comunicarnos su decisión, nuestro departamento legal lo divorciará en veinticuatro horas, y ni se preocupe por la pensión o por la casa. Como no hay hijos, ella tendrá que abandonar la vivienda inmediatamente por todo lo que le ha hecho.

El coronel Arturo Gómez, sin precisar por qué, sintió un insondable desprecio por el capitán Monreal, por sus consejos y por aquella mano desagradable que le quemaba el hombro.

—Yo sabré exactamente lo que tengo que hacer —le respondió con una mirada vidriosa no exenta de aspereza.

Cuando cerró la puerta, el capitán Monreal sintió una rara felicidad. Solía ocurrirle en casos como éste cuando estaba seguro de que había cumplido con su deber.

VII

Aterricé en Italia un domingo luminoso. Volé toda la noche, hice escala en Madrid temprano en la mañana, y poco después llegué a Roma llena de una rara vitalidad, probablemente generada por los deseos que tenía de escapar por un tiempo de Cuba, aquejada por esa inquietante claustrofobia que cada cierto tiempo padecen los habitantes de las islas. ¿Por qué? Nunca lo he sabido, pero todos mis amigos dicen sentir periódicamente la misma necesidad de evadirse y luego regresar. "Tienes el síndrome del isleño", me dijo el decano cuando me dio la autorización para viajar, un poco desesperado por mi insistencia. Era cierto. ¿Sería mi edad? Los cuarenta años son un momento especial en la vida de las mujeres. Ahí se produce un rito de paso. Una ceremonia interior de vago sufrimiento. Los psicólogos lo sabemos. Las mujeres que transitan por él lo reconocen. Yo lo sé como psicóloga y como mujer. No es falso que existe la *midlife crisis*. Sientes una especie de vacío, una necesidad de cambiar, de romper la rutina. De pronto, miras hacia atrás con horror y piensas que probablemente ya pasó lo mejor de tu vida y ni siquiera te diste cuenta. Inesperadamente, escuchas la frase "en mis buenos tiempos" y no sabes precisar cuáles fueron esos buenos años en tu propia existencia. Tu vida, de pronto, te es ajena, como si le perteneciera a otra persona. Eso te produce cierta autocompasión. Tal vez la felicidad es algo que les sucede a los demás. Te entristece tu pasado no por lo que fue y viviste, sino por lo que no fue y por lo que no viviste. ¿Cuántas mujeres de cuarenta años pasaron por mi oficina para que las ayudara a reencontrar la dicha que se les había escurrido entre los dedos? No habían dejado de amar a sus compañeros, sino a ellas mismas. Las enseñaba a enfrentarse a la nueva etapa. Las adiestraba para que se reconciliaran con su propio yo y se apartaran de la nociva creencia de que el egoísmo era una actitud malsana. Las convencía de que la vida que quedaba por delante podía ser más satisfactoria porque a la vitalidad que aún poseían se sumaban la experiencia y la serenidad. ¿Era yo ahora mi propia paciente, mi *cliente*, porque no me gusta utilizar términos médicos con personas angustiadas, como aprendí en los libros de Rogers? Necesitaba salir, sacar la cabeza, respirar otros aires. Estaba cansada, muy cansada, aunque no sabía exactamente por qué. Hay una astenia hormonal que es peor en primavera. Las psicólogas también la conocemos. ¿Acaso era eso? Tal vez la lejanía de Arturo podía explicarlo. Lo necesitaba, pero, al mismo tiempo, lo rechazaba. ¿Arturo y sus ausencias eran la causa del problema? Falso: yo sabía que imputar a otros la desazón propia es siempre una forma cobarde de huir de la verdad. Las ausencias de Arturo daban también paso a la alegría de los reencuentros. ¿O era el continuado hastío de las intrigas universitarias, las pequeñas querellas, las tensiones políticas, las secretas batallas de los egos que habían logrado fatigarme? No sé. Apenas era mi tercera salida de Cuba en los últimos veinte años. Las otras dos —una a Moscú y otra a Sofía, en Bulgaria–, sin embargo, nada tuvieron de memorables, aunque no fue así como entonces percibí aquellas experiencias, acaso porque era mucho más joven y casi todo me ilusionaba. En su momento, me parecieron magníficas. Hoy las recuerdo sin emoción, como variaciones oscuras sobre el mismo tema cubano.

El profesor Valerio Martinelli me esperaba gentilmente en el bullicioso y deslumbrante aeropuerto romano. Era el organizador del seminario. Una semana antes del viaje le había rogado que lo hiciera. Fue una penosa conversación telefónica en la que le expliqué que había obtenido permiso de la universidad para participar en el evento, pero no dinero. Martinelli, muy amablemente, me dijo que lo comprendía, porque ésa solía ser la situación de los académicos del bloque comunista, pero no debía preocuparme: la invitación, como se hacía con recursos de la UNESCO, administrados por un tal Michel Ventas, un excéntrico poeta amigo suyo, era generosa, incluía los boletos, todos los gastos, un honorario de tres mil dólares por la presentación de mi ponencia, y cien dólares de viáticos por cada uno de los siete días de mi estancia en Italia, dinero que me entregaría en el mismo aeropuerto, de manera que mi semana en Roma sería muy placentera y sin dificultades económicas.

Lo reconocí por la foto de su rostro que aparecía en la revista, aunque ya su cabello era mucho más canoso y él, sin duda, estaba más envejecido. Llevaba en las manos un pequeño cartel con mi nombre. Era un hombre alto, elegante, vestido con el desenfado habitual de cualquier profesor universitario. Inmediatamente, me gustó su sonrisa acogedora, amable, y volvió a sorprenderme su casi perfecta construcción española, que ya conocía de nuestra charla telefónica, donde se mezclaban gratamente el acento madrileño y la entonación italiana. "Espero que entienda mi *itañol*", me dijo con la innecesaria humildad de quien sabe que lo van a desmentir inmediatamente, y enseguida comenzó la serie de inevitables preguntas por su parte (qué tal el viaje, está cansada, le tocó un buen asiento), seguida de los comentarios mecánicos de la mía (me da miedo viajar, supongo que hay algo de claustrofobia, me tocó un vecino obeso que no dejaba de roncar). Una vez agotado este intercambio ritual, que nos sirvió para destensar la conversación, el recorrido hacia el hotel, realizado en el carro del profesor Martinelli, se transformó en un valioso *tour* turístico. Cuando supo que era mi primer viaje a Roma (y tal vez el último, aunque eso nunca se lo dije), se esforzó por darme una información minuciosa sobre las calles, los parques y los monumentos que íbamos recorriendo, con la autoridad y el tono de quien se comportaba más como el alcalde de la ciudad que como uno de sus habitantes. Evidentemente, amaba la historia, todo parecía saberlo, y le encantaba compartir sus conocimientos con sus interlocutores, cosa que hacía en un tono jocoso, tocado con un grato humor autocrítico, burlándose de los italianos, alejado de cualquier pedantería, y agregando a sus comentarios un matiz confidencial a la información que no cesaba de fluir de su boca. Así supe, por ejemplo, que el hotel elegido, el Mecenate Palace, había sido erigido sobre el solar en el que estuvo la suntuosa casa de Mecenas, Cayo Cilnio Mecenas, un riquísimo patricio del siglo primero antes de Cristo, protector de Horacio y Virgilio, amigo de artistas y poetas, consejero de César Augusto, lo que facilitó que el emperador se acostara con Terencia, la mujer de Mecenas, "hombre tan generoso que creía que era razonable compartir todo lo bueno con los amigos, incluida la mujer" (en ese punto sonrió con picardía). De Terencia, añadió Martinelli, se conserva un retrato, un medallón, en el que aparece una mujer muy bella, con el cabello largo y crespo, un poco parecida a usted ("con todo respeto", agregó mirándome a los ojos dos segundos más de lo convencional). Fue entonces cuando advertí que Martinelli tenía una sonrisa muy agradable, unas manos de pianista que movía armoniosamente, unos hermosos ojos azules que no ocultaban sus espejuelos transparentes montados al aire, y una pequeña hendidura en el centro del mentón que dividía en dos su mandíbula más bien cuadrada, como una especie de punto focal semejante al que exhibía otro italiano que yo adoraba, Marcello Mastroianni, observaciones que me reservé, naturalmente. La suma de todos esos factores se traducía en una certeza inequívoca: el profesor era un hombre interesante y dejaba constancia de ello desde la primera impresión que causaba en los demás. Tal vez, incluso, resultaba atrayente, pese a su edad. No era exactamente el italiano bello de las revistas de moda, pero tenía ese encanto difícil de definir que poseen algunos hombres maduros en los que la inteligencia se les trenza con las facciones agradables, y una no sabe exactamente si lo que atrae de ellos es el rostro, la voz, la palabra, la gesticulación, el instinto de protección —esa seductora aura paternal que tienen o simulan— o la combinación armónica de todos esos factores.

Acostumbrada a la frugalidad de Cuba, el hotel romano, una bella construcción del siglo XIX, aunque no era de los más lujosos, me pareció suntuoso, elegante, con sus alfombras de lujo, sus paredes enteladas y sus muebles clásicos. Martinelli se empeñó en acompañarme junto al botones a mi habitación para dejar la maleta, y luego fuimos los tres a la suya, la suite Properzio, mucho mayor, dotada de antecámara, por si debía reunirse en privado con alguno de los conferenciantes o con la prensa especializada que probablemente atendería al evento. Martinelli nos explicó que poseía su vivienda en Roma –la tarjeta de visita la situaba en el número 9 de la Calle del Corso–, pero prefirió hospedarse en el hotel para no tener que desplazarse todos los días en la mañana mientras durara la conferencia. "Había dos suites disponibles –dijo con una sonrisa–, la Virgilio y la Properzio. Los dos fueron escritores protegidos de Mecenas. Elegí la Properzio. Era un mejor poeta erótico que amó intensamente a una mujer deliciosa llamada Cintia. Mi ilusión es que su espíritu resida en esta suite. Sus elegías son una maravilla". Quedamos en que nos encontraríamos al día siguiente a la hora del desayuno.

* * *

Media hora de sueño y una ducha rápida me bastaron para poder armarme de un plano y salir sola a las calles de esta espléndida Roma que me regalaba su mejor tarde de domingo. Quería estar sola. En realidad, nunca había estado sola. Ni siquiera cuando mi marido se embarcaba en sus largas aventuras de soldado internacionalista, porque me dejaba instalada en un mundo de caras conocidas. La soledad genuina era ésta, la que se disfruta en un mundo de rostros no estrenados, de calles y paisajes nunca vistos, en el que una se convierte en un ser invisible, como si los demás no pudieran percibirte. Me sentía llena de energía, de una energía poderosa. ¿Sería el secreto influjo de esta ciudad increíble, cuna del mundo? El hotel estaba frente a la Basílica Santa María la Mayor, una de las iglesias más importantes en la historia de la cristiandad, una de las más bellas y lujosas, edificada, como tantas obras portentosas, a partir de un sueño. Un papa soñó que la Virgen le pedía ese templo y la complació. Los papas siempre complacen a la Virgen. Esta vez la obedeció con fruición: hizo construir una bellísima iglesia, todavía con las huellas arquitectónicas de los templos paganos que provenían de la tradición clásica romana. Quise entrar en ella. Hacía muchas décadas que no entraba en "la casa de Dios", como solía decir mi madre. ¿Para qué Dios querría una casa si tiene todo el universo a su disposición? En algún momento de la preadolescencia perdí la fe. En realidad, no lo lamento. Nunca he necesitado a Dios. ¿Cuándo sucedió? ¿Cuándo se me fue? No lo recuerdo. Sí sé, en cambio, cómo ocurrió. De repente, aquella remota historia de Jesús que me contaban mis padres se me volvió inverosímil. Cualquier cuento de hadas era más razonable que el *Nuevo Testamento*. Yo quería creer para complacerlos, pero no podía. Rezaba, si me lo pedían, pero mecánicamente, mientras pensaba en cualquier cosa mundana. ¿Cómo aceptar, racionalmente, que Dios había decidido tener un hijo para que nos salvara de nuestros pecados con su propio martirio? ¿Por qué el Creador del universo demandaba algo tan cruel y absurdo? ¿Por qué había que creer que ese hijo, concebido por un ángel en el vientre de una virgen en un remoto pueblo de Judea, venía a salvar al mundo? Yo no podía aceptar aquella historia maravillosa, pero infantil. Yo quería tener mi menstruación y soñaba con dejar de ser vir-

gen un día para tener mis hijos. Ya comenzaba a enamorar-
me, y había descubierto los rincones placenteros de mi cuerpo, y no podía aceptar la idea del pecado y de la culpa por lo
que entonces me parecía normal y agradable. El cristianismo, sencillamente, era absurdo. Mi madre me explicaba que
no intentara comprender, porque no se trataba de un asunto racional, sino espiritual, pero me resultaba totalmente
imposible complacerla. Si Dios existe, me decía, puede
encarnar en cualquier cosa que se le antoje. Si existe, todo
puede ser cierto. No para mí, madre. Dejé de creer. Si Pablo
de Tarso tuvo la revelación de Dios aparatosamente, yo tuve
la revelación de no-Dios de una manera natural, sin aspa-
vientos. No perdí mi fe en las clases de marxismo que luego
tomé en la universidad. No perdí mi fe de la mano de un
hombre que me abrió los ojos. Fui yo misma, sola, naturalmente. Dejé de creer en Dios como dejé de creer en los
Reyes Magos y en las hadas. Cuando llegué a la universidad
ya no creía. El marxismo solamente me dio otra explicación
más racional, pero también incompleta y elemental, que
luego se me fue desmoronando en las clases de Psicología.
Había algo incompatible entre el marxismo y la naturaleza
humana, pero preferí ignorar esa incongruencia para poder
vivir. Ahora, en Roma, volvía a entrar en una iglesia, en una
de las más bellas, pero no para recuperar la fe, que no me
interesaba, sino para evocar unas sensaciones que nunca
desaparecieron del todo y por las que abrigaba una reprimida nostalgia: la fresca humedad de las capillas, el olor de las
velas que ardían, el sonido metálico del órgano, los bellísimos vitrales taladrados por la luz de la tarde, los cuadros
graves de santos dolientes, las voces de los coros, la suave
armonía que exhalaba esa atmósfera extrañamente hospita-

laria, poblada de murmullos, siempre asociada con la infancia y con vagos recuerdos de épocas que acaso fueron benignas. El cristianismo era una fábula infantil dotada de una bella liturgia. Yo amaba esa liturgia. Eso fue lo que perdí cuando dejé de ser cristiana. Sólo una vez, creo, volví a pensar en Cristo, cuando mi hija se moría, pero no pude rezar. La desesperación era tremenda, pero la racionalidad no me permitía abandonarme a ella. Cuando salí del templo romano me sentía muy bien, realizada, en paz. Quería verlo todo, porque todo estaba a pocos pasos de la plaza: el Foro, el Coliseo, la Plaza de España. Deseaba, como cuando era niña, correr y saltar. Una corre y salta porque se siente feliz. Me lo pregunté: ¿por qué esa sensación? ¿Por qué ese infantil deseo de correr que el cuerpo me pedía? Cuando era niña y me llevaban al parque, al Anfiteatro, frente al mar, sentía esa misma sensación, y a veces, cuando daba largas zancadas, creía que mágicamente flotaba en el aire, que levitaba. ¿Qué era? Era la libertad. Entonces me sentía libre. Me sentía ese animalito cautivo piadosamente soltado en el bosque. Me sentía la paloma que revoloteaba sobre mi cabeza. Yo me sentía libre en Roma. Libre de qué, me pregunté. Libre de todo. Libre de mi marido. Libre de mi trabajo. Libre de mis compañeros. Libre de mis vecinos. Libre del Gobierno. Libre de la rutina que se me había metido bajo la piel como un animal hambriento y amenazaba con devorarme el corazón. Fue entonces cuando llegué a la Plaza de España, con su escalera infinita, rematada, al final, con la Fuente de la Barcaccia, ese hermoso capricho de Bernini que mil veces había contemplado en las fotografías, y me quedé extasiada. Era domingo y la plaza estaba llena de gentes que cantaban y bailaban. Eran estudiantes. Bellísimos muchachos y muchachas de diversas nacionalidades que, nunca supe por qué, se habían dado cita allí para ser felices. Tocaban guitarras, reían. Algunos estaban disfrazados, otros tenían las caras graciosamente pintarrajeadas. Me acerqué a ellos. Danzaban en círculo. Eran españoles y latinoamericanos. De pronto, me tomaron de la mano y me sumé al grupo. Me aceptaban. Me querían. Bailé con ellos, canté con ellos, reí con ellos. Sentí que me dejaba llevar por el grupo, que me fundía y confundía con esa masa humana bulliciosa e inesperada hasta pertenecer a ella. Pero algo, en un instante, se me rompió dentro. Fue como un relámpago negro. Me llené de tristeza. Cayó un telón dentro de mí. Era como si mi capacidad para ser feliz se hubiera reducido hasta convertirse en una gasa fina y transparente, incapaz de soportar mis emociones. ¿Tenía sentido mi vida? ¿Por qué, Dios mío, esa tristeza? Qué raro: he invocado a Dios. Me separé del grupo. Recordé a Viktor Frankl, uno de mis secretos maestros, cuyos libros leía a escondidas porque no era santo de la devoción de mis rígidos profesores. ¿Tenía sentido mi vida? Me senté en la escalera y comencé a llorar. Era el peor de los llantos, el que no se identifica, el que no explica por qué nos moja los ojos y se limita a fluir incontrolable; un llanto antiguo, que me salía del alma, como si la felicidad ya me estuviera vedada para siempre y llorara por eso, por no poder ser feliz, por haber olvidado cómo se alcanza ese estado anímico. El baile, los cantos en mí eran una farsa. Por unos minutos, había sido una impostora. Me había apoderado de una dicha que no era mía, sino de esos muchachos enamorados de la vida. No sé cuánto tiempo más estuve en la plaza. Al anochecer, regresé cabizbaja al hotel. Mañana comenzaría el seminario. Me moría de cansancio.

VIII

El evento comenzó exactamente a las diez de la mañana, como estaba programado. El pequeño salón de conferencias, situado en la primera planta del hotel, intensamente refrigerado como siempre, estaba lleno. No era difícil. Apenas cabían cuarenta personas: treinta y seis en el público, sentadas en las sillas mullidas y elegantes, más la mesa con el ponente, el moderador, el relator y un *discussant*. El profesor Valerio Martinelli, en el tono relajado de quien tiene una larga experiencia en estas lides, apelando a las habituales formas rutinarias, incluido el chiste reglamentario, les dio la bienvenida a los participantes, le agradeció a la UNESCO su patrocinio, al Mecenate Palace su hospitalidad, y explicó el sencillo procedimiento: se reunirían todos los días a la misma hora, de lunes a viernes, durante una semana, a escuchar una ponencia y luego la discutirían. La sesión terminaba a la hora del almuerzo, a la una de la tarde, y todos quedaban liberados hasta el día siguiente para disfrutar la belleza de Roma. Las cinco ponencias y los comentarios serían posteriormente recogidos en un volumen que publicaría la universidad. Los intérpretes se encargarían de traducir simultáneamente en las tres lenguas de la conferencia: italiano, español e inglés.

Para trazar la pauta, el profesor Martinelli comenzaría con su propia ponencia, titulada "Las huellas cerebrales del lenguaje erótico, el tono de la voz y la intensidad de la luz". El experimento neurolingüístico descrito por el profesor Martinelli consistió en someter a diez mujeres y diez hombres, estudiantes de postgrado, de edades situadas entre los veinticinco y los treinta y cinco años, a escuchar mediante auriculares unos textos clásicos de la literatura erótica leídos por actores y actrices en tres tonos diferentes y con distinta intensidad de luz. En la primera de las atmósferas, la iluminación era total, diurna, y la voz parecía proyectarse desde unos diez metros de distancia, como si llegara desde una tribuna. En la segunda, la voz aparentemente se acercaba a unos tres metros y la luz se suavizaba hasta lograr un ambiente de complicidad. En la tercera, la voz se convertía en una especie de susurro al oído, al tiempo que la habitación en que se realizaba el experimento quedaba en penumbras. Mientras los sujetos escuchaban los textos, unos electrodos colocados en sus cabezas iban registrando la actividad cerebral con el objeto de identificar las reacciones fisiológicas y el exacto lugar donde éstas ocurrían. Como los textos estaban sincronizados con el encefalómetro, se pudo averiguar exactamente qué palabras o frases lograban el mayor impacto en la percepción de la mayoría de las personas que se prestaron para el experimento, y qué importancia tenían la iluminación o la distancia de la voz. Deliberadamente, fueron escogidos dos homosexuales y dos lesbianas entre los veinte participantes para tratar de averiguar si las preferencias sexuales tenían relación con las zonas iluminadas del cerebro ante la recepción de los textos.

Los datos obtenidos revelaron algunos extremos inesperados. Los mismos textos, escuchados a varias distancias y bajo distintas condiciones de iluminación, afectaban diferentes zonas del cerebro. La escritora escogida, Anaïs Nin, autora de unos candentes diarios, no producía los mismos efectos a diez metros, a tres, o murmurando cerca del oído. Tampoco el cerebro registraba los estímulos en los mismos sitios si la luz era intensa, reducida o inexistente. Había, también, una diferencia notable si se trataba de homosexuales, lesbianas o heterosexuales. Las zonas del cerebro de los dos varones homosexuales iluminadas por el impacto de los textos leídos solían coincidir con las de las mujeres heterosexuales, mientras las respuestas fisiológicas del cerebro de las dos lesbianas estaban más cerca del cerebro de los hombres.

Tras la lectura de la ponencia del profesor Martinelli sobrevino el inevitable debate. ¿Qué trataba de demostrar? Nada, respondió. No había una hipótesis preconcebida sino la intención de tratar de entender cómo el habla erótica y el cerebro interactúan. ¿Era posible, algún día, utilizar esos conocimientos para construir mensajes seductores? Por supuesto, dijo Martinelli. Ya lo hacen intuitivamente los comunicadores. Quienes hablan frecuentemente en público han experimentado la diferencia que existe en la respuesta de un auditorio al que se le habla sosegadamente, con la boca muy pegada al micrófono, lo que crea la ilusión de que le está hablando muy cerca del oído, y de quien se aleja y alza la voz, debilitando con ello la ilusión de la cercanía. Era la diferencia entre la arenga y la petición íntima. Las dos constituían formas de conquista, pero de manera muy distinta. ¿Corroboraba el experimento de Martinelli que no había un cerebro homosexual, sino sólo cerebros masculinos y femeninos, a los que se plegaban las personas que se sentían atraídas por gente de su mismo sexo? En lo absoluto: no era posible saber si eran homosexuales por tener rasgos cerebrales del sexo opuesto o si tenían esos rasgos cerebrales por otras razones todavía incomprensibles. La neurolingüística, explicó, pese a que nació en el siglo XIX, no era todavía una ciencia exacta, sino una vaga disciplina en la etapa de forjar sus cimientos.

A Nuria, quien debería leer su ponencia al siguiente día, le gustó la espontaneidad del debate y el carácter ligeramente escabroso del tema elegido. Martinelli era, sin duda, un buen conferenciante, sin pizca de esa insufrible arrogancia intelectual que aqueja a algunos académicos. Le llamó la atención, también, que el profesor la tomara a ella como uno de sus contactos visuales frecuentes cuando despegaba los ojos de los papeles y recorría al auditorio, pero tal vez lo que más le sorprendió fue la temperatura emocional con que el tema había permeado casi todas las intervenciones posteriores, como si la palabra sexo tuviera una especial carga mágica. De pronto, aquellos refinados profesores citaban el explícito texto de Anaïs Nin tomado de sus vastos diarios ("cubana, como ella, hija de padre y madre cubanos, pero de cultura francesa", acotó Martinelli en medio de la conferencia señalando a Nuria) y aportaban detalles personales sobre la autora, su insaciable apetito bisexual, las relaciones incestuosas que mantuvo con su padre ya de joven adulta, sin el menor trazo de sentimiento de culpa, y sus amores atormentados con Henry Miller. ¿Eran eróticos los textos de Anaïs? Sí, pero a juzgar por la ponencia de Martinelli la intensidad del efecto dependería de la distancia y de la luz, casi como si se tratara de un fenómeno físico.

Cuando terminó la sesión, el profesor Martinelli se acercó a Nuria y la invitó a comer para discutir la ponencia que la profesora cubana debía leer al día siguiente: "El lenguaje político, la disonancia cognitiva y la neurosis". Nuria aceptó de buen grado la invitación y no pasó por alto que el amable profesor italiano, mientras conversaba con ella y la miraba fijamente a los ojos, inclinaba la cabeza en su dirección e intermitentemente le tocaba el antebrazo en un gesto universal de flirteo y aproximación al que ella respondió, automáticamente, tocándose y arreglándose el cabello con las manos mientras le respondía con cierto nerviosismo que no experimentaba desde hacía muchos años.

* * *

Caminaron un buen rato hasta el Trastevere, el viejo y delicioso barrio medieval separado por el río Tíber del centro histórico de Roma. Mientras el profesor le explicaba los secretos de la vieja ciudad, a trechos, para cambiar de acera o para protegerla cortésmente de unos peligros inexistentes, Nuria percibía como una sensación grata la intermitente presión de la mano del profesor en su codo, hasta que llegaron a una acogedora *trattoria* al aire libre resguardada del sol por una lona piadosa, situada junto a la iglesia de Santa Cecilia, patrona de los músicos.

–¿Por qué patrona de los músicos? –preguntó Nuria intrigada apenas se sentaron.

—Es una de las fantasías cristianas más delirantes. La leyenda dice que el día de su boda con Valeriano, un muchacho rico del patriciado romano, pagano, como era propio de la época, mientras los músicos tocaban sus melodías, Cecilia se puso a cantarle al Dios de los cristianos. Le gustaba tanto cantar que siguió haciéndolo después de que la decapitaran. Eso se llama una verdadera vocación.

—¿Ella era cristiana?

—Sí, su padre era un senador ilustre que decidió casarla para tratar de curarla de sus arrebatos místicos. Él arregló la boda.

—¿Y qué sucedió?

—Sucedió lo peor: parece que Cecilia le tenía horror a las relaciones sexuales y la noche del desposorio convenció a su joven e inexperto marido de que un ángel estaba a cargo de proteger su virginidad porque ella había hecho voto de castidad: le había ofrecido a Cristo la virginidad. Si él intentaba penetrarla, el ángel lo degollaría. Esto de los ángeles y la virginidad parece ser una debilidad del cristianismo. Uno preñó a María sin tocarla y este otro estaba dispuesto a matar para proteger el himen de Cecilia.

—Dios mío, ¿se atrevió Valeriano a intentarlo tras esa amenaza? —preguntó Nuria divertida.

—¡Qué va! Llamó a su hermano Tiburcio y le contó la historia. Valeriano debió ser un tipo bastante crédulo e impresionable, igual que su hermano. Los dos fueron a ver a Urbano, el obispo católico, quien los persuadió de las virtudes del cristianismo, los bautizó y los convenció de que

Dios se reservaba la virginidad de Cecilia. Dios, según Urbano, estaba muy contento de que la muchacha no follase y de que utilizase un cilicio bajo su túnica para castigar la carne. Uno de los grandes misterios del cristianismo consiste en saber por qué a Dios lo hace tan dichoso que la gente sufra y no folle. Pero también puede ser un rezago del paganismo. Las vestales eran veneradas por su voto de castidad. Las reclutaban cuando eran niñas, antes de los diez años, y durante tres décadas debían mantener vivo el fuego en honor de la diosa Vesta y mantenerse vírgenes. El castigo por dejar que se apagara el fuego del templo, o porque las vestales apagaran el fuego que seguramente sentían entre las piernas, era ser enterradas vivas.

Más allá del divertido sarcasmo del profesor Martinelli, Nuria advirtió el giro en su vocabulario: follar. Era la primera vez que el profesor utilizaba una palabra vulgar, como si el trato entre ellos de pronto hubiera adquirido una dimensión más íntima. Le gustó lo ocurrido.

—Pero, ¿por qué decapitaron a Cecilia? ¿La decapitaron por no follar? —ahora era ella la que empleaba la palabra española, un poco extraña en su vocabulario cubano, como aceptando los nuevos términos muy personales de la conversación.

—No. A los paganos les tenía sin cuidado si los cristianos follaban o no follaban. Las autoridades ejecutan a los hermanos Valeriano y Tiburcio acusados de auxiliar a los cristianos y, sobre todo, por no abjurar del cristianismo. Todo ese trámite le tocó hacerlo a un prefecto llamado Almaquio, que no parecía ser una mala persona. Trató de persuadir a los hermanos de que abandonasen las supersticiones cristianas y sacrificasen algún animal a los dioses de siempre para evitarse problemas, pero los muchachos eran muy testarudos. Con Cecilia tuvo un trato más humano. Intentó asfixiarla o asustarla con una especie de baño de vapor muy caliente para que dijera dónde estaban el dinero y las prendas de Valeriano y Tiburcio, pero ella se empeñó en que esa plata estaba destinada a socorrer a los pobres. Estuvo sudando todo un día y una noche sin señales de dar su brazo a torcer, así que Almaquio perdió la paciencia y le dijo a uno de los soldados que le cortara la cabeza, pero el sicario hizo su trabajo torpemente. Le dio tres tajos y casi la decapita, pero durante tres días la cabeza de Cecilia se mantuvo hablando y convenciendo a los romanos de las virtudes del cristianismo. Parece que, de vez en cuando, la cabeza cantaba, otro comportamiento que, aparentemente, Dios disfruta mucho. También ama que le canten.

—Veo que no eres muy cristiano —le dijo Nuria riendo.

—Te equivocas. Digamos que soy un cristiano no creyente, como casi todos los italianos. El cristianismo es lo que nos queda de la grandeza de Roma. Gracias al cristianismo no desapareció nuestra civilización. Nos hicimos cristianos para no dejar de ser romanos. El paganismo se disfrazó de catolicismo, el Sumo Pontífice se hizo Papa, el tribuno de la plebe se hizo obispo, y Roma siguió viva en la nueva etapa, pero ya sin la gracia y la alegría de siempre porque el cristianismo, como todas las religiones que vienen del padre Abraham, judíos, cristianos y mahometanos, tiene un componente triste y dogmático, típico del monoteísmo.

—¡Eres un pagano! —dijo Nuria divertida—. ¡Un pagano moderno!

—Todos los italianos lo somos —contestó Martinelli en el mismo tono jocoso—. Es exactamente igual de difícil creer en la existencia de un dios o de mil, así que yo prefiero el politeísmo, pero no para adorarlos, sino para negarlos. Hace muchos años que me he declarado apoliteo. Prefiero no adorar a muchos dioses antes que no adorar sólo a uno. En Roma llegamos a tener treinta mil dioses. Pero me encanta suponer que esas criaturas poderosas están por ahí protegiéndonos o haciéndonos la vida imposible. Siempre me pareció sabio que los romanos tuvieran dioses familiares propios.

—Muy bien, si fueras a creer, ¿cuál sería tu dios favorito? —indagó Nuria siguiéndole el juego.

Valerio Martinelli dejó de sonreír, la miró fijamente por unos segundos, lo suficiente para que el clima de la conversación se tornara más íntimo, y puso suavemente su mano derecha sobre la de Nuria.

—Cupido, por supuesto —le contestó—. Los griegos lo llamaban Eros. Nosotros, a veces, preferíamos denominarlo Amor. Es un dios diminuto, afeminado y travieso que lanza sus flechas cuando menos lo esperamos.

Nuria sintió que se ruborizaba. Un grato calor, totalmente involuntario, le humedeció el sexo de repente. Sin brusquedad, retiró su mano sonriendo, mientras trataba de ocultar una dosis adolescente de nerviosismo.

—Bueno, hemos venido a hablar de mi ponencia de mañana. Lo que he escrito tiene que ver con mi experiencia como psicóloga clínica. Solía tratar a personas que llegaban a mi consulta víctimas de una curiosa neurosis vinculadas al lenguaje político. Algunos pertenecían al ala juvenil del Partido Comunista.

—¿En qué consistía esa neurosis? —preguntó Martinelli realmente interesado.

—Es una sensación de falsedad que les molesta mucho. En nuestro país, obsesionados con la unidad de la sociedad, debida probablemente a cierta mentalidad de asedio en la que vivimos, acosados por un enemigo tan poderoso como Estados Unidos, sin darnos cuenta adiestramos a las personas para que oculten sus verdaderas creencias y percepciones, y eso acaba por generar un gran desgaste psicológico. Cuando se dice una cosa y se piensa otra, uno sufre.

—¿Mentir duele? —preguntó Martinelli.

—Por supuesto. Mira la cantidad de cosas que suceden cuando uno miente: las manos y las axilas sudan, la boca se reseca, el corazón se acelera, la piel se enrojece, cambia el tono de la voz, involuntariamente nos tocamos la nariz o las orejas. La reacción del organismo es tremenda. Es como si se produjera una rebelión interna contra la mentira.

—Entonces, hay que creer a los detectores de mentiras —exclamó Martinelli.

—Por supuesto que funcionan. Esas máquinas no pueden precisar si lo que se dice es cierto o falso, pero sí determinan con mucha certeza si quien habla y responde preguntas está incurriendo en una disonancia entre lo que dice y lo que cree. El detector lo que percibe es esa disonancia.

—Tráiganos café y la cuenta —le pidió Martinelli al camarero.

—He disfrutado mucho el almuerzo —dijo Nuria.

—Te propongo lo siguiente: cenemos juntos esta noche, pero hagámoslo en mi suite, donde nadie nos molestará. Tú decides en qué momento marcharte a tu habitación. La cocina del hotel es excelente. Le pediría al cocinero algo muy especial. Hasta ahora soy yo quien ha hablado, y quiero escucharte. Tengo una enorme curiosidad por saber quién eres, qué haces, cómo es Cuba, un país que nunca he visitado.

Nuria se quedó pensando unos segundos. La invitación a cenar en la suite del profesor Martinelli no era nada inocente. Lo probable es que intentara algún avance en el terreno sexual, pero él mismo había dejado en claro las reglas: "Tú decides en qué momento marcharte a tu habitación". No ocurriría nada que ella no quisiera o autorizara. Martinelli podía ser un seductor, y de ello ya había dado ciertas muestras inequívocas, pero no una persona violenta o impertinente, y ella sabía cómo lidiar con ese tipo de hombres.

—¿Te parece bien si llamo a la puerta de tu suite a las nueve de la noche? —aceptó Nuria con una sonrisa de la que, ex profeso, había eliminado cualquier vestigio de coquetería para dejar abierta la posibilidad de retirarse si, por la noche, el profesor insistía en propasarse. Su mensaje gestual era claro: se proponía hablar, nada más, y no temía hacerlo en la suite del profesor Martinelli.

IX

Nuria se bañó, acicaló y vistió para lucir hermosa. Eligió su mejor ropa interior y un vestido negro de hilo que la hacía más delgada. Se pintó los ojos, subrayando las pestañas con un lápiz fino. Se mordió los labios frente al espejo y se perfumó ligeramente en el cuello, entre los pechos y en las muñecas. Hacía tiempo, advirtió, que no ponía tanto cuidado en arreglarse. No obstante, mientras se embellecía en su habitación, se reafirmó en la decisión de que la relación con el profesor Martinelli no pasaría de una conversación agradable con una persona inteligente que era, sin duda, una especie de incorregible seductor. Quería agradarle, no acostarse con él. Quería sentirse bella y admirada, no iniciar una relación seguramente complicada con un hombre viejo y desconocido. Amaba profundamente a su marido, se dijo, pero en seguida pensó que esa permanente pasión, comenzada en la adolescencia, no excluía la agradable emoción de flirtear y sentirse deseada.

Nuria golpeó levemente con los nudillos la puerta de la suite Properzio. Antes de abrir, Valerio Martinelli se acercó a la mirilla, vio a Nuria en la imagen deformada de los vidrios de aumento, y observó que la joven psicóloga cubana se arreglaba el pelo coquetamente.

–Adelante, Nuria. Llegaste exactamente a las nueve. Eso desmiente la leyenda de la impuntualidad latinoamericana –dijo en un tono jovial.

Las paredes de la espaciosa antecámara estaban enteladas en un cálido tono terracota que a Nuria le resultó agradable. Era una habitación grande, lujosa y clásica, con sofá rojo, dos butacones mullidos y la mesa redonda en que cenarían, con cubertería y candelabros de plata, muy dentro del espíritu decimonónico de la decoración general del hotel. Sólo desentonaba el pequeño televisor, felizmente apagado, un tocacintas y un abanico de cristal un tanto cursi que tenía adheridas alas de mariposas exóticas. La chimenea de mármol, inútil en esa época del año, le recordó que Roma podía ser fría y desapacible en algunos meses inclementes. Sobre una pequeña mesa auxiliar, en un recipiente de metal lleno de hielo se enfriaba un buen vino blanco junto a dos copas de cristal fino.

–Italia no es famosa por los vinos blancos, pero este Capitel Croce es muy especial. ¿Te gusta el vino blanco? –preguntó Martinelli.

Nuria le dijo que sí sin estar muy segura de la respuesta. Su cultura alcohólica, como le gustaba decir, era casi nula. Recorrió la habitación mirándolo todo cuidadosamente. Y luego le hizo una primera confesión de la que se arrepintió casi de inmediato.

–No puedes imaginarte qué cambio más drástico pasar de la realidad cubana, tan diferente, tan sencilla, incluso tan pobre, a esta suite de lujo.

—¿Y qué se siente en medio de esos cambios drásticos?

—Por un momento percibí como si todo esto le ocurriera a otra persona. Como si yo fuera una impostora. El ambiente, los colores, los muebles, incluso tú, forman parte de un mundo en el que, de pronto, me siento totalmente extraña.

—¿Te sientes mal? —preguntó Martinelli suavemente.

—No, me siento muy bien, pero distante. Como si estuviera en el teatro. ¿Recuerdas que Brecht quería que los espectadores de sus obras tomaran distancia y no olvidaran nunca que lo que ocurría en la escena era irreal y ajeno? Creo que siento algo así.

Nuria se sentó en el sofá, junto a la butaca que ocupaba Martinelli. La lámpara de la mesilla proyectaba una luz suave e íntima en la habitación que marcaba aún más las líneas del rostro del profesor. Martinelli demoró en responder mientras la miraba intensamente. Comenzó a hablar exactamente en el instante en el que la intimidad comenzaba a ser inquietante.

—Es natural. Pero eso cambiará muy pronto. Te confieso algo: yo también estaba nervioso. Tal vez la descripción adecuada es *ansioso*. Estaba ansioso. Me asomé diez veces a la mirilla de la puerta antes de tu llegada.

Las palabras de Martinelli habían sido muy bien escogidas. No decían nada. No insinuaban nada. Eran halagüeñas, pero de una manera vaga, poco agresiva. ¿Por qué estaba ansioso? ¿Qué esperaba de Nuria? Nadie está ansioso ante una inocente cena entre amigos. Rápidamente, destensó la situación con una información frívola:

—Le he pedido al cocinero que nos haga uno de los platos preferidos de Apicio. Apicio era el gran cocinero de Roma. Es una receta de la Roma clásica. Hay que mezclar en una cazuela las ubres y la vulva de una cerda con trozos de pescado. La cerda tiene que ser virgen. Y todo tiene que adobarse con garum.

Nuria tragó en seco y miró desconcertada.

—¿Qué es garum? —preguntó.

—Es una salsa hecha con las vísceras fermentadas de ciertos pescados.

—¿Y eso a qué sabe?

—Es un sabor muy fuerte. Apicio amaba los sabores fuertes.

—¿A qué sabe la vulva de una cerda virgen? —la idea de comerse la vulva de una cerda tampoco la alentó demasiado.

—¿Con garum o sin garum? —preguntó Martinelli en tono jocoso. Pero enseguida le quitó todos los miedos.

—Como en Roma ya ni siquiera las cerdas son vírgenes, me he conformado con pedirle al chef pollo a la Heliogábalo, que es un plato mucho más normalito. El chef de este hotel es famoso por su fidelidad a la historia culinaria del país. Lo baña y cocina en huevo y leche.

Luego Martinelli se explayó contando la extraña vida del emperador Heliogábalo: rubio, bello y adolescente, procedía del oriente del imperio y de allí traía extrañas costumbres religiosas. Sacerdote, travesti siempre decorado como una mujer insinuante, se casó cinco veces con mujeres y parece que una con un hombre. Le encantaba prostituirse, construyó en su palacio una habitación de burdel con cortinajes amarillos y almohadones rojos en la que se ofrecía desnudo a los guardias que lo cuidaban o a todo hombre que deseara penetrarlo. Desposó una vestal por el placer de violar la regla sagrada de respetar el himen de estas sacerdotisas. Quería ser el primer mortal que desvirgara a una vestal, la peor de las transgresiones religiosas que podía cometer un romano.

—¿Por qué siempre hablas de sexo? —preguntó Nuria curiosa.

—Porque no hay nada más importante y porque la historia de Roma está hecha con sexo. Es una historia de pasiones, incestos, violaciones terribles, perversiones. Nuestra historia no se entiende si no es a través del sexo. ¿Te molesta? No pareces una persona tímida. Se supone que una psicóloga no se asuste ante estos temas.

—No, me fascina lo que cuentas —dijo Nuria—, pero me sorprende. Si te hiciera el test de Rorschach sólo verías penes y vulvas.

Martinelli rió.

—No, además veo senos, nalgas, anos... Tú también, sin saberlo, hablas de penes. Dices estar fascinada. El *fascinum* era un relicario en forma de pene que los legionarios se colgaban al cuello para evitar el mal de ojo. De ahí viene la palabra fascinante. Los jardines de las casas importantes se sembraban con grandes *fascinum*. Durante las fiestas cargaban con ellos en procesión.

–¿Y no ves violencia en las figuras del Rorschach? –Nuria estaba divertida. Pensó que a partir de ese momento utilizaría la palabra fascinante con mucho cuidado.

–Muy poca. Debe ser que la violencia me repugna, aunque no hay nada más romano que la violencia.

–¿Hoy día? Tal vez los romanos clásicos, los gladiadores y legionarios, pero lo poco que he visto de Roma no me transmite eso. Esos muchachos que andan en moto no parecen agresivos. Los hombres miran con interés, sonríen, ponen cara de conquistadores, pero no hay nada que me haga pensar en algo peligroso. Mucha más violencia se respira en La Habana.

–Cuéntame de Cuba. No sé nada de la Cuba actual. O sé lo que leo en los periódicos y lo que veo en los telediarios, pero cosas muy superficiales. Fidel con su barba, sus peleas con los americanos. Nunca le presté mucha atención al tema.

Nuria advirtió que le molestaba hablar de este asunto. Estaba saturada de política, o del lenguaje de la política. Su viaje a Italia algo tenía de desintoxicación.

–Ahora no. Después. Me quedé con ganas de comentar tu ponencia. ¿Por qué elegiste el tema del impacto del lenguaje erótico en el cerebro?

–Porque me *fascina* –respondió Martinelli con malicia–. Cuando era estudiante me di cuenta de que somos amos y esclavos de nuestro cerebro. Nosotros lo conformamos de una cierta manera y luego él nos gobierna a su antojo. Mediante los neurotransmisores y las hormonas, el cerebro nos da órdenes que obedecemos; nos castiga, nos premia, nos crea adicciones. Somos adictos a muchas cosas: al cigarro, al nacionalismo (que es un lazo secreto para mantener al hormiguero unido), a la cocaína, a los grupos a los que pertenecemos. También somos adictos al sexo. La buena experiencia sexual nos crea la necesidad de repetirla. Es el truco del cerebro para perpetuar la especie. Me interesaba mucho el papel del lenguaje en la estimulación erótica. Muchos animales llaman al sexo mediante sonidos. Los pavorreales dan unos chillidos que se confunden con los de las gatas en celo. Los delfines, los perros, todos gritan, gruñen, balan, pían sus deseos. Pero nosotros desarrollamos un lenguaje racional. Quería descifrar los códigos de ese lenguaje, entender cómo se enciende o apaga el erotismo.

—¿Lo averiguaste? —preguntó Nuria con un toque de sorna.

—No, sólo me voy asomando al tema.

Martinelli hizo una pausa, descolgó el teléfono y pidió la cena. Luego siguió su disquisición.

—Estamos a unos dos metros de distancia. Vamos a poner a prueba el experimento. Y hay luz suficiente. Yo te voy a decir una frase que pudiera ser erótica y tú me vas a contar qué efecto tuvo en ti. ¿Preparada?

Nuria asintió.

En una voz neutral, Martinelli le dijo me quiero acostar contigo. Nuria se ruborizó imperceptiblemente y sonrió. Tiene cierto impacto, dijo Nuria, pero no es una petición que me estremezca. De acuerdo, dijo Martinelli. Ahora cierra los ojos. Ya no hay luz para ti. De alguna manera, estás sola y en mis manos. Martinelli acercó su boca al oído de Nuria. Nuria sintió la respiración de Martinelli sobre su piel y advirtió un tenue jadeo. Abre ligeramente las piernas, le dijo Martinelli. La orden tuvo un inmediato efecto erótico. Nuria lo obedeció y separó sus muslos. En voz muy suave, pero con algo de ruego enamorado, Martinelli le dijo me quiero acostar contigo. Nuria sintió que su sexo se mojaba incontrolablemente.

—Sí —confirmó Nuria—, la misma frase, dicha a corta distancia y en otras condiciones de luz provoca una reacción diferente.

Llamaron a la puerta. Era la cena. Había llegado el pollo a la Heliogábalo, la ensalada y un postre ligero.

—¿Qué te parece? —preguntó Martinelli al poco rato.

—El pollo está muy bien. Afortunadamente no le echaron garum. Debió ser un sabor asqueroso —rió Nuria.

—Era un sabor necesario. Las carnes se podrían y, para disfrazar la corrupción y el olor, le agregaban una sustancia muy poderosa. Los romanos se lo comían todo y estaban seguros de que algunos alimentos eran afrodisíacos. Creían que el garum era un afrodisiaco. Hay un epigrama de Marcial en el que le asegura a su amigo Flaco que si se toma unas copas de garum el pene se le endurecerá y podrá hacer el amor a su amiga.

—Los hombres tienen una obsesión con el pene —dijo Nuria con un gesto de fatiga.

—Y con el semen —agregó Martinelli—. Son el instrumento y la sustancia de la vida. Hay que celebrarlo, como los griegos y los romanos, que desfilaban con grandes penes y les pedían a los dioses largas erecciones. Heliogábalo, además, trató de conseguir un cirujano que le fabricara una vagina para disfrutar con ambos sexos. No lo consiguió.

—Pero también disfrutaba por el ano. Era un tipo insaciable —apostrofó Nuria en un tono burlón.

—También. Dentro del recto hay un nervio con un nombre precioso, el nervio pudendo, el nervio pudoroso, que irradia una grata sensación sexual a toda la pelvis. Las mujeres tienen dos puntos G. Uno en la vagina y otro en el recto, el nervio pudendo. Los hombres sólo tienen el del recto. El nervio pudendo se estimula tanto cuando lo presionan como cuando el hombre o la mujer alcanzan el orgasmo. La función primaria del nervio pudendo es agregar cierto placer a la defecación para que las personas no la eviten. Pero los hombres y las mujeres, que son unas criaturas muy imaginativas, lo convirtieron en otra fuente de goce sexual, algo que no estaba en el plan original de la naturaleza. Heliogábalo, que apenas era un crío de dieciocho años cuando lo mataron, también quería multiplicar sus zonas de placer.

—Salgámonos del recto de Heliogábalo —dijo Nuria sonriendo con picardía—. Es un lugar muy oscuro y demasiado visitado. Cuéntame un poco de ti. ¿Quién eres, más allá del profesor eminente de neurolingüística?

Martinelli se quedó en silencio por unos segundos mientras ordenaba sus ideas. Cuando una mujer pregunta quién eres, lo que desea saber es cómo ha sido tu vida afectiva, a quién has amado, por qué estás solo o quién es tu compañera. No le interesa que le cuentes los deportes que practicas o las dificultades de tu trabajo. Lo que le interesa es tu vida interior, no la peripecia externa, si eres feliz o desgraciado, si tienes en tu pasado alguna experiencia memorable, o si tu existencia ha transcurrido dentro de una abominable y pastosa indolencia.

—En realidad ha sido una vida emocionalmente intensa y disparatada. Cuatro matrimonios felices que un día dejaron de serlo. Ahora soy viudo. Tres de los cuatro matrimonios comenzaron de la misma manera: una pasión arrebatadora que se fue apagando. El último fue el mejor. Pero los cuatro fueron diferentes. Eran cuatro mujeres totalmente distintas por fuera y por dentro, aunque todas eran bonitas.

—¿No tenían nada en común más allá de la belleza? —preguntó Nuria con cierta incredulidad.

—Sí, todas eran intelectualmente curiosas, muy despiertas. A dos de ellas les encantaba la música, incluso una quiso ser cantante profesional. Otra fue una actriz sin suerte. Tenía mucho talento, pero nunca pudo demostrarlo. Cuando la conocí se ganaba la vida adiestrando vendedores en una empresa de seguros. Ella hacía el papel de cliente enfadada.

—¿Cuál fue la que más te gustó?

—La última, Silvana, la que murió hace un par de años. No era la más bella, pero sí la más interesante. Era profesora de literatura. Estuvimos juntos cerca de una década. Yo era diecinueve años mayor que ella. Cuando la conocí estaba casada con un periodista de la televisión. Todo comenzó durante una conferencia que di en Milán. Se interesaba por las cosas que yo escribía. Fue con su marido a verme. Tras la charla se acercaron a saludarme y se presentaron. Me di cuenta de que al marido yo no le interesaba lo más mínimo. Poco después ella me envió una nota con una pregunta bibliográfica, pero era evidente que trataba de establecer contacto. En ese momento yo estaba casado con Marina, la actriz. Le respondí la nota, nos citamos en un café y ahí comenzó el romance. Seis meses después nos mudamos bajo el mismo techo.

–¿De qué murió?

–Tuvo un cáncer de ovario. Cuando se lo detectaron ya había hecho metástasis. Murió antes de que transcurriera un año de conocer el diagnóstico.

–Fue muy duro, supongo –dijo Nuria.

–Sí. La quise mucho. Construimos una pareja muy libre. Como nuestra relación había comenzado con un adulterio, decidimos que era una tontería comprometernos con una fidelidad que sabíamos era muy difícil de guardar, así que constituimos lo que llaman un "matrimonio abierto". Los dos podíamos tener otras relaciones, siempre que no las ocultáramos. No había engaño ni deslealtad. Éramos leales, no fieles.

–¿Y eso funciona? –preguntó Nuria dudosa–. Yo leí el best seller de Nena y George O'Neill cuando apareció publicado y no me pareció convincente. Luego traté como psicóloga a varias parejas que lo intentaron sin ningún éxito.

—Funciona hasta cierto punto. Ninguno disfrutaba con que el otro tuviera relaciones esporádicamente con diferentes personas, pero lo comprendíamos y aceptábamos. A mí me molestaba especialmente que ella tuviera relaciones con gente mucho más joven que yo, pero lo entendía. Para Silvana éramos la versión italiana de Jean-Paul Sartre y Simone de Beauvoir.

—Doña Simone tuvo también relaciones lésbicas, ¿la imitó en esto Silvana?

—Sí. Una vez tuvo un romance con una de sus estudiantes. La muchacha, Nadia, tendría unos veinte años. Era muy bonita, pero con un toque masculino. Ella fue la que se aproximó a Silvana.

—¿Y cómo reaccionaste tú?

—A mí, francamente, me erotizó esa relación. Solía pedirle a Silvana que me relatara cómo hacían el amor. A ella le excitaba contármelo y a mí oírlo. De una extraña manera, las relaciones entre ella y Nadia estimulaban las nuestras. Cuando Silvana venía de acostarse con ella, yo la estaba esperando y hacíamos el amor como dos adolescentes.

—Y ¿cómo acabó esa situación?

—Primero se complicó. Yo le planteé a Silvana que invirtiéramos los términos de la relación. Que primero hiciera el amor conmigo y luego se lo contara a Nadia. Y así fue.

—¿Cómo reaccionó?

—Nadia también se excitaba mucho. Cuando ella le decía que yo acababa de penetrarla, Nadia se volvía como loca y le lamía el sexo ferozmente, como si buscara mi semen.

–¿Crees que era eso?

–Claro que era eso. Las mujeres azande, una tribu africana de Sudán se vuelven locas porque sus maridos les niegan el semen. Los azande rara vez eyaculan dentro de la vagina de la mujer. Lo hacen en la boca de los jóvenes escuderos que los acompañan.

–Pero Nadia era lesbiana.

–Todas las mujeres son más o menos lesbianas. Eso lo sé por las pruebas de laboratorio que he hecho. Cuando les enseño imágenes de dos mujeres haciendo el amor se excitan tanto como cuando lo que ven es a una pareja convencional. El escáner no falla: se les iluminan las mismas zonas del cerebro.

–¿Y a los hombres?

–A los hombres no les ocurre lo mismo. A los hombres heterosexuales no los estimulan las imágenes de un hombre penetrando a otro. A los homosexuales, en cambio, sí los excita.

–¿Y qué ocurrió luego?

–Yo cometí un error. Convencí a Silvana para que invitara a Nadia a nuestra casa para hacer el amor los tres. Eso fue un desastre.

–¿Qué ocurrió?

–Al principio todo parecía muy prometedor. Nadia llegó. Yo no la conocía. Me pareció muy atractiva. Era delgada, con cabellos castaños. Tenía una figura muy bonita. Nos besamos los tres. Primero ellas dos. Después yo a cada una de ellas. Y luego nos dimos una ducha. Ya en la bañera comencé a darme cuenta de que sobraba. Mi conjetura más triste era que, con toda justicia, le parecía a Nadia un hombre muy viejo para sus escasos veinte años. Lo menos hiriente era que en su escala de atracción sexual estaba más cerca del lesbianismo que de la heterosexualidad. Nadia enjabonó a Silvana. Silvana enjabonó a Nadia. Yo las enjaboné a las dos, pero ninguna me enjabonó a mí. Estaban muy ocupadas jugando entre ellas.

—¿Y luego?

—Tras secarnos, nos fuimos a la cama. En mi fantasía, un tanto machista, yo pensaba colocarme entre ellas, para recibir las caricias de ambas, pero no fue así. Ellas se besaban, se masturbaban, se lamían el sexo y los senos, mientras yo las acariciaba como podía. Yo era el elemento extraño. Yo era el que sobraba.

—¿Penetraste a alguna de ellas?

—A las dos, pero gracias a la delicadeza de Silvana. Silvana se acostó boca arriba con las piernas abiertas y acostó a Nadia sobre ella, también boca arriba. Yo penetraba a una o a otra con ligeros intervalos, y ellas se excitaban. Ésa no fue la única postura: mi recuerdo más estimulante de aquella tarde es estar penetrando a Silvana desde atrás mientras ella lamía el sexo de Nadia. Pero el gran orgasmo de ellas dos no lo tuvieron con mi pene, sino después de eso, cuando trenzaron sus vulvas como si fueran dos tijeras que se encontraban en el vértice. Daban gritos de placer.

—¿Y qué ocurrió con la relación entre Silvana y Nadia?

—Nadia trató de que Silvana se alejara de mí y ese fue el fin del vínculo entre ellas. Nadia le dio un ultimátum: "o Valerio o yo". Silvana le explicó que no creía en las relaciones sexuales exclusivas, sobre todo si eran impuestas, que eso era una muestra enfermiza de deseos de dominio y la expresión de un intolerable temperamento posesivo, pero Nadia no entendió. Estaba muy enamorada.

—¿Nunca Silvana te planteó el *ménage à trois* al revés, es decir, tú, otro hombre y ella? El trío de dos mujeres y un hombre es demasiado convencional y tiene mucho de machismo.

—Sí. Lo discutimos y probablemente a ella le hubiera gustado experimentar, pero le expliqué que esa modalidad me inhibía totalmente. Cuando veíamos películas porno se excitaba con las imágenes de la doble penetración y me lo decía. Podía aceptar que ella tuviera relaciones con otros hombres, y hasta admitía que me lo contara con todos los detalles, pero no me pasaba por la mente que yo pudiera participar. Lo rechazaba.

—Silvana tenía un gran apetito sexual, evidentemente.

—Sí, pero ese no era el principal rasgo de su carácter. La sexualidad en ella era sólo una pieza de su extraordinaria sensualidad con todos los placeres de la vida. Muy joven, a los dieciocho años, vivió en una comuna y eso la marcó. Nunca quiso tener hijos porque era muy egoísta y no lo ocultaba. Disfrutaba tremendamente la comida, el cine, la música, la danza, el canto, la marihuana, las experiencias místicas, el vino, la literatura, que era su fuerte. Lo gozaba todo. Por eso creo que murió tranquila. Conoció todos los placeres. No le negó nada a su cuerpo.

Nuria se quedó en silencio, absorta, y Martinelli lo notó.

—¿En qué piensas?

Pensaba en esa frase final, "nunca le negó nada a su cuerpo", y se lo dijo. Creo que yo le he negado muchos placeres a mi cuerpo. Por qué. Porque pensaba que al amar locamente a mi marido el resto de las apetencias quedaban anuladas. Eso nunca sucede, dijo Martinelli. El corazón, que es el cerebro disfrazado, necesita alimentarse de emociones. Cuando tú comenzaste a amar a tu marido, durante un par de años tu cerebro se inundó de felicidad. La felicidad no es una entelequia: es la interacción entre ciertas hormonas y los neurotransmisores. La presencia masiva de esas sustancias genera un bienestar increíble, pero el organismo, poco a poco, va creando resistencias hasta que ya pierden toda efectividad. Dejas de sentir la felicidad y la sustituyes por una complaciente rutina. Ése es el momento en que tu cerebro y tu corazón, que se han hecho adictos a esas drogas naturales que les faltan, te dicen sé feliz, enamórate, goza, disfruta de los placeres corporales. El corazón es un gran alcahuete. Tú puedes cerrarles la puerta a esos goces, pero el costo es la sensación de vacío y una vaga tristeza. A veces siento esa vaga tristeza, dijo Nuria. ¿La sientes ahora?, preguntó Martinelli. La siento. Martinelli se aproximó, le tomó las manos y la miró fijamente a los ojos. Me gustaría calmar esa pena. Me gustaría que fueras muy feliz. Nuria sintió un leve estremecimiento y otra vez percibió cómo su sexo se humedecía y sus pezones se hinchaban levemente. Martinelli acercó los labios a los suyos. Primero fue un beso suave, pero las lenguas no tardaron en buscarse frenéticamente. Martinelli le acarició los senos. Nuria supo que no tenía sentido resistir esa anhelada caricia, ninguna caricia. Una de las manos de Martinelli encontró el camino de su sexo. Martinelli le dijo una frase que ya había escuchado: Nuria, abre las piernas. La orden la excitó. Las abrió y sintió el dedo de Martinelli en su sexo empapado, primero acariciando la superficie de su vulva, recorriendo los labios, luego, ya lubricado, lo sintió dentro de ella, profundamente. Se desnudaron en la antecámara mirándose en silencio. Él a ella. Ella a él. Pasaron al dormitorio. Una cama enorme los esperaba. Martinelli la recorrió toda con su lengua. La mordió en el cuello y en las nalgas. La punta de la lengua tocó sus pechos, los labios de la vagina, se recreó largamente en el clítoris. Entró con sus dedos dentro de Nuria. Primero uno, luego otro. La colocó de espaldas. La penetró con sus dos pulgares a la vez. Mientras una mano presionaba sobre las nalgas la otra lo hacía sobre el pubis. Nuria sintió morirse y lo dijo. Era como si aquellas manos se hubieran apoderado de su sexo y ya no le perteneciera. Coño, me muero, dijo. A Martinelli le gustó oírlo. Le dio la vuelta, colocó las piernas de Nuria bien abiertas contra su pecho y le introdujo el pene. Se movió rítmicamente durante un buen rato. A veces despacio. A veces rápidamente. Quiero tu semen, le gritó Nuria desesperada. Lo quiero ya. No, le dijo Martinelli. Mi semen te lo daré mañana.

* * *

Nuria colocó su cabeza sobre el pecho de Martinelli. Se sentía dulcemente cansada. Estaba sudada, pese al frío de la habitación. Tal vez había experimentado tres orgasmos.

Quizás más. No los contó, nunca lo hacía, para qué, pero fueron varios, y uno de ellos, el último, fue como una cascada de pequeños y deliciosos espasmos que parecían no terminar nunca. En todo caso, no era exactamente el placer experimentado lo que la hacía sentirse feliz sino una extraña reconciliación interior que la inundaba. Había sido muy intenso, pero ella también disfrutaba mucho con su marido. No era eso. Nunca le había faltado el goce pleno con Arturo, el único hombre con el que se había acostado hasta ese momento. ¿Por qué pensaba en él en ese instante? ¿Qué había hecho? Allí estaba Arturo de pronto, de polizón. ¿Sentía culpa? No. Su imagen imprevista no conseguía crearle el menor sentimiento de vergüenza. Nuria se sorprendió. Pensaba en él, sí, con cariño, y de alguna forma oscura juzgaba que había algo incorrecto en lo que acababa de ocurrir, pero no se arrepentía. No había remordimiento. ¿Por qué no había remordimiento? Porque nada había sucedido contra Arturo. No se había acostado con ese italiano maduro y hablador por desamor a su marido, sino por amor a sí misma, a sus sentimientos, a sus necesidades emocionales. Tal vez por esa reprimida adicción a la felicidad que le había explicado Martinelli. ¿Existiría la adicción a la felicidad? Ni siquiera se había acostado con Martinelli seducida por sus mañas de galán viejo o por admiración a su talento. Todo eso contaba, sí, pero de una forma tangencial. Era obvio que no le interesaba tener una aventura con un camarero o con el botones por muy jóvenes y guapos que fuesen. Martinelli, en realidad, no la había seducido. A los cuarenta años esos trucos no sorprenden a ninguna mujer inteligente. Se había acostado con él en busca de un viejo fuego que alguna vez había sentido en su pecho y que lamentaba haber perdido en el camino de la vida. Se había acostado con él como un reencuentro con la Nuria que algún día fue, alegre y sensual, pletórica de felicidad. Se había acostado con él para sacudirse el corazón, para despertarlo con un trallazo de amor ardiente, como quien acerca una mano a una llama para comprobar que todavía está vivo. Se había acostado con él porque estaba sola en Roma y su romance no tendría consecuencias. Nadie lo sabría nunca. Sería su historia oculta. Una secreta aventura que terminaría pronto, cuando regresara a La Habana, y que archivaría en su alma para sacarla por las noches a que la defendiera en las horas tristes de soledades y penumbras.

Martinelli, desnudo, se incorporó, caminó hasta la antecámara y colocó una pieza en el tocacintas. A su regreso a la cama un espejo cruel le devolvió la imagen de un hombre golpeado por el tiempo. Recordó, con fastidio, o divertido, una frase irónica leída en una vieja novela de un autor cuyo nombre ya no recordaba, tal vez porque no valía la pena: "Tenía un cuerpo perfecto, sin ninguna deformidad muscular producida por los deportes". Juró otra vez, la millonésima vez, volver al gimnasio, pero sabía que mentía. Cuando regresó junto a Nuria ya se oían, en un tono bajo, como en la distancia, las voces y la música de una ópera melancólica. Le gustó adivinar bajo la sábana el bello cuerpo desnudo de Nuria.

–Es *Cavalleria rusticana*. Me gusta mucho y quería que la oyeras –dijo Martinelli–. Me encanta compartir lo que amo. Es una historia triste y brutal de amores y traiciones, como siempre son los dramas rurales. La compuso Pietro Mascagni sobre un cuento de Giovanni Verga.

Nuria pensó que era muy bella y muy triste. No entendía la letra, pero no había duda de que la melodía contaba la historia de almas en pena.

—¿Por qué no quisiste eyacular dentro de mí? —preguntó más curiosa que enfadada.

—Te lo diré pronto. Tal vez te lo diré por escrito, pero antes quiero oírte. Vamos a estar juntos muy poco tiempo. Tú vas a regresar a La Habana, a tu marido y a tu universidad, y probablemente nunca más vuelva a saber de ti, salvo alguna comunicación formal entre colegas. Pero quiero quedarme con tus anécdotas, con tus historias. Quiero construir contigo lo que los oradores cursis llaman un "recuerdo imperecedero", de esos que uno se lleva a la tumba. Rousseau les pedía a sus amantes que le dejaran como recuerdo algunos vellos púbicos. Yo te voy a pedir tus relatos.

A Nuria le resultó grato que Martinelli no quisiera olvidarse de ella. En su gabinete de psicóloga había tratado a muchas mujeres hundidas por la experiencia del sexo trivializado tras una noche de abandono. Ésa era una de las diferencias entre hombres y mujeres que solía explicar en las clases de sexología. Los hombres buscaban regar su esperma; las mujeres necesitaban cierto grado de romance, pero las dos urgencias eran igualmente respetables. Odiaba la idea de sólo ser una aventurilla sin importancia, otra leve muesca en la extensa biografía genital del italiano.

—De acuerdo —le dijo Nuria en tono festivo—. A partir de mañana te voy a contar la historia, mientras dure esta relación, de un matrimonio muy atormentado al que traté en mi consulta, pero qué me vas a dar tú a cambio. La mía es una historia de amor y traiciones que conocí muy de cerca cuando trabajaba con parejas que tenían serios problemas conyugales.

–Muy bien, hagamos el acuerdo entre la Sherezada de *Las mil y una noches* y el sultán que le perdonaba la vida. A cambio de tu historia nocturna yo te voy a escribir unas cartas, pero con una condición. Yo también voy a poner condiciones. Quiero que me cuentes el efecto erótico que estas cartas producen en ti. Hasta ahora he experimentado con textos redactados por otros y me he limitado a descubrir y trazar la huella de esas palabras en el cerebro. Pero eran textos generales, escritos para cualquiera que quisiera leerlos. Deseo saber la intensidad del impacto de las palabras cuando la persona que las lee sabe que han sido escritas sólo para ella.

X

Nuria se despertó muy temprano, feliz, y dotada de una inesperada carga de energía. Había decidido dormir en su habitación, desnuda y sin bañarse –un ritual que ella adoraba–, para conservar durante toda la noche el olor corporal de su encuentro amoroso. La noche anterior, Martinelli la había expulsado amablemente de su cuarto con un humilde argumento que había desplegado con mucha gracia: él roncaba, a veces hablaba dormido, y hasta padecía episodios de sonambulismo. Un viejo que ronca, habla y camina dormido es un antídoto contra cualquier forma de lujuria, le dijo. Los dos rieron, pero estuvieron de acuerdo en desayunar juntos al día siguiente, antes de la ponencia que Nuria debía presentar.

Nuria corrió las cortinas y se dirigió al baño. Fue entonces, con la luz de la mañana, que vio un sobre bajo la puerta. Sólo decía, en una caligrafía elegante y antigua, "Primera carta a Sherezada". Nuria, desnuda, como estaba, se sentó a leerla en la silla tapizada en color crema situada frente al escritorio. Rasgó el sobre con cierto nerviosismo.

Querida Sherezada:

Tras tu salida de la habitación sentí una especie de éxtasis. Cuando acerqué mi boca a tu oído y te pedí que abrieras las piernas, sabía que te sentirías muy excitada y ése sería el comienzo de una relación apasionada. Me obedeciste (de paso, descubriste que te gustaba obedecerme). Te desnudé y me desnudaste ansiosamente. Me volvió loco sentir en mis dedos la humedad de tu sexo. No he podido quitarme tu imagen de la cabeza, Sherezada, acostada boca abajo, con las piernas abiertas, mientras yo ocupaba todo tu sexo con mis dos pulgares profundamente encajados, y con el resto de ambas manos te apretaba fuertemente el pubis y las nalgas. Podía oírte gritar de placer. Podía sentir cómo te "venías" (esa fue la palabra que usaste) profunda e intensamente una y otra vez, como si saber que habías perdido el dominio de tu sexo, secuestrado por tu amante, aumentara tu sensibilidad y placer.

No era una buena idea, Sherezada, darte mi semen. La primera entrega de unos amantes que desean, realmente, descubrir el placer sexual y grabarlo para siempre en el recuerdo, no puede centrarse en la eyaculación rápida del varón. Es posible que un episodio de esa naturaleza, aunque muy grato en el instante en que sucede, obstruya otras experiencias posteriores mucho más provechosas. Mi proyecto contigo era otro, más lento y demorado, y se basaba en los mecanismos de las tres memorias que el cere-

*bro nos depara y que yo he estudiado cuidadosa-
mente en el laboratorio de mi universidad.*

*El experimento lo he llevado a cabo con estu-
diantes, hembras y varones, y los resultados invariablemente son los mismos. Tras una conversación
relajante, y tras inyectarles una inocua sustancia de
contraste que se percibe en el escáner, les he pedido a
los sujetos que me narren una experiencia sexual
placentera en la que intervinieron sus dedos. El
ejercicio consistía en que ellos intentaran reconstruir mentalmente las sensaciones táctiles, por ejemplo, cuando se masturbaban o masturbaban al compañero o compañera de cama, o cuando se acariciaban la piel propia o la del otro.*

*En la medida en que relataban el episodio, veía
con toda claridad cómo se iluminaban ciertas partes
del cerebro. Después les pedía que repitieran el ejercicio, pero que se olvidaran de los dedos y focalizaran la memoria en su lengua: que me describieran
cuando entraban en la boca de la persona amada,
cuando la recorrían, cuando lamían su sexo o sus
pezones. Entonces descubrí que era otra distinta la
zona iluminada del cerebro. Por último, el sujeto
debía aguzar la memoria y recordar un olor íntimo
de la persona amada: su ropa, su piel, su sexo. Y volvía a suceder exactamente lo mismo: era una tercera
zona del cerebro la que se ocupaba del olfato.*

*Hay, pues, Sherezada, tres memorias diferentes
asociadas al sexo, y yo comencé a soñar con una primera relación contigo encaminada a forjar en mi*

cerebro un lazo que grabara para siempre tu recuerdo, como quien lleva en el brazo o en el pecho el tatuaje del rostro del ser querido. Era, sencillamente, una forma de atraparte para siempre dentro de mí, como si estuvieras encerrada en una celda a la que te asomabas por tres ventanas luminosas: tu recuerdo trenzado entre mis dedos, en mi lengua y en mi olfato.

Te sorprendió, en fin, que no quisiera eyacular dentro de ti y te mencioné la historia de los azande. Te la voy a contar con más detalle. Es interesante y me gusta compartirla contigo. Tras leer un ensayo del antropólogo Pierre Ricard (contradictor de Evans-Pritchard en muchos aspectos) sobre esa curiosa, feroz y pequeña tribu de Sudán, descubrí que las mujeres de esta etnia tenían el mayor índice de estimulación erótica del planeta y los deseos sexuales más agudos y pertinaces.

¿Por qué? Ocurría que los hombres azande, unos guerreros terribles, pensaban (y ellas creían) que el semen era un elemento sagrado que daba la vida, curaba las enfermedades y conectaba con los dioses en el momento del orgasmo. Y como los hombres azande se sabían poseedores de algo tan valioso, habían decidido, desde tiempos inmemoriales, entregarles el semen a sus mujeres en sólo contadas ocasiones y con el exclusivo propósito de procrear.

Los azande, además, cada uno de ellos, contaban con escuderos adolescentes que los acompañaban en las batallas y les servían de ayudantes mien-

tras se preparaban para ser guerreros ellos mismos. Estos escuderos vivían en el hogar rigurosamente monógamo de los azande, junto a la pareja y los pocos hijos concebidos por ella.

El ritual, que tenía lugar dos veces a la semana, generalmente al atardecer, después de las cacerías, era siempre el mismo: a una orden del guerrero, el escudero —que entre sus funciones litúrgicas tenía la de servir a su señor como asistente sexual— frotaba con los dedos la vagina de la esposa de su jefe y luego le lamía el sexo y el ano, como era natural entre todos los mamíferos del villorrio, hasta que por la abundante lubricación comprobaba que estaba bien estimulada. En ese momento, le avisaba a su jefe con un lacónico ya. A partir de ese instante, el guerrero, que había estado mirando la operación y acariciándose el miembro suavemente, mientras el escudero preparaba a su mujer para la penetración, pasaba a poseerla con una actitud totalmente profesional, casi siempre desde atrás, ella colocada de espaldas y sobre las rodillas —también como los animales del caserío—, pero un instante antes de eyacular el guerrero le hacía una seña al escudero que acudía solícito. El guerrero entonces le introducía el pene en la boca al muchacho y descargaba todo su semen. El escudero se lo tragaba, poniendo mucho cuidado en que no se derramara una sola gota de aquel líquido sagrado que lo mantenía unido y subordinado a su maestro y protector, y mucho menos que fuera a caer sobre la piel de la mujer. La hembra azande, quedaba, pues, deseosa y excitada, a la ansiosa espera de que, en alguna oportunidad, el semen de su pareja realmente la impregnara en el momento en que ella alcanzaba el orgasmo o que, al menos, le permitieran paladearlo en su boca.

La hipótesis del antropólogo Ricard, según aprendí de sus enseñanzas, como te conté, era que las mujeres azande estaban permanentemente calientes y expectantes porque deseaban ardientemente el semen de sus parejas. Eso explicaba los altos niveles de progesterona, las fantasías sexuales que contaban constantemente, y la costumbre que tenían de masturbarse ellas solas, generalmente con el mango del azadón, o unas a otras, como forma de desfogar sus deseos permanentemente insatisfechos.

Mañana, Sherezada, tendrás más deseo de recibir mi semen que el que hoy sentiste. Te contaré cómo será nuestro próximo encuentro. Hagamos un ejercicio de anticipación que aumentará el goce de nuestra próxima cita. Si la primera vez que nos acostamos nos excitó la incertidumbre de no saber cómo se desarrollaría nuestra relación, ahora sucederá a la inversa: nos estimulará saber exactamente lo que ocurrirá entre nosotros. Primero, mi dedo jugará con tu clítoris mientras te hablaré al oído quedamente. Luego te pediré que tú misma disfrutes la experiencia de sentir cómo mi pene se endurece dentro de tu boca. Cuando la erección sea suficiente para penetrarte, Sherezada, te acostaré boca arriba y pondré bajo tus nalgas una pequeña almohada que elevará tu pelvis, me colocaré sobre ti y comen-

zaré a acariciar con mi pene la entrada de tu vagi-
na. Frotaré la cabeza contra el clítoris, recorreré de
arriba hacia abajo varias veces tu sexo, comproban-
do cómo se humedece cada vez más, esperando que
me pidas con la mirada y con tus gemidos que te
penetre con la misma pasión con que hoy me rogabas
que te empapara con mi semen. Cuando observe,
Sherezada, que estás verdaderamente excitada, te
penetraré hasta el final y volveré a moverme rítmi-
camente dentro de ti, como ocurrió hoy, al tiempo
que te rogaré al oído que te "vengas" junto conmigo,
para que tu orgasmo sea acompañado por un chorro
de semen caliente.

¿Qué ocurrirá? Lo sé: muy excitada, no tarda-
rás en percibir que el éxtasis, efectivamente, llega,
pero no como una sensación de golpe, sino, otra vez,
como oleadas de contracciones sucesivas. Me vengo
-gritarás, me vengo-, repetirás en voz alta, una y
otra vez, mientras te morderás los labios. "Yo tam-
bién me vengo", te contestaré, y en ese instante no
querré evitar que el semen brote no sólo desde las
profundidades de mi cuerpo, sino también desde el
fondo de mi alma. A los pocos segundos estaremos
desfallecidos y entrelazados, felices y enamorados
tras el prolongado orgasmo compartido. Así estare-
mos un buen rato, abrazados y sin decir palabra.

Cuando nos repongamos, Sherezada, tú recosta-
da sobre mi pecho, seguramente me preguntarás si
pensaba que el semen tiene, realmente, un compo-
nente erótico más allá de la fisiología, como suponía

*el antropólogo mencionado. Te explicaré que sí. Que
la naturaleza, al preparar a la mujer para la maternidad, la había dotado psicológicamente de la necesidad de desear el semen dentro de su vientre.*

*Tú -te diré-, Sherezada, en este momento, estás
empapada de mi semen. Mi semen se habrá mezclado con la humedad caliente de tu vagina y eso te
gustará. Entonces te masturbaré con mi propio
semen, y te introduciré el dedo en tu vagina empapada. Te retorcerás de placer, Sherezada. Te gustará
saber que estás llena de mi semen, y te complacerá
mucho que te frote el clítoris y los labios de la vagina
con esa sustancia tibia que tanto habías deseado.*

*Pero cuando más excitada te sentirás será cuan-
do descienda a tu sexo nuevamente y comience a
lamerte el clítoris y la vagina. En ese momento, en
mi boca se mezclarán la saliva, el semen y tus abundantes secreciones, y eso te producirá un indescriptible placer. Tardarás sólo pocos segundos en volver a
alcanzar el orgasmo, y yo sentiré con alegría tus contracciones en mi lengua y en mi rostro.*

*Inmediatamente, me alzaré a tu altura, Shere-
zada, para ver tus ojos. Estarás bella, exhausta y
sudorosa, como estuviste hoy. Te sentirás perdidamente enamorada y mimosa. Te besaré en los labios
profundamente. Querré compartir contigo todas las
humedades, sabores y olores que atesoraba en mi
boca. Ese intercambio de semen, saliva y dulces
secreciones vaginales, como si se tratara de una sustancia sagrada, será una forma pagana de íntima*

*comunión entre dos amantes que en ese instante
sentirán quererse intensamente. Hundirás tu lengua en mi boca y yo te abrazaré con fuerza. Pensarás, entonces, que nunca habías sentido nada semejante y me dirás, con picardía, que comienzas a
tomar en serio la extraña historia de los azande.*

Te ama,

tu Sultán

Nuria sintió que temblaba de excitación. Estaba
empapada. Sentía su sexo copiosamente mojado. Se puso
de pie y observó que sus secreciones habían dejado una
pequeña huella en la tapicería de la silla. Se dirigió a la
ducha casi tambaleándose. Abrió la llave. Sintió que el
placentero chorro de agua caliente no la calmaba. Sólo
un intenso orgasmo podía aliviar ese cálido hormigueo
que le recorría la vulva y le encendía la piel. Comenzó a
acariciarse. Primero suavemente, con un movimiento
circular de la yema de sus dedos sobre el clítoris. Luego
con más fuerza. Retornaron a su memoria, en tropel, las
imágenes de la noche anterior. Se le mezclaron con otras
experiencias eróticas, reales o imaginadas. El rostro de
Martinelli volvía una y otra vez. Sus labios, su pene, el
recuerdo de su lengua, el timbre de su voz de tenor. Pero
también pensó en Arturo, en sus caricias, en aquella
forma tan peculiar y enérgica de amarla que tenía. Su
cabeza se pobló de fantasías, todas incontrolables y
todas, sin embargo, conducidas por la rienda de su frené-
tica mano derecha, mientras la izquierda acariciaba con

fuerza sus pezones. No tardó en llegar al orgasmo, como un estallido dentro de su pelvis, una dulce explosión muscular, larga y sostenida. Sintió que sus piernas flaqueaban. Se abrazó a la pared mientras el agua recorría su espalda gratamente. Así estuvo un buen rato.

* * *

Nuria y Martinelli se encontraron para desayunar en el *roof garden* del hotel, una bella azotea cubierta por un toldo, asomada a la plaza y rodeada de flores que transmitían una grata sensación de frescor. Los dos tenían en el rostro la paz interior –la "cara de sexo" que dicen los chinos–, y ese semblante amable y relajado de quienes se sienten satisfechos. Valerio, en voz muy baja, le preguntó con una sonrisa cautelosa, o acaso delicada, si había leído la carta que el Sultán había pasado bajo la puerta de su habitación. Nuria le dijo que sí, que la había devorado, que nunca un texto erótico la había estremecido de una manera tan profunda. Era lo que pretendía, dijo Martinelli, pero nunca se sabe si la palabra escrita tiene el mismo efecto que la voz. Tal vez más que la voz, o igual que la voz, le dijo Nuria. Acaso, como sabía que era para mí y describía lo que había sucedido la noche anterior, o lo que tal vez suceda esta noche, la carta multiplicó su efecto. Creo que por mucho tiempo la huella de ese impacto quedará dentro de la habitación, agregó en un tono enigmático. Por qué sucedería algo así, preguntó Valerio. Porque estaba desnuda y sentada frente al pequeño escritorio, tan excitada cuando leí tu carta que mojé la tapicería de la silla. Esa pequeña huella, casi imperceptible, seguirá por un tiempo. En los hoteles cambian las sábanas, pero no las sillas. ¿Qué pasó después?, preguntó Martinelli. Lo que tenía que pasar, Valerio, lo que te imaginas, lo que siempre sucede en estas situaciones y me apena contarte. ¿Crees que hubiera podido vestirme y dar una conferencia tranquilamente sin aliviar los deseos que provocó tu carta? Tengo una curiosidad de neurolingüista sobre la que he escuchado respuestas contradictorias, ¿puede la sola lectura de un texto provocar un orgasmo en una mujer sin que medie otro tipo de estímulo táctil? Entre los hombres es imposible que suceda algo así en estado de vigilia, aunque acaece durante el sueño. No es frecuente, dijo Nuria, pero yo comencé a sentirlo cuando leía tu carta.

Súbitamente cambió la dirección del diálogo.

−¿Estás preparada para tu charla?

−Lo estoy. Se divertirían más si leo tu carta en vez de mi ponencia −rió Nuria.

−Pero esta noche Sherezada tendrá que contarme su historia. Cenemos otra vez a las nueve, pero un plato distinto. Tampoco tendrá garum.

Los dos rieron.

−De acuerdo. Estoy preparada para contarte algo interesante y revelador. De alguna manera tiene que ver con mi ponencia de hoy. Es una dolorosa historia que viví desde adentro.

* * *

El salón de conferencia estaba exactamente igual que el día de la inauguración. Las mismas caras y el mismo ritual tranquilo y aburrido. Martinelli presentó brevemente a "la joven profesora cubana", como la llamó, destacó sus méritos profesionales, citó los títulos de algunas de sus publicaciones, pidió un aplauso para ella y le cedió el micrófono. La doctora Nuria Garcés agradeció la presentación, atribuyó los elogios a la proverbial cordialidad italiana, y con buen conocimiento del tema, con elegancia, comenzó a desgranar sus argumentos, todos basados en su experiencia como terapeuta y consejera familiar en un medio político tan peculiar como el cubano.

Con toda honradez, comenzó por explicar que pertenecía orgullosamente al Partido Comunista, pero enseguida aclaró que esa militancia no la convertía necesariamente en una fanática. Se consideraba una comunista crítica y con los ojos abiertos, convencida de que ésa es la única forma de perfeccionar el sistema, y no podía exculpar ciertos excesos que conocía muy a fondo. A su consulta solían llegar muchas personas agobiadas por graves malestares producidos por la incongruencia entre las convicciones íntimas y la ideología oficial, situación que generalmente la colocaba a ella en una posición incómoda, dado que debía optar entre la defensa política de su partido, en una época muy difícil para Cuba, siempre bajo el acoso económico de Estados Unidos, o el consejo adecuado a un paciente que, efectivamente, sufría como consecuencia de la disonancia entre el yo y la realidad, entre su ser esencial y el discurso que debía suscribir, dilema que invariablemente solucionaba colocándose incondicionalmente junto a su "cliente" por el compromiso ético que exige la psicología.

El terreno donde era más frecuente este conflicto era el de la sexualidad. El Partido Comunista, seguramente arrastrado por la tradición machista del país (en este punto mencionó la homofobia legendaria del Che Guevara, cuya memoria le merecía el mayor respeto, aclaró), había establecido un rechazo oficial contra cualquier preferencia afectiva que no fuera la heterosexual, llegando a consignar su desprecio por los "diferentes" en las conclusiones finales del Congreso Cultural de La Habana de 1971, presidido por Fidel Castro, colofón de lo que fueron las Unidades Militares de Ayuda a la Producción, UMAP, verdaderos campos de trabajo forzado en el que internaron a miles de homosexuales para "curarlos" (cuando pronunció esta palabra hizo una seña en el aire con dos dedos de cada mano para dar a entender que se trataba de una ironía) de su "enfermedad" (volvió a hacer el gesto), dolencia seguramente heredada de la etapa burguesa del país (esto último lo mencionó con una sarcástica mueca de desaprobación).

Esta actitud intolerante e injusta –siguió diciendo– dio lugar a la tragedia íntima de muchos militantes comunistas que eran homosexuales, o tenían hijos homosexuales y lesbianas, y se veían obligados a ocultar sus preferencias o las de sus familiares y, lo que era peor, a veces optaban por convertirse en perseguidores de personas como ellos para no despertar las sospechas de las autoridades. Era en ese punto en el que algunos de estos *compañeros* (utilizó exactamente esa palabra) necesitaban sus servicios porque desarrollaban dolorosas neurosis que los llevaban a las puertas del desequilibrio total, a la depresión, y, en algunos casos extremos, al suicidio.

Como psicóloga humanista dentro de la escuela rogeriana de la terapia centrada en el cliente, su trabajo consistía en reconciliar a la persona consigo misma, enseñarla a aceptar y a defender su sexualidad, aun a sabiendas de que eso podía acarrearle dificultades con los sectores menos comprensivos del Partido y de los órganos represivos. Podía dar fe del resultado de esa técnica de ayuda o de consejería (Nuria evitaba palabras del ámbito de la medicina convencional como "paciente", "curación" o "enfermedad"). Lo más importante era lograr que la persona se despojara de las máscaras con que se disfrazaba hasta conseguir que sus convicciones íntimas y sus manifestaciones verbales coincidieran totalmente.

Para su desconsuelo, Nuria observó cómo en el turno de preguntas y debate la conversación derivó en una dirección equivocada. Dos profesores sudamericanos y un italiano intervinieron para "defender a la Revolución cubana", lo que motivó que ella les agradeciera esa postura solidaria con su país, que ella también defendía, pero advirtió que el seminario al que la habían invitado no había sido convocado para llevar a cabo un juicio político general, sino para examinar cuestiones específicas relacionadas con la psicología y el lenguaje. Ella había partido de una anécdota real sobre la disonancia y las angustias que genera el discurso cuando se opone a las pulsiones más íntimas de las personas, y eso era lo que se debía debatir. Poco después, el profesor Martinelli intervino, le dio la razón a la profesora cubana, solicitó un aplauso para ella y clausuró la sesión hasta el día siguiente.

*   *   *

Toda la tarde Nuria estuvo deambulando por Roma. Había decidido prescindir de los monumentos y de las ruinas, de la historia y de la cultura, para entregarse a un placer trivial que en su país era imposible de satisfacer: ir de tiendas. Entrar en pequeñas y refinadas *boutiques* en la vía Borgognona, en la Frattina, en la Condotti; en elegantes almacenes, como los que halló en la vía de Lavatore; en mercadillos populares, como el de San Giovanni, junto a la Basílica. Deseaba olvidarse de cualquier asunto trascendente, de las grandes teorías psicológicas, de los debates políticos, del reñidero ideológico. Anhelaba tomar despreocupadamente un refresco o café en una terraza al aire libre para ver pasar a los romanos veloces y agitados, con un ritmo vital mucho más intenso que el de La Habana. Ni siquiera quería pensar en Arturo, su marido, o en Martinelli, su amante accidental en su extraña y loca aventura italiana. Sólo le apetecía escudriñar escaparates, examinar discretamente cómo se vestían, arreglaban y peinaban las bellas y refinadas romanas; ver y probarse ropas, examinar carteras, perfumes, bisuterías; acercarse, en fin, a ese mundo frívolo y delicioso que en Cuba era inaccesible por el embargo norteamericano, por la improductividad crónica del país, y por la austeridad oficialmente decretada por una cúpula política que había convertido la pobreza en una virtud y la mala calidad de la vida en un orgulloso distintivo moral. Entró, eso sí, en la mejor librería que había visto nunca, la Feltrinelli, en la vía del Corso, dentro de la Galería Colonna, y allí, en medio de los deslumbrantes diseños gráficos de las carátulas de los libros, rodeada de fotos de grandes escritores –Kafka, Faulkner, Calvino, Vargas Llosa–, no pudo evitar recordar la extraña historia que le relatara Arturo sobre el fundador de ese imperio editorial, Giangiacomo Feltrinelli, un rico y noble italiano comunista que se adiestró en Cuba en las técnicas del sabotaje y el uso de explosivos (el propio Arturo fue uno de sus mentores), muerto unos años más tarde mientras colocaba una bomba en Milán.

* * *

Cuando regresé al hotel me sentí cansada, pero media hora de sueño, como en mí es habitual, me permitió reparar fuerzas. Ya despejada y alerta, en la soledad de mi habitación examiné cuidadosamente el sobre con recuerdos y fotografías que había traído de La Habana para compartirlos con mi hermana Lucía. Entre las fotos estaban los desnudos de cuando posé para el cuadro de Cabrera Martínez. No quise dejarlas en La Habana en una casa sola, al alcance de cualquier intruso. Las fotos me las había tomado Arturo. Él era un buen fotógrafo y yo me veía francamente bien. ¿Cuántos años habían pasado? Tal vez quince. Acaso más. Arturo jamás hubiera permitido que otro hombre me retratase sin ropa. Era celoso. De joven bordeaba la locura. Con los años sus temores y fantasmas fueron cediendo. Ocurre siempre. Cabrera Martínez era distinto. Era un artista y era homosexual. La que debe preocuparse con Cabrera Martínez soy yo, le dije. A Arturo le gustaba repasar las fotografías. A mí me halagaba que las mirase. A él le excitaba contemplarlas, y a mí verlo excitado mientras me observaba con esa mirada de lujuria que me encantaba descubrir en su rostro. En algún momento se las llevó a sus guerras africanas para que lo acompañaran en los momentos de soledad, pero el miedo a que cayeran en otras manos le llevó a destruir aquellas copias. ¿Y qué ocurre si me matan? Buscarían entre mis pertenencias y yo quiero ser la única persona que te ha visto desnuda. No es verdad, también Cabrera Martínez, y mi ginecólogo, y mi partero, y mis padres, y el partero de mi madre, que fue la primera persona que me vio desnuda, y mi hermana. Me rindo, es una multitud, reía Arturo, pero en algún momento hay que ponerle fin a ese continuado espectáculo pornográfico. Entonces yo era la que reía. Tomé tres de las fotos y las introduje en un sobre junto a una breve nota. Sellé el sobre, salí de la habitación y me encaminé a la Suite Properzio del profesor Martinelli. Nadie me vio pasar el sobre por debajo de su puerta. Si a Martinelli le interesaba su reacción ante las cartas del Sultán, a mí me intrigaba saber cómo reaccionaría frente a la imagen desnuda de Sherezada. Era un juego a dos bandas.

* * *

La cita fue a las nueve, como la noche anterior. Todo igual. Incluso, la música de fondo, en un volumen muy bajo, seguía siendo *Cavalleria rusticana*, ahora en el bello dúo de Santuzza y Turiddú. Sólo cambió la forma de recibir a Nuria: Martinelli, que vestía la blanca bata de algodón de los huéspedes del hotel, sin preámbulo, le dio un apasionado beso en la boca y la condujo rápidamente al sofá.

–No tan veloz –le dijo Nuria–. Tenemos tiempo.

–De acuerdo. Te esperaba, otra vez, ansiosamente.

–¿Cuántas veces te asomaste hoy a la mirilla? –preguntó Nuria divertida.

–Exactamente ciento cincuenta y ocho –mintió Martinelli con una sonrisa–. ¿Qué hiciste por la tarde?

–Algo que deseaba hacer desde hace mucho tiempo: comportarme como una burguesa occidental, salir de tiendas, mirar y probarme mil prendas de vestir, llenarme los ojos de colores y el olfato de olores nuevos. Me dediqué a lo que los cubanos llamamos con una frase italiana, *la dolce vita*, sacada de una película que presentó en La Habana un joven cineasta llamado Jiménez Leal.

–Bella historia esa. *La dolce vita* fue un gran film de Fellini. Yo amo el cine de Fellini. A nosotros también nos dejó una palabra, Paparazzo. ¿Te recuerdas del fotógrafo? Ése era su sobrenombre. A partir de la película a todos los fotógrafos furtivos les llaman *paparazzi*. Para Anita Ekberg fue una bendición. Ya no envejeció más. La imagen que el mundo guardará para siempre de ella es la de la fuente de Trevi, mojada y sensual.

–¿Qué vamos a cenar? ¿Lenguas de canarios? Alguna vez leí que las lenguas de las aves canoras eran un plato clásico de la cocina romana.

–Es verdad –rió Martinelli–, pero hay que sacrificar mil canarios para alimentar a un italiano. Decían que no había sabor como el de la lengua de los flamencos. Los ingleses, que son más prácticos, popularizaron las lenguas de ballena. Con una lengua de ballena comían mil ingleses. A Enrique VIII le encantaba la lengua de ballena. Los romanos inventaron una cocina para deslumbrar, para competir entre ellos, entre los más ricos, no para disfrutar. Cocinaban para alimentar el ego, no el estómago. La dieta de los romanos pobres, que eran casi todos, era muy limitada: pan, centeno, vino mezclado con agua, miel, aceite, a veces cordero hervido, queso de oveja, muy poca carne de res. La corte griega de Oriente, mucho más elaborada, fue la que enriqueció la cocina romana. Toda esa complicada liturgia culinaria viene de allá, de Constantinopla.

—En la universidad leímos el *Satiricón,* de Petronio, y me creí la escena del banquete de Trimalción. ¿Es falso lo que ahí cuentan?

—Probablemente ocurrían banquetes como ése, pero sólo en los palacios de los romanos muy ricos. Petronio no inventó esas escenas. Mezclaban los platos más extraños: cocinaban las partes blandas de las patas de los camellos con jabalíes rellenos de palomas asadas y otras locuras. Decían amar la carne de oso. Lograban deformar el hígado de truchas criadas en cautiverio alimentándolas con cierta sustancia. El primer *foie gras* fue de pescado, no de ave. El espectáculo era más importante que el sabor. ¿Recuerdas cómo entró Trimalción al comedor? En una plataforma cargada por sus esclavos, con ojeras pintadas de azul y su cabeza afeitada, en medio del sonido de sus músicos, y con una larguísima capa roja. Todo muy dramático y elaborado. Un perfecto *drag queen*, aunque estaba casado con una bruja malvada, según el relato de Petronio.

—Petronio conocía ese mundo desde adentro, ¿no?

—Sí, él también fue muy rico. Estaba cerca de Nerón y se le tenía por un hombre de gusto exquisito. Tuvo que suicidarse, como Séneca, como tantos romanos valiosos que entraban en conflicto con el poder. Detrás de ese decorado fastuoso había una civilización trágica y muy cruel.

—¿Queda algo de aquella Roma loca y maravillosa?

Martinelli se quedó pensativo unos instantes.

—Sí, pero no en Italia. Tienes que ir a Marrakech, al mercado central, y recorrer las callejuelas. Así debió ser Roma: encantadores de serpientes, saltimbanquis, vendedores de afrodisíacos, verduleras, barberos y sacamuelas en las plazas. Julio César trató de poner un poco de orden en el caos de Roma, pero lo mataron.

—En definitiva, ¿qué vamos a cenar? —preguntó Nuria con entusiasmo—. Otra cosa: no me has dicho nada de las fotos que deslicé bajo tu puerta —agregó con picardía—. Yo quiero saber qué efecto te produjeron. Quiero experimentar contigo, como tú haces con tus alumnos.

—Vamos a cenar lo menos italiano que existe: pasta. Pasta, que es un invento hebreo llevado por los árabes a Sicilia. De ahí ascendió a la Península. Hay una leyenda romántica que asegura que Marco Polo trajo la pasta de China, pero es mentira. Cuando Marco Polo llegó de China los italianos ya comían *macarroni*. En cuanto a las fotos, me parecieron deliciosas. Me pareció extraordinaria ésa en la que tu vulva aparece en primer plano y tu rostro se difumina confusamente. Pero la opinión te la va a dar el Sultán por escrito. Es un ejercicio que me encantará hacer contigo.

Martinelli pidió la cena.

* * *

Pareces saberlo todo, cocina, música, fisiología, historia. Te equivocas. No sé nada. Lo ignoro casi todo. Soy sólo una persona curiosa. Yo también, pero las mujeres tenemos una curiosidad distinta. Por supuesto, a los hombres les intriga cómo funcionan las cosas. A las mujeres, por qué funcionan. Los hombres contamos historias exteriores, describimos la envoltura. Las mujeres entran dentro del relato, hurgan con mayor profundidad. A mí me gusta escucharte todos esos cuentos, pero alguna gente puede acusarte de pedante. Lo han hecho. Lo he escuchado muchas veces. Sobre todo de personas que perciben cualquier información desconocida como una forma de agresión. Suele ocurrir en la dinámica de las relaciones personales. Pero a mí me encanta que seas así. Odio a los hombres que no tienen nada que decir y llenan ese vacío con historias personales carentes de importancia en las que ellos son unos brillantes protagonistas. Odio a los que cuentan sus conquistas amorosas, a los que hacen chistes procaces, uno tras otro, a los que se dedican a quejarse, a los que banalizan todos los temas, a los que gritan, a los que les molesta que las mujeres participen, a los que nunca dicen nada inteligente. ¿Hay mucha gente así en Cuba? Sobran. América Latina sigue siendo un continente de hombres medio salvajes, medio primitivos, convencidos de que la agresividad y la grosería son virtudes. En mi consulta de psicóloga, cuando trataba a las parejas en crisis, casi siempre se me hacía evidente la superior calidad emocional de la mujer. Tenía que ocultarlo.

—Ya llegó la pasta. Algo sencillo: Fetuccini a la mantequilla y crema, a lo Alfredo, como dicen en América, ensalada y chianti de la Toscana.

Tras la cena, llegó la hora del sexo. Fue un encuentro intenso, brusco a veces, a veces tierno, ajustado al guión escrito por el Sultán, en el que la pareja exploró todas las posibilidades eróticas hasta que cayeron exhaustos en esa posición que tanto le gustaba a Nuria: el rostro sobre el pecho de su amante y las piernas anudadas.

—Me debes una historia cubana, Sherezada —le dijo Martinelli acariciándole la cabeza con dulzura—. Esa anécdota será algo tuyo que se quedará conmigo para siempre.

—Lo sé. Lo he pensado bien y te voy a regalar una historia que me tocó conocer muy desde dentro. La voy a comenzar por el final. Hace pocos años, una pareja de médicos, compañeros míos en el Partido Comunista, fue a un congreso profesional a Moscú. Él era ginecólogo y ella patóloga del hospital Calixto García, uno de los más importantes de La Habana. Se suponía que estuvieran una semana en Rusia y luego regresaran a Cuba. No te voy a decir los nombres reales porque todavía creo en el secreto profesional. Digamos que se llamaban René y María. René, además de su condición de ginecólogo, era oficial oculto de la Seguridad del Estado. María, una mujer muy hermosa, lo intuía, pero no lo sabía con total certeza. Ambos eran dos funcionarios muy respetados dentro del Partido y en la comunidad científica. Habían publicado artículos valiosos y parecían dos personas que se amaban profundamente.

–¿Se amaban realmente? –preguntó Martinelli intrigado por la palabra "parecían".

–Creo que sí, pero déjame seguir. En el relato que luego me hizo la policía, tras finalizar el congreso médico ambos abordaron el avión de Cubana para regresar a la Isla. En esa época, los aviones de Cubana, por el conflicto entre la Isla y Estados Unidos, debían detenerse en Canadá para reponer combustible. Para esa escala técnica aterrizaban en un pequeño pueblo del noreste canadiense, Gander, donde existe un aeropuerto internacional que les da servicios a muchas compañías europeas. Yo lo conozco porque, tras un viaje a Bulgaria, hicimos escala en Gander en el trayecto de regreso a Cuba.

–¿Entonces? Sigue –dijo Martinelli interesado–. Las mujeres dan muchos detalles innecesarios.

–No, Valerio: las mujeres percibimos muchos más detalles que los hombres. Déjame continuar. Tan pronto desembarcaron los pasajeros a la espera de que llenaran los tanques de gasolina, una operación que no debe hacerse con los viajeros dentro de la nave, René fue al baño, se escabulló como pudo de los agentes cubanos que viajaban en el avión, y logró llegar hasta la oficina de la policía canadiense. Dentro del despacho del capitán, según decía el informe que yo leí, René tuvo un acceso incontrolable de llanto, casi de histerismo, explicó que estaba obligado a abandonar Cuba, y solicitó asilo político en Canadá. Dijo, además, que se sentía como la persona más miserable del mundo porque no había tenido valor para contarle a su mujer, a María, a la que amaba, el paso que iba a dar. Explicó que no podía decírselo porque ella, como él, era comunista, y no sabía cuál sería su reacción. No quería colocarla ante tres opciones, todas terribles: acompañarlo al exilio, algo que ella detestaba; denunciarlo a la policía por traidor; o regresar a Cuba sola y afrontar el riesgo de ser acusada de colaboración con un traidor al conocer sus planes y no haberlos revelado. La manera que tenía de protegerla era ésa: sorprenderla también a ella para que no existiera la menor complicidad con su decisión.

—Bueno, no es una historia tan infrecuente —dijo Martinelli.

—No seas impaciente —le respondió Nuria—. Cuando René se calmó, el capitán, que lo escuchaba con interés, lo tomó de un brazo, y sin decir una palabra lo llevó a una habitación contigua: allí estaba María, también deshecha en llanto, que había tomado la misma decisión que él y tampoco se había atrevido a contarle lo que pensaba hacer. Para ambos fue una sorpresa tremenda. Llevaban siete días acostados uno junto al otro en un hotel de Moscú, a punto de tomar la decisión más importante de sus vidas, y no habían tenido el valor de confiar en el otro.

—¿Pudieron recomponer la pareja?

—Creo que sí, pero no estoy segura. Mi relación con ellos fue antes de la deserción, no después. Cuando ellos pidieron asilo en Canadá me vino a ver la policía política cubana. Yo los había tenido a los dos como clientes en mi gabinete de psicóloga, y la Seguridad del Estado pensó que podía saber si habían sido reclutados por Estados Unidos o, si ése no había sido el motivo, que explicara por qué dos comunistas activos, que jamás habían dado muestras de debilidad, habían desertado.

—¿Tú sabías algo? Era peligroso saber que iban a desertar y no decirlo.

—No, yo no sabía que iban a desertar, pero sí conocía los secretos de ambos, porque me los habían confesado, y estoy segura de que eso motivó la decisión de abandonar el país.

—¿Y cuáles eran esos secretos?

—Como sabes, Sultán, cada noche te contaré una historia. Mañana le toca a la de René, muy dolorosa, por cierto. Después seguirá la de María.

XI

La mano de Nuria se abrió paso hacia el teléfono automáticamente, como si no fuera suya, atravesando una densa telaraña de sueños. Era su hermana Lucía, exactamente a las 7:30 de la mañana del miércoles. Fue una explosión de alegría a ambos lados de la línea telefónica. Hablaron largo rato. Se rieron. Prometieron ser felices cuando se encontraran. Lucía llegaría a Roma por Alitalia en la noche del viernes y regresaría a Nueva York el domingo. Era una visita rápida, de sólo un par de días. No podía abandonar a los niños mucho más tiempo. Josh podía cuidarlos, pero sólo tres días. Tú sabes cómo son los hombres. A Nuria le pareció un arreglo perfecto. Ella también debía regresar a La Habana en el vuelo del domingo en la noche. Nuria insistió en que se quedase con ella en la misma habitación de su hotel. La habitación y el baño eran amplios y agradables. Su cama era cómoda, para dos personas. No se ofrecía para recogerla en el aeropuerto porque no tenía carro, pero le reiteró la dirección: Hotel Mecenate Palace, calle Carlo Alberto 3, frente a la Basílica de Santa Maria Maggiore. Todos los taxistas conocían el sitio. Si se cumplían los horarios, Lucía podía llegar al hotel a las ocho de la noche, con tiempo para cenar juntas.

Cuando Nuria, finalmente, se levantó, instintivamente miró hacia la puerta. Allí estaba el sobre esperado, o esperando por ella. Decía, como el anterior, escuetamente, "Segunda carta a Sherezada".

Sherezada querida:

Fue una grata sorpresa encontrar bajo la puerta el sobre con tus fotografías íntimas. No las esperaba. La nota que las acompañaba, con esos trazos rápidos y elegantes con que escribes, me pareció persuasiva y muy tuya, aunque innecesariamente defensiva: "Lo que hace pornográficos o eróticos a los desnudos es el sitio en que aparecen y la forma en que te llegan a las manos. Es cierta la confusa frase de McLuham de la que te reíste la otra noche: el medio es el mensaje. Estas fotos, en una revista, podrían resultar pornográficas. En un sobre personal, deslizadas bajo tu puerta confidencialmente, con el ruego de que las destruyas tras mirarlas, son una delicada prueba de amor y de confianza. No creo que exista un regalo más preciado y valioso que el pudor propio. Con estas fotos te lo entrego todo y, no sé por qué, siento al dártelas un inmenso placer físico localizado, como te gusta decir, al sur de la cintura".

Me habías contado que trajiste las fotos a Roma, pero pensé que sólo querías encender levemente mi lujuria con la noticia de que existían y estaban en tu poder y a mi posible alcance. Esa noche, durante la cena, me dijiste, enfáticamente, o resignadamente (no supe descifrarlo), que el sexo o era kinky o no era sexo. Estuvimos de acuerdo en que las relaciones sexuales realmente placenteras se montaban sobre una estructura jerárquica de entrega y posesión. Tú gozabas, aseguraste, con el acto de entregarte, como si toda penetración fuera una violación querida o, a veces, suplicada. Yo admití que mi mayor placer derivaba de hacerte mía en el sentido exacto de la frase: poseerte en la cama física, emocional y materialmente. En todo caso, además de esa voluntad tuya de darte, y de complacer mi necesidad de posesión y dominio, de acuerdo con tu nota interpreté el regalo de tus fotos como un generoso gesto de amor mezclado con la pícara intención de excitar mi sexualidad. Algo así como el juego nada inocente de abrir y cerrar las piernas rápidamente en un movimiento de abanico. Visto y no visto.

Creo que la idea de obsequiarme esas cálidas imágenes tuyas se te ocurrió cuando te contaba mi curiosa experiencia en la casa de Jacques Lacan en París. Lo observé en tu mirada mientras yo hablaba. Había ido a visitar a Lacan para conversar sobre su teoría del lenguaje en el psicoanálisis, pero el psiquiatra no estaba y me atendió su mujer, Sylvia Bataille, una extraordinaria actriz que conservaba cierta belleza y el apellido de Georges, su primer marido, el notorio escritor con fama de pornógrafo, tal vez más apreciado por su audacia que por su prosa. Pasar del lecho de Bataille al de Lacan debe haber sido una intensa experiencia intelectual y física para aquella encantadora mujer, aunque, a decir verdad, ninguno de los dos maridos se refirió a ella en los papeles que dejaron escritos, acaso por un pacto entre caballeros, o tal vez porque ella misma solicitó ese discreto silencio.

La charla con Sylvia Bataille, como te relaté, comenzó por mi presentación profesional. Le expliqué sobre mis estudios sobre el lenguaje, el sexo y el papel que juegan las imágenes y las palabras en la aparición del deseo, y mi interés en las ideas siempre originales de Lacan a propósito de los oscuros asuntos de la conciencia. Fue entonces cuando la señora Bataille, inesperadamente, con una mirada chispeante, como de picardía, tras ordenarme con amabilidad que la llamara Sylvia, me preguntó si quería ver un cuadro extraordinario que reunía todos esos elementos y que nunca había sido exhibido en exposición de arte alguna. Le dije, naturalmente, que sí; me tomó de la mano y me llevó a una habitación contigua, donde había un óleo realista de mediano tamaño que mostraba la vulva de una mujer joven, a la que no se le veía el rostro, echada en una cama. La mano de Sylvia, ya agrietada por los años, pero todavía hermosa, sudaba nerviosamente.

Es El origen del mundo, de Gustave Courbet, me dijo, y luego me contó que fue el obsequio que le dio Lacan cuando se comprometieron, aunque era, en realidad, un regalo para avivar el fuego de la fantasía sexual de ambos. Ella venía, como era conocido, de la relación con Bataille, un erotómano consumado, y estaba segura de que los vínculos con su nuevo amante, un hombre mucho más frío y cere-

bral, sin duda más culto e inteligente, aunque menos intuitivo, sólo podían sostenerse si consagraban el hogar recién estrenado a una deidad, la diosa-coño, capaz de mantener la tensión sensual en la pareja. Sylvia, incluso, rió al agregar que hasta habían pensado en colocar una lámpara votiva debajo del óleo, como se hace con las imágenes de las que esperamos milagros y prodigios.

La historia del cuadro, que es la historia del coño de Johanna Hefferman, en su día había sido la comidilla de París. Johanna, a la que Courbet llamaba Jo, una bella modelo irlandesa -de cabellera pelirroja y pubis oscuro-, impulsiva y ardiente, era la amante del pintor norteamericano James McNeill Whistler, un brillante discípulo y admirador de Courbet que llegó a ser uno de los grandes pintores del XIX. Whistler había accedido a prestarle a Jo a su maestro para que le sirviera de modelo, bajo el caballeroso entendido de que ejecutaría un desnudo inocente y poético en el que una lánguida muchacha jugaba con un pájaro.

Courbet, en efecto, pintó Mujer con cotorra, pero, secretamente, en 1866 consumó otro lienzo que no estaba previsto: El origen del mundo, el primer retrato de la vulva de una hembra que registra la historia de la pintura, demasiado sensual para ser una ilustración anatómica, y demasiado realista para comparecer sin rubor en medio del inocente ámbito doméstico. Se trataba, además, de una imagen que sólo podía haber sido pintada después de un encuentro sexual, porque aquella postura obscena de Johanna era otra forma de entrega a un amante que, sin duda, acababa de poseerla. Whistler, que vio el cuadro cuando estaba terminado, pese a sus costumbres libertinas, no soportó la humillación de que el sexo de su compañera hubiera sido inmortalizado por el gran Courbet, y enterró para siempre ambos afectos.

Sylvia Bataille sabía y me comunicó todos los detalles de aquel secreto episodio. Al taller de Courbet había llegado un asombroso millonario turco llamado Khalil Bey, seductor y bon vivant, coleccionista de desnudos, afición debida, según confesara en medio de grandes carcajadas, a que padecía la compulsión de masturbarse constantemente, y necesitaba estímulos eróticos cada vez más exigentes. Bey había comprado cuadros clásicos y románticos de Ingres y de Delacroix, pero deseaba un lienzo que trascendiera los límites de la hipócrita inspiración pseudoreligiosa y los temas mitológicos. No resistía otra Leda y el cisne, y la perversa representación de Cupido ya no era capaz de estimular su legendaria pedofilia (que también padecía, y a la que llamaba "mi herencia turca", como si fuera una fatalidad genética). Fue entonces cuando Bey oyó hablar de Courbet y de la inclinación del pintor a epatar a la burguesía parisina. Incluso le mencionaron a Johanna, la modelo irlandesa de bellos ojos azules, cabellos de azafrán y rostro más cercano al cuadrado severo que al óvalo tranquilizador y obediente.

Bey conoció a Courbet y a Johanna, su modelo, y les explicó al pintor y a la muchacha lo que deseaba con vehemencia y por lo que estaba dispuesto a pagar una considerable cantidad de dinero: no quería el cuerpo entero de Jo. Ni siquiera los senos eran importantes. Lo único que deseaba era un retrato sincero y franco de su vulva, pero con una condición esencial: debía pintarla tras haber sido penetrada por Courbet. Bey necesitaba saber que aquel sexo entreabierto fuera un sexo satisfecho, humedecido por el semen del pintor y agotado tras las contracciones del orgasmo. Pero todavía existía otra condición más delicada: Bey debía estar presente cuando Courbet copulara con Jo, y luego durante las sesiones en las que la pintaba. No deseaba participar, sino sólo mirar, y ni siquiera por el disfrute pasivo del voyeur, sino por otra razón más inquietante. Quería estar seguro de que aquel sexo virtual que compraba para alegrar sus noches de solitaria lujuria era un sexo feliz y enamorado.

Sylvia Bataille estaba convencida de que así había sido pintado el cuadro, y le parecía entender la lógica del turco, porque ella también había encontrado en la lectura de La historia del ojo, la novela erótica de su primer marido, una extraña fuente de placer permanente. La idea de Georges Bataille imaginándose, excitado, las aventuras de Simona y Marcela, dos jóvenes que realmente existieron, acababa por estimularla a ella mientras hacía el amor con Lacan. El ménage à trois no se daba en la misma cama con los dos amantes, sino participando los tres de la misma fantasía que un día había calentado la entrepierna de Bataille. ¿Cómo no comprender, entonces, a Bey? Cada vez que el turco contemplara el sexo de Jo colgado en la pared de su habitación, inmediatamente recordaría la imagen de Courbet cabalgando a la irlandesa, y sabría que ese sexo pintado era mucho más que pigmento sobre tela. Allí existía vida, allí estaba la huella del semen caliente dentro de la carne tibia. Bey había visto a la pareja estremecerse de placer y la había escuchado a ella gritar "¡Dios mío!", cada vez que se venía, y fueron varias las veces en que los temblores de sus piernas delataban la llegada en cascada de orgasmos cada vez más intensos y continuos.

Tus fotos, Sherezada, sin duda, son más eróticas que el cuadro de Courbet. Me encanta ésa en la que dejas ver tu torso desnudo y tu rostro ligeramente sonriente. Sé que no te gustan demasiado tus senos pequeños y algo caídos, pero yo los encuentro deliciosos. Deliciosos para mirarlos. Deliciosos para recorrer los pezones con delicadeza empleando para ello la punta de la lengua, y para acariciarlos con las yemas de los dedos. Me gusta también esa otra imagen en la que tu abdomen ocupa la porción central de la fotografía, mientras tu rostro se oculta en una semipenumbra que deja ver y esconde tu cara simultáneamente. En ésta, tu pubis se insinúa con agresividad, como pidiendo a gritos que lo acaricien, que lo besen, y que una lengua lo penetre profundamente tras lamerlo con fruición. Creo que puedo adivinar la tensa atmósfera en que se tomó esa foto, al calor emocional de la transgresión que muy pronto mojó tu sexo, levantando esas secretas compuertas a las que sueles referirte.

En otra pose, te veo de espalda, desnuda, y me encantan tus nalgas y tus muslos, pero no puedo evitar tratar de imaginarme lo que pensaba el anónimo fotógrafo para el que posaste (no me dijiste quién hizo las fotos para estimular mi imaginación). "La mirada es la erección del ojo", solía decir Lacan. ¿Te miraba lujuriosamente, como a una hembra a la que deseaba poseer, o sólo eras para él un objeto hermoso, integrado en una especie de bodegón de carne? ¿Pensó el fotógrafo en Bataille y en su recurrente preocupación con el culo cuando te retrató? ¿Se le ocurrió que el sexo anal contigo podía convertirse en un placer extraordinario? Quién sabe lo que transitó por su mente. Quién sabe lo que luego pasó por su mano tras la sesión de fotografías, cuando el trabajo profesional finalizó y sólo quedaron en su memoria el silencio, tu cuerpo desnudo y los relámpagos de la cámara que rompían la monotonía de aquel espectáculo hermoso y azorado.

Sin embargo, igual que le sucedía al turco Bey, de todas las fotos la que más me estimula es la de tu coño, ésa en la que posas frente a la cámara con las piernas abiertas y con el dedo medio acaricias tu clítoris. No se ve tu rostro, como en el cuadro de Courbet, y los senos se asoman vagamente, pero el erotismo que transmite es extraordinario. La densidad de tu vello púbico es menor. En época de Jo las mujeres no solían rasurarse, y nadie había hablado nunca del coño brasilero. ¿En qué momento tomaron esa foto? ¿Ibas a comenzar a masturbarte, a autosatisfacerte, como te gusta decir, o ya habías terminado? O no se trata de nada de eso y el dedo, ingenuo y lánguido, descansa inocentemente sobre el clítoris sin ningún propósito. Pienso que no. Creo que el dedo, tras pasar por tu boca, ya ha recorrido suavemente los labios mayores y menores, ha entrado en la vagina para humedecerse, y luego ha lubricado el clítoris con un suave movimiento circular que ha ido acelerándose al ritmo de tu deseo, hasta que alcanzaste un orgasmo prolongado y espasmódico. ¿Habrás dicho, "Dios mío", cuando te venías, como Jo mientras follaba con Courbet? No puedo saberlo. Me gustaría saberlo. Has sido, sin embargo, muy cortés remitiéndome las fotos. Muy generosa y tierna. Abrirme tus piernas en esas imágenes era otra manera de entregarte a mí. Cuando a Courbet le preguntaron por El origen del mundo, recordó la frase famosa de Flaubert cuando trataron de averiguar quién era Madame Bovary: "yo soy Madame Bovary", dijo Flaubert. "Yo soy el coño" dijo Courbet. Yo soy tu coño, Sherezada, porque me lo has dado en esas fotos y se ha fundido conmigo. Me he perdido en su cálida humedad como quien desaparece para siempre en un sueño oscuro y delicioso.

Te ama,

tu Sultán

Nuria guardó la carta en su sobre y la colocó, junto a la anterior, en la gaveta de la mesa de noche. Luego las cubrió con un inocente *magazine* para que escaparan a la vista de la mucama. Le encantó leerla. Martinelli tenía una extraña habilidad para mezclar la información interesante y el sexo. Le halagaba mucho ser la protagonista y receptora de esos textos. Le admiraba la capacidad poco frecuente que Martinelli poseía para asociar elementos muy disímiles: cuadros, películas, citas históricas, literatura, cocina. Probablemente eso era lo que lo hacía distinto e interesante. Lo que contaba y cómo lo contaba. Nuria estaba excitada, pero reconoció que menos que el día anterior. Nada como aquella primera carta. Comenzaba a experimentar, como presentía, lo que el sexólogo Wilhelm Reich llamaba "la ley del erotismo decreciente". La primera transgresión provoca una estremecedora reacción corporal. En la segunda, disminuye el impacto. En las sucesivas va perdiendo efecto paulatinamente. Cuando se convierte en rutina, sólo una nueva transgresión puede revivir la experiencia original. Nuria recordó un fragmento de un viejo y popular bolero que decía lo mismo que Reich, pero en un tono menos pedante: "yo tengo un pecado nuevo que quiero estrenar contigo". La clave del erotismo quizás era estrenar un pecado nuevo cada cierto tiempo.

Nuria había decidido no volver esa noche a la habitación de Martinelli, pero quedaron citados para recorrer juntos el Vaticano y cenar en un pequeño restaurante llamado La Huella de las Tres Ranas, dedicado a la *nouvelle cuisine*, algo que le apetecía mucho dado su inminente regreso a Cuba y a su dieta espartana de arroz, frijoles negros y otros pocos platos más o menos apetecibles, pero siempre que sean la excepción y no la regla de la mesa. La única condición impuesta por Martinelli era que Nuria debía continuar la historia de René y María, quizás porque se había tomado muy en serio su papel de Sultán, acaso porque el italiano era, realmente, una persona muy curiosa a la que le encantaban las historias interesantes, o tal vez porque, como le dijo, "no hay mejor manera de entender un proceso político que por medio de las anécdotas". Los datos estadísticos, opinaba, jamás llegaban al corazón de la realidad.

* * *

–El Vaticano parece ser el centro del mundo católico, pero es, en realidad, un monumento que se hizo Miguel Ángel a sí mismo –dijo Martinelli abrazando a Nuria por el talle mientras caminaban por la plaza frente a la Basílica de San Pedro. Aquí se reúnen los cuatro Miguel Ángel: el arquitecto con la bella cúpula de la basílica, el escultor de la *Piedad* y el principal pintor de la Capilla Sixtina.

–¿Cuál es el cuarto? –preguntó Nuria.

–El poeta. Fue un buen poeta. Algunos de sus manuscritos están en la biblioteca del Vaticano. Los poetas son buenos cuando se enamoran y cuando sufren. Miguel Ángel amó y sufrió, por eso fue un buen poeta. Volvió a Dante cuando ya todos estaban bajo la influencia de Petrarca.

–¿Por qué sufrió?

–Era un tipo muy arrogante y, a la vez, inseguro. Unas veces se consideraba, con razón, un genio, y otras odiaba su propia obra e intentaba destruirla. Tampoco estaba muy conforme con su rostro. Amaba la belleza masculina y él era un hombre feo. Creo que envidiaba a Leonardo, aunque Leonardo era de una generación anterior.

—He leído que era homosexual.

—Sí. No es raro entre los artistas plásticos. Le gustaban los adolescentes. Unas veces se acostaba con muchachos de alcurnia y otras con pilletes de la calle que solían estafarlo. Pero él se enamoraba de unos y otros. Su relación más intensa fue con Tomasso dei Cavalieri. Fue una relación otoñal. Miguel Ángel tenía cincuenta y siete años y Tomasso apenas veintitrés. Le dedicó casi trescientos poemas. No hay ningún poeta que le haya dedicado tantos versos a una mujer.

—¿Y Tomasso?

—Tomasso también lo amó. Estuvo con Miguel Ángel hasta que le cerró los ojos. Hay algunos críticos católicos que afirman que era una relación de admiración fundada entre maestro y discípulo, pero esas son tonterías para justificar que la estrella del Vaticano, culturalmente más importante que todos los papas que han pasado por Roma, haya sido un artista pecador y homosexual. En época de Miguel Ángel nadie tenía duda de que era homosexual. Era tal la mala conciencia, que su sobrino nieto, también llamado Miguel Ángel, cuando editó los poemas les cambió los pronombres para que pareciera que los dirigía a una mujer, pero nadie lo creyó.

La Capilla Sixtina le resultó a Nuria mucho más impresionante al natural que en los centenares de ilustraciones que había visto a lo largo de su vida. La estremeció el *Juicio Final,* en el ábside, por todo su dramatismo teatral y se lo dijo a Martinelli.

–Tienes razón. Es muy teatral. Miguel Ángel lo pintó a regañadientes por indicación del Papa. Lo obligaron a cubrir con su pintura un fresco de Perugino que él amaba. Pero se tomó dos pequeñas venganzas. El rostro de ese Cristo fiero y vengador, con la mirada *terrible,* es el de su amante Tomasso. Quien decide los que van al cielo o al infierno es un pecador. Y su propio rostro aparece en la piel que tiene en las manos uno de los santos, San Bartolomé, que fue despellejado.

–¿Y por qué no tomó a Tomasso como modelo en *La creación de Adán*?

–Porque ese famoso Adán con la mano extendida lo pintó casi treinta años antes, pero con él creó una estética gay que dura hasta nuestros días. Un poco antes había terminado la estatua de *David,* que está en Florencia, otro icono de la estética gay. Una estatua perfecta, pero con un defecto: David no está circuncidado, algo impensable en un joven judío. No está aquí para que la compares, pero la misma mirada terrible del Cristo del *Juicio Final* es la que tiene la estatua de David. Este David está a punto de matar a Goliat, así que es razonable su semblante. Cristo va a enviar al infierno a los pecadores, de manera que le corresponde esa cara de dureza. A Miguel Ángel le gustaba pintar o esculpir la fiereza en el rostro humano.

Muy pronto Nuria descubrió que la cena en La Huella de las Tres Ranas iba a ser otra curiosa lección de historia del arte, algo que a ella le complacía; pero más la tranquilizó saber que la comida no incluía ancas de rana, un plato que había probado en Cuba con cierta prevención. Se trataba de un restaurante de mediano tamaño, elegante, pero sin grandes lujos, situado en un callejón escondido de Roma al que Nuria pensó que no sabría cómo regresar por su cuenta.

—Se llama así porque Leonardo, en su juventud en Florencia, tuvo una taberna a la que puso ese nombre, en la que experimentó cien platos extraños como cocinero. Su socio era nada menos que otro joven de su edad, Sandro Botticelli, al que había conocido en el taller de Andrea de Verrochio. Antes de tener su propio restaurante, Leonardo trabajó como cocinero en otra taberna llamada Los Tres Caracoles. Lo contrataron cuando los tres cocineros anteriores murieron envenenados. Leonardo tuvo que huir de la ira de los trabajadores que comían en la taberna, quienes de pronto vieron reducidas las porciones, y en vez de grandes platos con carne y legumbres se encontraban con nabos tallados en forma de mariposa y menús escritos a la inversa que debían leer con la ayuda de un espejo. Casi lo matan y se convierte en el primer mártir de la *nouvelle cuisine*.

—¿No te parece curioso que el primero se llamara Los Tres Caracoles y luego Leonardo nombrara al suyo La Huella de las Tres Ranas?

—Claro que me parece curioso. Una vez pensé escribir una novela o un guión de cine con la historia del crimen y Leonardo como eje.

—¿Leonardo hubiera sido el asesino?

—Me lo planteé, pero antes de solucionar el enigma llegué a la conclusión de que no soy escritor de ficción, sino un aburrido científico social, así que me olvidé del asunto. Pero recuerdo que entre mis apuntes estaban unas notas de Leonardo sobre la experimentación con venenos. Como le gustaba medirlo todo, comenzó a probar cuánta cantidad de veneno resistía su ayudante. Es muy gracioso cuando Leonardo confiesa, muy extrañado, que el ayudante había huido despavorido. Años más tarde Ludovico Sforza lo contrata como cocinero, y Leonardo construye una de las cocinas más locas de la historia, llena de inventos estrafalarios. Sforza lo había llamado para mejorar la calidad de la cocina y reducir costos, pero Leonardo llegó a tener un centenar de ayudantes y los comensales seguían prefiriendo la abundante comida tradicional antes que los creativos platos ideados por este genio asombroso.

—¿De dónde has sacado que eres un aburrido científico social? Tú escribes muy bien —le dijo Nuria con cierta coquetería—. Me gustó mucho tu última carta, la de *El principio del mundo,* el cuadro de Courbet.

—Y a mí me gustó más que tuvieras la cortesía de dejarme ver las fotos tuyas desnuda. ¿Te excitó leerla?

—Claro que me excitó —le dijo Nuria.

—¿Tanto como la anterior?

—Un poco menos. La primera casi me mata. Pero fue muy agradable.

—Es la ley del erotismo decreciente. Aún así te seguiré escribiendo. La próxima se centrará en el clítoris. Cuando hicimos el amor me dijiste que te encantaba que concentrara mis caricias en ese punto.

Nuria se sorprendió de que Martinelli hubiera llegado exactamente a la misma conclusión reicheniana sobre el erotismo decreciente, pero no se lo dijo.

—Me gusta que me escribas esas cartas, y amo leerlas. Es un homenaje que ningún hombre me había hecho nunca.

—Te haré una confesión: te las escribo para que te excites, y para yo excitarme mientras las escribo. Me encanta hacerlo. Diderot, que era un hombre muy serio, es autor de unos excelentes textos pornográficos. Una vez le preguntaron cómo uno de los mayores intelectuales de Francia podía escribir cosas tan subidas de tono, y dio una respuesta muy franca: "Me ayudan a follar".

—¿No te asusta que alguien conozca esas cartas y sepan que tú eres el autor?

Martinelli lanzó una carcajada.

—Son cartas íntimas, a nadie le interesan. Tampoco me importa que se conozcan. Todos los seres humanos tienen una faceta de fantasía erótica. Sucede que no se atreven a expresarla.

El camarero se acercó a la mesa:

—¿Qué nos recomienda hoy? —preguntó Martinelli.

—Tenemos Kumba Suri, un plato turco hecho con cordero y kéfir y una ensalada marroquí. Para comenzar les propongo unos erizos rellenos.

—Hecho. Eso mismo para ambos.

A Nuria le sorprendió que Martinelli no le preguntara su preferencia, pero le pareció bien la selección, aunque nunca había probado ninguno de los tres platos, y se dio cuenta de que, hasta ese momento, era el italiano quien elegía el menú para ambos sin jamás consultarla, lo que evidenciaba cierto rasgo autoritario de su personalidad.

—Si te fijas, en la pared del fondo hay una copia de *La última cena,* de Leonardo, y en la de al lado, una buena reproducción de *El nacimiento de Venus,* de Botticelli. Es un homenaje a ambos pintores por usurparles el nombre y el espíritu de *nouvelle cuisine* del restaurante. Ya sabes la fórmula: platos exóticos y raciones mínimas.

—¿Fueron amantes Botticelli y Leonardo? Recuerdo que en la universidad leímos un largo texto de Freud sobre el homosexualismo de Leonardo.

—No creo que hayan sido amantes, pero los dos eran homosexuales, aunque de manera diferente. Botticelli, ya de mayor, cayó bajo la influencia fanática de Savonarola y se sintió culpable de su vida pasada. Destruyó parte de su obra acosado por sus sentimientos de culpa. Leonardo era un hombre más feliz, más seguro de sí mismo. No creo que su homosexualismo lo angustiara demasiado. Si te fijas en el apóstol que está junto a Jesús verás que tiene un rostro muy bello. Es Juan, el discípulo amado de Jesús, pero, en realidad, Leonardo utilizó como modelo a una mujer.

—¿Tuvo amantes? Recuerdo que Freud, en el texto sobre Leonardo, daba por sentado que era homosexual y lo achacaba a su madre. Leonardo describía una pesadilla infantil en la que un pájaro le introducía la cola en la boca. Freud lo interpretó como un pene.

—Freud siempre veía penes. Tenía un grave problema. Me encanta leerlo como un gran escritor de ficción, pero nada más. A Leonardo, como a tantos homosexuales, le gustaban los jóvenes. A veces demasiado jóvenes. Cuando se enamoró de Gian Giacomo Caprotti éste tenía diez años y era un niño suave con apariencia femenina. Leonardo le llamaba Salai, y tuvo una larga relación con él. Tanto Leonardo como Botticelli fueron acusados de sodomía, pero sin graves consecuencias. La justicia en aquella época, como en ésta, se compraba.

Ya a los postres, antes del café, Martinelli reclamó su historia:

—Basta ya de genios homosexuales. ¿Qué pasó con René y María? Me quedé muy inquieto por la deserción de ambos en Canadá, pero ¿por qué no confiaron el uno en el otro?

—Bueno, Valerio, en Cuba no acostumbramos a confiar en el otro, a veces en nadie. Pero tal vez yo sea la única persona que conoce las razones de ambos para desertar sin comunicárselo a su pareja.

—¿Qué ocurrió? —preguntó Martinelli verdaderamente deseoso de conocer el secreto.

—Voy a comenzar por René. Era un médico, un ginecólogo, como te dije. Debía tener unos treinta y cinco años cuando llegó a mi oficina. Era un hombre apuesto y educado. Desde que estaba en la Facultad de Medicina fue reclutado por los servicios de inteligencia, y seguramente alcanzó un alto grado, pero no me consta. Vino a verme porque tenía una depresión de caballo, con tendencias suicidas. Eso lo asustó mucho. Conocía a Arturo, mi marido, y sabía que yo era una persona de confianza. Me dijo que tenía historias muy duras que contarme y que estaba avergonzado de las cosas que había hecho. Le expliqué que mi método de consejería comenzaba por la lealtad y la aceptación incondicionales al cliente. Mi función no era juzgarlo, sino ayudarlo a superar la crisis. Una vez que saliera de ella le correspondía a él enjuiciar sus propias acciones desde una perspectiva moral si era algo que naturalmente deseaba hacer.

–¿Estaba muy golpeado?

–No de una forma perceptible. Las veces que acudió a mi gabinete siempre me sorprendió que llegara sonriente, elegante, con un magnífico semblante, y luego, en la mitad de la sesión, invariablemente se desplomara hasta romper a llorar.

–¿Tú le preguntabas o guiabas la conversación?

–No, en el método de terapia que utilizo, el cliente es el que tiene que definir el problema. Yo no soy quién para decirle a una persona angustiada por qué está angustiada. Esa arrogancia pertenece al psicoanálisis. Yo me limité a hacerle una pregunta: si le atribuía su depresión a problemas orgánicos o psicológicos. Él era médico, así que podía responder. A veces una deficiencia vitamínica u hormonal puede causar una depresión. Me dijo que no tenía duda: sus problemas eran psicológicos.

–¿Quieres decir, problemas de conciencia?

–Más o menos. Le pedí que me explicara por qué y me respondió que estaba profundamente avergonzado de sí mismo. Todo había comenzado poco después de haberse graduado como médico, tras terminar la especialidad en ginecología. En algún momento, lo llamaron sus compañeros de la Seguridad del Estado para que le practicara un aborto a la amante de un comandante que había quedado embarazada. A él no le gustaba realizar abortos que no fueran terapéuticos, pero tampoco tenía escrúpulos especiales que se lo impidieran.

–Parece el conflicto de un médico católico. Es casi un drama italiano –dijo Martinelli.

–No. René no era católico. Era ateo. Sus conflictos emocionales no tenían un origen religioso. Luego de este primer aborto le pidieron que se especializara precisamente en eso: legrados. Que se dedicara a hacer abortos en una consulta sólo dedicada a los abortos. Hasta ahí René no tenía demasiado que objetar, aunque odiaba que debía entregar los fetos para unos extraños experimentos sobre el Parkinson que se llevaban a cabo en un centro neurológico. Le agradecían que hiciera muchos abortos. En Cuba se practican más abortos que partos, y lo frecuente es que cualquier mujer haya pasado dos o tres veces por la consulta del abortero a lo largo de su vida. Como el aborto es gratis, muchas mujeres no se molestan en buscar otros sistemas de control de la natalidad. El problema moral se le planteó a René cuando le advirtieron que la consulta iba a ser muy especial: tendría una cámara de video secretamente instalada en el salón de cirugía para filmar a las mujeres cuando les estuviera practicando el aborto.

—¿Y para qué querían los servicios de inteligencia una filmación de ese tipo? —indagó Martinelli extrañado.

—Eso mismo le pregunté yo. La explicación era muy desagradable. René no tenía que apretar siempre el mecanismo de filmación. Sólo cuando se lo pidiera la Seguridad o cuando en el formulario médico la paciente indicaba que su marido era miembro del Partido Comunista o si estaba en alguna misión internacionalista. En cualquiera de esos dos casos la Seguridad guardaba el video hasta comprobar si el embarazo era el fruto de las relaciones con el marido o si se trataba de un adulterio. Si el aborto era producto de un adulterio, casi siempre se lo comunicaban al esposo.

—¿Y por qué hacían una cosa tan monstruosa? —preguntó Martinelli asombrado.

—No entiendes, Valerio, la mentalidad machista de los cubanos. Yo soy revolucionaria, soy comunista y aprecio muchas de las cosas que suceden en Cuba, pero en el tema de la sexualidad me producen repugnancia.

—¿Por qué dijiste que "casi siempre" se lo comunican al esposo? ¿Hay circunstancias en que no lo hacen?

—A veces es más retorcido. Cuando el marido se trata de un comunista o de un militar en misión internacionalista en el que no confían demasiado, utilizan esa información para reclutar a la esposa. La chantajean para que se convierta en confidente de la Seguridad e informe sobre la conducta de su marido.

—Pero eso es espantoso —dijo Martinelli genuinamente horrorizado.

–Lo es. Lo hacen frecuentemente. Mi esposo me contó que hace años utilizaron a un escritor joven y brillante para que espiara a su padre, que era uno de los mejores poetas de Cuba.

–¿Y fue ese trabajo de ginecólogo-espía lo que deprimió a René?

–Eso lo fue destruyendo, pero hubo un episodio final que acabó de hundirlo. Una vez le llevaron a una mujer narcotizada para que le hiciera un aborto. La llevaron cargada tres agentes de la Seguridad. Era una muchacha muy bonita. Nunca antes había estado en su consulta, así que procedió a hacerle el aborto sin llenarle la hoja clínica. La muchacha tenía dos o tres meses de embarazo. Los agentes de la Seguridad le dijeron a René que no hiciera preguntas. René obedeció e hizo su trabajo con los policías dentro del salón. En esa oportunidad le pidieron que no filmara nada. Cuando la muchacha se recuperó de la anestesia, comenzó a gritar y uno de los agentes la abofeteó con dureza. René trató de defenderla y lo tiraron al suelo. Agarraron a la muchacha de los brazos y se la llevaron prácticamente cargada y a la fuerza. Cuando René se quedó solo, advirtió que en un rincón se le había quedado un pequeño bolso. Lo abrió y encontró varios documentos y algún dinero. Ahí estaban la dirección y el teléfono de la muchacha.

–¿Se atrevió a llamarla?

–No. René calculó que el teléfono estaría tomado por la policía política. Decidió ir a verla. Vivía en el décimo piso de uno de los edificios del Vedado, un barrio de La Habana que alguna vez fue elegante.

–¿Quién era la muchacha?

—Digamos que se llamaba Ana María. Eso no tiene importancia. Por lo que supe, era una buena chica. Había estudiado filología e idiomas, dos especialidades que sólo le sirvieron para convertirse en una secretaria de lujo. Su historia es devastadora. Era la amante de uno de los ministros más importantes del Gobierno, Osvaldo Doreste-Tirado. Este señor era un abogado prominente, casado con una señora espectacularmente obesa con la que no había tenido hijos. En la época en que sucedió todo esto el ministro tendría unos cincuenta años. Ana María no había cumplido veinticinco. Ella era su jefa de despacho, se había enamorado ardientemente de él y estaba segura de que su amor era correspondido. Cuando salió embarazada se lo dijo llena de ilusión a su amante. Según Ana María le contó a René, el ministro le había dicho cien veces que lamentaba mucho que su esposa nunca le hubiera dado un hijo, que era lo que más ansiaba en este mundo. Ana María no le pedía nada. No pretendía casarse con él. Estaba dispuesta a criar sola a su hijo. Pero la reacción del ministro no fue la esperada. La insultó, le dijo que era una jinetera, como en Cuba llaman a las putas, y la echó de su trabajo. Ana María pensó que todo eso se le pasaría tras el nacimiento del niño. Creyó que cambiaría de opinión cuando viera sonreír a su hijo. Pero no fue así como sucedieron las cosas. Un día, mientras caminaba por el Malecón de La Habana, la detuvieron tres agentes, la introdujeron en un carro, la narcotizaron y la llevaron a la consulta de René.

—Es una historia muy triste —dijo Martinelli.

—Todavía falta un dato terrible. La segunda vez que René fue a visitarla, lleno de remordimientos, le contaron que la muchacha se había lanzado por el balcón de su vivienda, pero el suceso no había salido en los diarios. El día de su suicidio llegó la policía y vació totalmente la casa en un par de horas. Les pidieron a los vecinos que no hicieran comentarios porque se trataba de un caso político muy sensible.

—Y de ahí vino la depresión de René.

—Exactamente. Se sentía culpable de la muerte de Ana María y pensaba que toda su vida profesional era una especie de asquerosa pesadilla. Había estudiado Medicina por cierto idealismo y se había convertido en un instrumento ciego de la policía. Mi trabajo como psicóloga no consistió en librarlo de sus fantasmas, sino en convencerlo de que todos podemos comportarnos miserablemente y dejar de hacerlo en algún momento. No podemos reescribir el pasado, pero nuestro futuro puede ser diferente. La manera de expiar las culpas no es lamentarlas para siempre, sino rechazar el comportamiento que las ha causado. Le recomendé que aprendiera a decirle que no a la Seguridad del Estado, y, si odiaba su trabajo, todo lo que tenía que hacer era renunciar y buscar otro empleo en el que se sintiera realizado.

—¿Lo hizo?

—No lo hizo. Era una persona sin carácter. Continuó viviendo muy atormentado hasta que surgió el viaje a Moscú. Nunca se atrevió a enfrentarse a sus compañeros de la Seguridad del Estado, y ni siquiera a pedir su traslado para otro tipo de empleo.

—¿Pensabas que podía quedarse en Canadá y pedir asilo?

—No supe lo que pasó hasta que la policía política me lo contó, pero no me sorprendió.

–¿Les explicaste a los policías el incidente de René en el caso de Ana María y el ministro?

–Por supuesto que no. Saber esas cosas es muy peligroso, así que no les dije nada. Me limité a contarles que, en efecto, lo había tratado por una depresión fuerte, pero la atribuía a causas fisiológicas.

–¿Y qué papel juega María, la esposa de René, en todo esto? ¿Por qué se quedó ella también en Canadá?

–Cuando comencé a tratar a René le expliqué que también debía conversar con su mujer para ver otro ángulo del asunto. Ella me visitó por esa razón, pero luego me trajo sus propios problemas, tal vez menos dramáticos que los de su esposo, pero también muy dolorosos.

–¿Y cuáles son esos problemas? –preguntó Martinelli.

–Esos te los contaré mañana en la noche, cuando nos despidamos.

–¿Nos despedimos ya, mañana en la noche? –dijo Martinelli con cierto pesar.

–Sí. Mañana jueves es nuestro último encuentro. El viernes en la noche llega de Nueva York mi hermana, pero te ruego que no hagas el menor comentario. Nadie debe saber que nos hemos encontrado.

Martinelli asintió sin decir palabra, pero le extrañó que Nuria tuviera que ver a su hermana en secreto. Cuando regresaron al hotel hablaron poco, sin embargo él la abrazaba cariñosamente por la cintura y ella le correspondía.

XII

Nuria amaneció completamente lubricada. Recordó que cuando enseñaba clases de sexología, una de las asignaturas que más le gustaba, utilizaba la expresión inglesa: *wet dreams*. "Sueños húmedos" era una frase perfecta. Cuando ocurría, los hombres eyaculaban durante el sueño y las mujeres solían humedecerse mucho más de lo frecuente. Como era habitual —solía aclararles a los estudiantes—, la naturaleza resultaba más pródiga con los varones que con las mujeres en esa actividad involuntaria. Ella misma no experimentaba esas estimulantes ficciones nocturnas con mucha frecuencia. Pero el caso es que había tenido un delicioso sueño erótico con Martinelli, aunque no sólo con él: habían hecho el amor en un sitio desconocido a la vista de otra gente. Incluso, de una forma que no recordaba bien, le pareció que la silueta de Arturo se asomaba en la lejanía, en un punto vago de sus incontrolables fantasías oníricas. Evidentemente, su teoría de los niveles decrecientes de erotismo no funcionaba en el inconsciente. Si era verdad, como aseguraba Freud, que los sueños reflejan carencias y necesidades del espíritu, o, mejor aún, deseos ocultos, era obvio que el deseo seguía vivo, latente e insatisfecho. De alguna manera, el guionista instalado en ese misterioso reino interior del yo, esa zona penumbrosa de la realidad, había querido insistir en darle placer con su amante accidental.

Nuria pensó que a Martinelli le encantaría saber que la había visitado durante el sueño, provocándole con ello un delicioso orgasmo. Mientras decidía cómo le iba a contar al italiano lo que había acabado de experimentar y escogía mentalmente las palabras que utilizaría, segura de que lo divertiría y lo haría sacar conclusiones interesantes y pícaras en todos los terrenos, pudo ver desde la cama el sobre introducido por la ranura de la puerta con que Martinelli acostumbraba a despertarla. No tardó en sentarse a leer la tercera de sus curiosas y, por qué no, esperadas cartas.

Querida Sherezada:

¿Por qué afirmo que tu vulva es hermosa? Ya te lo contaré al final de esta carta. Me gustó oírte decir que habías alcanzado conmigo ciertos niveles de goce que no conocías, pese a tu larga experiencia en la cama. Era mi manera de darte algo. También sé, porque lo subrayaste para que no existieran equívocos, que estás felizmente casada con un hombre bueno y valiente, un militar intrépido a quien amas, aunque ahora esté lejos, destacado en África, peleando en una guerra extraña. Fue tal el entusiasmo que pusiste en su descripción que conseguí admirarlo.

Tampoco olvido que me aclaraste que tu marido es un amante complaciente y eficaz con el que sueles disfrutar frecuentemente. No lo dudo. No padeces el menor síntoma de frigidez. Supuse que era una información importante que me dabas, seguramente escogida para establecer los límites de nuestra relación, y para negar que tu presencia en mi lecho se debiera a alguna suerte de insatisfacción profunda. No la tenías. No era eso lo que te impulsaba a mis brazos. En realidad, ninguno de los dos sabíamos con total claridad por qué acabamos desnudos y trenzados en una cama.

Da igual. Los deseos ocupan una zona opaca de la conciencia. ¿Y yo por qué te amo? Tampoco sé. Te he dicho, y es cierto, que mi mayor placer es darte placer y eso requiere, por mi parte, una cierta capacidad de observación. Pero no creas que se trata de una especie rara de generosidad. Tal vez es sólo otra expresión del egoísmo. Quizás verte y oírte gemir cuando alcanzas el orgasmo me confiere algún poder sobre ti, y acaso eso me hace feliz. Supongo que el amor es también eso. No lo sé. De ahí que nuestro primer encuentro, por mi parte, tuviera mucho de exploración. Quería conocer tu umbral de excitación. Hace años, en el primer experimento que dirigí en Roma, poco tiempo después de graduarme, comprobé que absolutamente todas las mujeres reaccionaban de diferentes maneras a los mismos estímulos sexuales.

Hubo un pequeño escándalo por el tipo de investigación que llevamos a cabo, y una protesta formal del Vaticano, pero seguimos adelante. Se trataba de analizar las reacciones de treinta y nueve estudiantes de Psicología, todas mujeres de entre veintitrés y veintisiete años que tenían pareja estable y bastante experiencia sexual previa, a las que les pedimos que se masturbaran mientras leían pasajes de un texto erótico que yo había seleccionado de una vieja nove-

la pornográfica titulada "Memorias de una prince-
sa rusa", inspirada en Catalina la Grande. Inme-
diatamente les medimos los niveles de inflamación
de la vulva, la coloración de los labios mayores y los
índices de secreción interna.

Las treinta y nueve estudiantes -con sus electro-
dos externos colocados en la cabeza- reaccionaron de
manera diferente (algunas no alcanzaron el orgas-
mo y otras reportaron varios), pero la totalidad
coincidió en algo fundamental: durante la mastur-
bación todas se concentraron en el clítoris. Cuando
les preguntamos por qué no se introdujeron el dedo
respondieron que no lo encontraban especialmente
placentero. Incluso, las que en sus hogares utiliza-
ban vibradores, nos contaron que preferían presio-
nar el clítoris y no adentrarse en la vagina, aunque
luego admitían que, cuando se trataba del pene en
relaciones convencionales, la reacción solía ser dife-
rente. Los movimientos del pene dentro de la vagina
sí les provocaban los orgasmos que no alcanzaban
cuando introducían el vibrador.

La investigación me resultó doblemente intere-
sante. Por un lado, medía la importancia epidérmi-
ca de la caricia clitórica, pero, por otra, las ondas
cerebrales registraban una rara intensidad ante la
sola presencia de la palabra clítoris. Cada vez que
aparecía en el texto, era como si la mera enuncia-
ción del vocablo disparara un secreto mecanismo de
excitación erótica. Luego, en la conversación con las
estudiantes, pude averiguar las razones: casi ningu-

na tenía una idea muy clara de la anatomía o la "normalidad" de su propio clítoris. Estaban conscientes de tener senos o nalgas grandes o pequeñas, no ignoraban si su pubis era más o menos velludo, o su vagina más o menos ancha o estrecha, pero al no tener punto de comparación, y, en algunos casos (la mitad de las encuestadas), al ni siquiera haberlo contemplado en un espejo, no podían saber si su clítoris tenía el tamaño, la consistencia o la apariencia que se supone que debería poseer. Esa incertidumbre, paradójicamente, se transformaba en una forma de excitación, dado que no dejaba de ser una gran ironía que el centro del placer femenino estuviera misteriosamente oculto a las mujeres.

No es verdad que todos los orgasmos son clitóricos o vaginales. Ésa es una sutil diferencia inventada por la desbocada imaginación de Freud, quien suponía que, con la maduración emocional y física, el placer debía trasladarse del clítoris a la vagina. El clítoris -y el tuyo, Sherezada, cuya memoria conservo en el paladar, el olfato y el tacto, créeme que es delicioso- es el extremo exterior de un vasto órgano lleno de ramificaciones nerviosas que incluye los labios y el tejido interior de la vagina. Parece que el origen griego de la palabra designa un pequeño promontorio, o quizás se origina en una diminuta deidad mitológica, pero es un error anatómico figurarse que se trata de un órgano independiente. Segregar el clítoris del conjunto genital es tan arbitrario como pensar que la falange del dedo meñique no forma parte de la mano o ésta del brazo.

En Santander, España, hace muchos años, mientras acudía a unos cursos universitarios de verano, conocí a una bella etíope, actriz de reparto condenada a papeles exóticos, refugiada en Europa desde la adolescencia, que había adoptado el nombre castellano de Bienvenida Pérez. La hermosa negra, juerguista y gozadora, tenía una colección de amantes latinoamericanos y españoles (me juraba, y no le creí, que yo era el primer italiano que pasaba por su alcoba), que se referían a ella como "la tres nombres". Cuando pregunté por qué, me lo explicaron regocijados: aunque Bienvenida había sufrido en su país la ablación del clítoris (operación espantosa que realizó su propia abuela con unos instrumentos espeluznantes), conseguía disfrutar tan intensamente en la cama que los amigos la llamaban, y ella se reía, la Bien Venida, la Bien Llegada o la Bien Corrida, dependiendo de la zona a que pertenecía el dichoso hablante que se la había tirado.

Sigmund Freud, que sólo tenía una vaga idea de la anatomía y la fisiología pélvicas, les hizo un daño terrible a las mujeres con sus audaces elucubraciones sobre el orgasmo, el clítoris y la vagina, pero la gran ironía es que la dama con la que fue más devastadoramente cruel resultó ser quien más lo admirara y la que más lo ayudó en el peor momento de su vida: Marie Bonaparte, descendiente directa de un sobrino de Napoleón y esposa del Príncipe Jorge de Grecia, matrimonio que la convirtió en princesa de Grecia y Dinamarca, multiplicando su ya abultada fortuna. La historia me la relató en detalle Lydia

Marrero, una notable escritora cubanofrancesa a quien traté en París cuando ella ya era muy anciana y yo un desconocido neurolingüista italiano, en aquella época interesado en el lenguaje yoruba y la mitología afrocaribeña.

Lydia, a fines de la década de los veinte, muy joven, muy brillante y muy hermosa, siempre vestida con un toque varonil, había conocido en Francia a Marie Bonaparte, fundadora de la entonces novísima Sociedad Psicoanalítica de París. La princesa, también muy atractiva, acababa de psicoanalizarse con Freud en Viena, en cuyo diván le puso al tanto de su compleja, peculiar y angustiada psiquis. La princesa era profundamente desdichada en la cama. Su esposo era homosexual -lo que no les impidió procrear dos hijos-, mientras ella se sentía bisexual de un modo culpable, pues los múltiples y notables amantes con los que se acostaba, incluido Aristide Briand, Primer Ministro de Francia, y Rudolf Loewenstein, su colega (y luego maestro inestimable de Jacques Lacan), no conseguían satisfacerla totalmente, circunstancia que la llevó a la convicción de que padecía una severa forma de frigidez de la que acaso el profesor austriaco podía librarla por medio del psicoanálisis.

Freud la escuchó atentamente durante múltiples sesiones, desarrollaron entre ellos una profunda simpatía -rapport, le llamaba-, y consiguió hurgar en el pasado infantil de la princesa hasta descubrir el previsible trauma: Marie Bonaparte, muy niña, había visto copular a una pareja, y la impresión del pene penetrando en la vagina le había provocado una secreta y reprimida envidia, dado que ella carecía de un órgano semejante capaz de dispensar y recibir placer simultáneamente, como si fuera la vara divina de un mago omnipotente. Marie, pues, tras el hallazgo y la catarsis correspondiente, de acuerdo con el guión freudiano, debía estar totalmente curada y lista para alcanzar los anhelados orgasmos.

Pero no sucedió así. Tras terminar de psicoanalizarse, estaba exactamente en el mismo punto de partida: no conseguía disfrutar plenamente en la cama, lo que también la hizo dudar de la teoría de su admirado Freud sobre el orgasmo maduro, que debía obtenerse en la vagina, o el inmaduro, casi infantil, provocado por la ultrasensibilidad del clítoris. ¿No sufriría, acaso, de algún defecto físico, de alguna disfunción fisiológica provocada por una anomalía anatómica? ¿Y si el origen del problema fuera la distancia entre el clítoris y la entrada de la vagina, que a ella, en su caso, se le antojaba demasiado extensa? ¿Por qué no investigarlo? Marie Bonaparte decidió medir personalmente ese espacio en mujeres orgásmicas y anorgásmicas y, después de varias docenas de indagaciones sobre las que llevó un minucioso registro, llegó a una conclusión desoladora: su problema era físico.

Regresó al diván de Freud y le relató su hallazgo con cierto nerviosismo. El psicoanálisis no había podido curarle su frigidez porque el origen era anatómico: su clítoris, afirmaba, estaba demasiado alejado de su vagina. El profesor la escuchó desalentado. ¿Por qué había fallado el psicoanálisis? ¿Sería verdad que existía un impedimento orgánico? ¿Estarían equivocadas sus conjeturas sobre el orgasmo maduro o sobre la envidia del pene? ¿Tal vez la impotencia y la frigidez tenían un origen fisiológico? El profesor se sentía perplejo. Dudaba de sus propias teorías.

No obstante, alegó Marie Bonaparte, había esperanzas, aún si el problema era físico. Otro austriaco, el Dr. Halban, era un notable cirujano ginecológico que podía trasladarle el clítoris y colocarlo más cerca de la abertura vaginal. Lo había hecho antes de manera exitosa en varias ocasiones. Marie Bonaparte, que soñaba con tener mil orgasmos, se llenó de esperanzas. Jorge, su comprensivo marido, también la estimulaba. Freud, sin embargo, opuso cierta resistencia a la idea. De alguna forma, si Marie Bonaparte lograba curar su frigidez con aquella operación, una parte sustancial de sus teorías quedaban desmentidas.

Según Lydia Marrero me contara (y sospecho que ella pudo verla desnuda, extremo que se desprendía de la conversación y de la risueña malicia con que movía las manos y los ojos cuando abordaba el tema, pero que no me atreví a puntualizar), el Dr. Halban operó a Marie Bonaparte no una, sino tres veces a lo largo de pocos años, y por un momento la inquieta princesa parecía tan esperanzada que hasta pensó en crear y financiar una fundación que propagara las virtudes de transferir el clítoris en caso de frigidez, pero no tardó en descubrir que el *supuesto remedio había fracasado. Incluso, era probable que las cicatrices, la utilización de anestesia local, la aparición de queloides en la zona operada y el efecto de los nervios cercenados, además de atrofiar la ya disminuida respuesta erótica del maltratado clítoris -a esas alturas apenas una peca arrugada-, hubiesen aumentado perceptiblemente la insensibilidad general de la pelvis.*

El fracaso, afortunadamente, no afectó el respeto y hasta el cariño de Marie Bonaparte hacia Freud. Diez años más tarde, cuando los nazis austriacos lo apresaron por su condición de judío y amenazaban con enviarlo a un campo de concentración, la fiel discípula francesa envió un emisario a Viena para negociar su liberación y exilio a cambio de una alta suma de dinero. El rescate abonado alcanzó la cantidad de un cuarto de millón de dólares y Freud pudo marchar a Londres, donde moriría unos meses más tarde aquejado por un dolorosísimo y recurrente cáncer en la mandíbula.

Bueno, Sherezada, ahora sabes por qué dedico tanto tiempo y mimos a tu vulva. Para mí, es un tema fundamental. Te sorprendió que te dijera que tu vulva es hermosa. Lo es. Los labios mayores y menores de tu vagina poseen un grato color rosado y no son demasiado carnosos ni excesivos. Me encanta besarlos y atraparlos con mi boca. Puse un cuidado amoroso en acariciarte suavemente el clítoris, primero con mis dedos y luego con mi lengua, para palpar su tamaño y comprobar tu nivel de sensibilidad, que me pareció muy alto, pero sin alcanzar ese estadio extremo de hiperestesia que puede convertir cualquier roce en algo molesto. Luego, delicadamente, froté tu clítoris con la yema del pulgar mientras mi dedo medio entraba dentro de tu vagina, como si se buscaran para unirse. Hallé una zona rugosa, efectivamente, donde debe encontrarse el punto G. Noté que cuando ambos dedos, sobre el clítoris y sobre tu punto G, dentro y fuera de tu vulva, se movían al unísono, te estreme-cías de placer y entonces yo sentía que te amaba inten-samente. Te podrá parecer extraño, pero es posible descomponer el amor en fragmentos. Es posible amar tus senos, tus nalgas, tu vulva. Es posible, incluso, amar tu clítoris. Yo lo amo, Sherezada, porque sé que gobierna tu placer, que es, también, el mío.

Te ama,

tu Sultán

* * *

—Anoche tuve un sueño erótico contigo —le dijo Nuria a Martinelli tan pronto llegó a la suite del italiano. Habían decidido pasar juntos la tarde y parte de la noche del jueves. Sería la despedida.

—¿Y cómo fue ese sueño?

Nuria le contó con todo detalle. Tal vez subrayó más de la cuenta ciertos aspectos muy íntimos que en el sueño no lo fueron tanto. Contigo me he vuelto más intrépida, le dijo. ¿Crees que tuviste un orgasmo durante el sueño?

Estoy segura. No temas. San Agustín le quitó todo carácter pecaminoso a los sueños. Como no tenemos control sobre ellos, no pecamos. Rió. Luego dijo: pero ni siquiera está claro que tenemos control sobre lo que pensamos. No siempre decimos voy a pensar en acostarme con aquélla o con éste. El pensamiento fluye, llega inesperadamente, se cuela por las rendijas sin que podamos elegir libremente. Por eso es tan difícil librarnos de pensamientos obsesivos. Cuando digo no quiero pensar en ella, pienso en ella. Nuria estuvo de acuerdo. Había tenido clientes –nunca decía pacientes– afectados por neurosis obsesivas. Era un trastorno típico de ciertos estados de ansiedad. O la ansiedad era el resultado de esos pensamientos obsesivos. Nunca tuvo muy claro si venía primero el huevo o la gallina. ¿Crees que cuando uno se enamora padece una especie de obsesión compulsiva? Sí, dijo Nuria. Uno de mis profesores favoritos citaba al español Ortega para asegurar que la fase de enamoramiento era, en realidad, una perversión de la atención. La imagen del ser amado aparece constantemente y en las circunstancias menos esperadas. Estar enamorado es eso, dijo Nuria. A mí me pasa contigo, dijo Martinelli. Hoy en la mañana pensando en ti aliviaba el aburrimiento que me causó la conferencia sobre el lenguaje gestual de las adolescentes en Sicilia que pronunció ese idiota de la Universidad de Palermo. Hace años, una de mis primeras clientes fue una muchacha muy bonita, felizmente casada, que padecía una extraña neurosis obsesiva, dijo Nuria. Cuando se acostaba con su marido, un hombre muy apuesto a quien hice acudir a mi consulta, lograba estimularse hasta un punto en el que, inesperadamente, comenzaba a pensar en la Virgen de la Caridad, la patrona de Cuba, e inmediatamente desaparecía la libido y no conseguía alcanzar el orgasmo. ¿Era católica? Tal vez lo fue. Pero me aseguró que no se trataba de un sentimiento de culpa –al fin y al cabo era su marido y ella lo quería– sino de un pensamiento sobre el que no tenía control alguno. Generalmente la Virgen se aparece en grutas, no en las alcobas, dijo Martinelli divertido, menos al dramaturgo Arrabal, que asegura que se le apareció en un semáforo. ¿Pudiste ayudarla? Creo que sí. Utilicé un método muy sencillo. Le pedí que utilizara diariamente un vibrador y se masturbara mientras leía algún relato estimulante. No pude darle un vibrador porque en Cuba son raros, pero el cuñado era piloto comercial y se lo trajo de Caracas. La estrategia era sencilla: mientras ella leía una novela, creo que de Henry Miller, colocaba el vibrador sobre su clítoris, que era externo, no en forma de pene, me dijo. Mi hipótesis era que la lectura de Miller bloquearía la visita de la Virgen del Cobre, hasta que el estímulo continuado la hiciera alcanzar el orgasmo. Exactamente así ocurrió, pero cuando volvió a la cama con su marido, muy feliz de haber logrado venirse, volvió a tener el mismo pensamiento obsesivo. ¿Y qué hiciste? Usé otro método de sensibilización. Le pedí al marido que le leyera el texto mientras ella se masturbaba con el vibrador, y, cuando estuviera a punto del orgasmo, que él sustituyera al aparato. El asunto no era fácil, porque el pobre marido no sabía si debía mantener la erección tres capítulos o catorce. Pero, eventualmente lograron acoplarse y poco a poco desapareció el pensamiento obsesivo.

–Todavía te queda una larga historia por hacerme. ¿Qué le ocurrió a María? ¿Por qué desertó en Canadá y no le contó al esposo el paso que iba a dar?

—Eres un chismoso —dijo Nuria riendo—. Pensé que se te había olvidado.

A Martinelli no se le había olvidado. Comenzaba a creer que el estado anímico general de los cubanos era la desconfianza y quería entender las razones profundas de esa desagradable sensación.

—Nada de eso. Anoche, mientras el Sultán le escribía a Sherezada, me ocurrió como a tu clienta: constantemente se me aparecía el rostro de María y su enigmática conducta. Necesito saber qué le pasó, por qué actuó de la manera en que lo hizo.

—¿Y cómo te imaginas a María? Sólo te he dicho que era muy atractiva.

—Me la imagino parecida a ti, pero algo mayor.

—Sí, así era, pero tenía el cabello castaño y los ojos verdes.

—¿Cualquier hombre se enamoraría de ella?

—Bueno, parte de lo que ocurrió se debió a eso. Te conté que ella era patóloga en el hospital Calixto García. El director del hospital comenzó a acosarla. Era un médico que había estado en la Sierra Maestra durante la lucha contra Batista, tenía el grado de coronel y alardeaba de su relación personal con Fidel Castro.

—Y María cedió...

—No al principio. María resistió, pero el coronel comenzó a presionarla. Había encontrado en el expediente de María varios datos comprometedores. Su padre había sido preso político. Un tío suyo había sido fusilado en 1961 a raíz de la invasión de Bahía de Cochinos. Cuando se matriculó en la Facultad de Medicina había ocultado que tenía creencias religiosas y que en su adolescencia había hecho gestiones para salir del país.

—Pero nada de eso constituye un delito en ningún país —dijo Martinelli moviendo la cabeza en un gesto de incredulidad.

—En Cuba, oficialmente, tampoco, pero son elementos que despiertan sospechas y conducen a la marginación. Hay una frase que allá repetimos como un mantra: "La universidad es para los revolucionarios".

—Pero tus padres también escaparon de Cuba.

—Sí, pero yo ya estaba unida a un oficial de Tropas Especiales y en ese momento pertenecía a la Juventud Comunista. De mí sabían y no dudaron. De María dudaron porque nunca les contó sus antecedentes.

—¿Llegó a acostarse con el director del hospital?

—Sí, para salvar su pellejo, su pellejo profesional, pero emocionalmente esa relación la afectó mucho por una inesperada consecuencia. No funcionó en la cama. El coronel no logró tener una erección y quedó muy avergonzado.

—Pero eso le convino a María. Si ella no tenía un especial interés en acostarse con él, el hecho de que no pudiera follársela le convino —dijo Martinelli.

—Las mujeres no razonamos así. Desde el punto de vista emocional, meterse en una cama, desnuda, con un hombre, tiene las mismas implicaciones haya o no penetración. Si hubiera habido placer y al menos un poco de ternura, todo hubiera parecido menos sórdido. Para nosotras el sexo no está únicamente relacionado con el pene. Si hubiera habido penetración y orgasmo, el sentimiento de culpabilidad hubiera sido menor porque el acto habría estado acompañado de unas sensaciones que producen satisfacción emocional. Al fallar eso, todo lo que quedó fue la parte negativa: se había ido a la cama con una persona que le repugnaba y, además, ni siquiera habían podido hacer nada que recordara un vínculo amoroso.

–¿La echó del hospital?

–Ésa fue la única parte positiva. El tipo, machista al fin y al cabo, estaba tan avergonzado por su fracaso que no se atrevió a molestarla por miedo a que ella lo contara y lo acusara de impotente. En Cuba estos conflictos laborales muchas veces se ventilan en asambleas públicas y el coronel no quería que se supiera que había fallado en la cama.

–¿Crees que fue eso lo que motivó la deserción de María?

–No, tuvo más problemas. Recuerda que ella era patóloga. En la consulta me dijo que había estudiado la especialidad de patología para no tener que enfrentarse con los pacientes directamente, pero no sabía que tendría que luchar contra la policía. María se tomaba su profesión más en serio que su marido René. Tres o cuatro veces me mencionó el juramento hipocrático.

–¿Qué más le pasó? –preguntó Martinelli con pena.

–Primero fue una epidemia de dengue hemorrágico. Ésa es una enfermedad tropical transmitida por el mosquito. Es un virus muy peligroso. Se parece a la fiebre amarilla: dolor de cabeza y en las articulaciones, fiebre alta, ruptura de vasos sanguíneos. A veces produce fallo renal y los pacientes mueren. María reportó que había una epidemia de dengue en La Habana y eso le causó un problema.

–¿Por qué? ¿La había o no la había?

–Claro que la había. Pero no se podía decir. Era reconocer que en La Habana existía una plaga de mosquitos infectados y eso devaluaba la imagen de la Revolución y los viajes de los turistas. La fueron a ver y le exigieron que retirara el informe y lo sustituyera por otro en el que alegara que las defunciones habían sido por "causas desconocidas".

–¿Lo hizo? ¿Adulteró el informe?

–Lo hizo. Cedió en ese tema, como había cedido acostándose con el director del hospital. Tenía miedo de enfrentarse a la autoridad por sus antecedentes familiares. Según me contó, en otro momento descubrió un brote de neuritis periférica en un barrio popular de La Habana producido por la desnutrición, pero ni siquiera se molestó en reportarlo para no buscarse problemas. Si advertir sobre una epidemia de dengue era peligroso, hacerlo sobre las consecuencias del hambre que pasaba una parte de la población podía llevarla directamente a la cárcel acusada de agente del enemigo. Así son las cosas en Cuba. Por eso a todos los que defendemos la Revolución cada día que pasa se nos hace más difícil nuestra tarea.

–Supongo que todo eso le provocaría a María un gran malestar emocional.

—Sí. La asqueaba. Y también estaba asqueada con el trabajo de su marido. René le contó el episodio del aborto y el posterior suicidio de Ana María. Creo que a partir de ese momento ella le hizo un gran rechazo a René. Aunque se veía a sí misma como una cobarde, era aún más severa cuando juzgaba a su marido. Le parecía un pusilánime sin agallas, y creo que tenía algo de razón. En el fondo, ella adoptaba cierta lógica del machismo: era indulgente con su cobardía porque era una mujer, pero le repugnaba que su marido fuera un cobarde.

—¿Y que le decías tú cuando te contaba cosas tan peligrosas?

—Bueno, yo también tenía que cuidarme porque no sabía si era, realmente, una cliente en busca de ayuda o una policía en busca de culpables, así que la escuchaba pacientemente, luego hacía un preámbulo sobre las bondades y las dificultades de la Revolución, le aseguraba que en la cúpula del Partido, y especialmente Fidel y Raúl, no sabían de estas cosas. Tan pronto terminaba con la parte ritual pasaba al enfoque profesional. Como ella conocía las reglas del juego, no se sorprendía por el discurso político defensivo. Sabía que estaba hablando por si existía alguna grabadora. Me escuchaba con paciencia hasta que llegábamos al meollo del asunto: mis recomendaciones prácticas, que eran las mismas que le hacía al marido. Si no podía vivir con ese cargo de conciencia, tenía que pedir su traslado a otro destino, pero en algún momento debía ponerle punto final a esa terrible disonancia entre sus creencias, su discurso y su comportamiento, causante de la neurosis que padecía.

–No en balde, cuando llegó el momento propicio, optó por desertar –dijo Martinelli, seguro de que ya comenzaba a entender la complicada psicología de los cubanos.

–Fue la primera oportunidad que tuvo.

–¿Y por qué no se lo contó al marido?

–Supongo que porque pensaba que era un cobarde y no confiaba en él.

–Pero en algún momento me dijiste que lo quería.

–Lo quería, aunque era un cobarde y no confiara en él. O le tenía lástima. O tal vez lo quería menos de lo que se quería a sí misma. Ella odiaba vivir en medio de la mentira. Nunca olvidaré una frase que me dijo, llorando: "Mi verdadero trabajo no es de patóloga, sino de enterradora de la verdad. Me paso la vida ocultando la verdad". A veces he pensado que María desertó para tratar de recuperar el respeto a sí misma.

Súbitamente, Martinelli cambió el tono y el tema de la conversación. Su voz adquirió un tono íntimo y le tomó las manos a Nuria.

–Me parece increíble no volver a verte.

–Y a mí –le respondió Nuria–. Los dos estamos bajo los efectos de una relación que ha sido muy intensa, y, para mí, muy grata. Me encanta oírte tus historias. Adoro leer esas cartas extrañas que has ido dejando en mi habitación. Me gusta la manera en que me haces el amor.

–Todavía me queda una carta. La escribiré esta noche. Será la última, la de despedida. ¿Qué vas a hacer con ellas?

Nuria se quedó pensando unos instantes y luego le dijo.

—No puedo llevarlas a La Habana. Sería muy peligroso. Las volveré a leer antes de irme hasta aprendérmelas. Haré como la mujer de Bujarin. Fue una historia que leí hace años, cuando estudiaba el funcionamiento de la memoria, y se me quedó grabada. Stalin había condenado a muerte a Nicolai Bujarin, aquel joven favorito de Lenin, y la mujer de Bujarin, Ana Mijailova, lo visitó la víspera del fusilamiento. Bujarin le entregó una carta que ella leyó muchas veces antes de salir de la celda y luego la destruyó. A partir de esa noche, todos los días de su vida repitió para sí misma y en voz baja el contenido de la carta. Era la lucha desesperada de la memoria contra el olvido. Con los años vino el deshielo, los soviéticos rectificaron y fue restaurado el honor de Bujarin. Ana Mijailova, públicamente, recitó al fin la carta-testamento de su marido. Yo haré lo mismo con las cartas del Sultán. Las repasaré mentalmente, te imaginaré mientras las escribías y recordaré el efecto que me produjeron, segura de que volverán a desencadenar el deseo.

Martinelli comenzó a besarla. Primero con suavidad, luego con gran pasión. No hablaban. Ninguno de los dos quería decir nada. Hicieron el amor desesperadamente. Cuando terminaron, exhaustos, Nuria recostó la cabeza sobre el pecho de su amante. Sintió una honda tristeza. Tenía ganas de llorar. Sintió que la idea de no volver a encontrarse con Martinelli la hería como una daga. Martinelli, en silencio, le acariciaba la cabellera con ternura. Así estuvieron un buen rato.

XIII

Nuria se despertó varias veces durante la noche. Quizás era el nerviosismo que le provocaba la próxima llegada de su hermana, o acaso la tristeza de que pronto le pondría punto final a su extraña aventura italiana con Martinelli. Incluso, podía tratarse de algo mucho más egoísta: la tentación de quedarse en Italia para siempre y no regresar a Cuba, idea que le había pasado fugazmente por la cabeza en varias oportunidades, aun cuando no se le ocultaba que la semana que transcurría, con dinero y en un hotel elegante y agradable, nada tenía que ver con la dura vida posterior de un inmigrante permanente que ni siquiera hablaba el idioma. Existía, además, Arturo, su adorado Arturo, y los muchos años de amor con él compartidos, que no estaba dispuesta a tirar por la borda bajo ninguna circunstancia.

Pero le gustaba soñar con otras posibilidades, como quien coloca las cartas de un juego solitario sobre la mesa. Disfrutaba imaginándose, por ejemplo, que se quedaba en Roma, revalidaba su título, aprendía italiano y, con la ayuda de Martinelli, conseguía una cátedra en cualquier universidad italiana. ¿Le gustaría vivir permanentemente con Martinelli? No. Martinelli era un amante, no un marido. Una –pensó Nuria– quiere al amante de forma diferente. Lo sabía de manera teórica por su experiencia como consejera familiar, pero acababa de descubrirlo en el terreno práctico, dado que Martinelli era, al fin y al cabo, su primer amante. El amor tiene esas gradaciones: a los padres, a los abuelos, a los esposos, a los hijos o a los hermanos se les quiere de formas diferentes. Se les quiere con matices, con confidencias distintas, incluso con lenguajes y gestos diversos. Eso también sucede con los amantes. Querer a un marido y a un amante de la misma manera es una perversión de los sentimientos, una reiteración inútil de las emociones. El amante, descubrió Nuria, es otra cosa. Como el vínculo se enmarca en ciertos momentos y lugares, la relación se adapta a esa realidad mediata y limitada. En la burbuja en la que se reúnen no existen penas ni problemas cotidianos. No hay cuentas que pagar ni niños con fiebre. Es una vida artificialmente feliz. Gloriosamente feliz. Era muy divertido tener como amante a ese italiano *bon vivant* y sensual, contador de historias inverosímiles, erotómano consumado, con un punto entrañable de excentricidad; pero todos esos atributos seguramente se convertían en inconvenientes dentro de una relación conyugal convencional, aunque probablemente sucedería una transformación de los roles. Martinelli dejaría de ser quien era como amante y se volvería un señor en pantuflas y pijama, mucho menos admirable, que ocasionalmente tendría caspa o acidez estomacal. Con el tiempo, sus cuentos se irían agotando y empezaría a repetirse cansinamente. Nuria lo sabía. Recordó a una pareja madura, Juan Ángelo y Fernanda Ríos, la deliciosa Mimí, a los que ayudó a salir de una crisis matrimonial mediante una rocambolesca combinación. Fernanda –rubia, muy bella– estaba casada con un perio-

dista notable, Félix del Mazo, cuando conoció a Juan Ángelo. Éste era un director de cine sin mucho talento, pero
muy simpático, generoso, aventurero y dotado de una
enorme fantasía. Se enamoraron secretamente y comenzaron una tórrida relación. Se veían dos veces a la semana en
el apartamento de Juan Ángelo. Un día decidieron que
querían vivir juntos. Fernanda, valientemente, habló con
Félix, su marido, y se divorciaron, aunque le ocultó las
razones. Alegó angustia vital, cambios hormonales, melan-
colía y otras causas misteriosas seguramente debidas a la
edad. Poco después se mudó a la vivienda de Juan Ángelo.
Pensaban constituir la pareja más feliz de la tierra. Pero no
fue así. La relación entre ambos comenzó a deteriorarse
rápidamente. Fue entonces cuando la visitaron y le pidieron consejo. Nuria los oyó. ¿Eran felices cuándo eran
amantes? Sí, éramos muy felices. ¿Y por qué decidieron
dejar de serlo y convertirse en marido y mujer? Porque
pensábamos que seríamos más felices y teníamos miedo a
ser descubiertos. ¿Y qué ocurrió? Sucedió que, una vez unidos bajo el mismo techo, comenzamos a perder el interés
en el otro. Se redujo la frecuencia y la intensidad de nuestros encuentros amorosos. Ya no había adrenalina. Nuria
no tuvo que hacerles recomendaciones de ninguna clase.
Fernanda volvió con su marido original, un hombre labo-
rioso convencido de que siempre era mejor tener una esposa mala conocida que exponerse a encontrar una esposa
buena en un país en el que la crisis conyugal parecía ser
endémica. Poco después Juan Ángelo recuperó su condición de amante furtivo y volvió a encontrarse con Fernanda. Hasta la fecha en que viajó a Italia, recordó Nuria, el
trío funcionaba admirablemente. Félix del Mazo, curiosa-

mente, aun siendo el elemento inocente resultaba ser la pieza clave de la relación a tres bandas. Fernanda y Juan Ángelo le reportaron a Nuria la recuperación de la felicidad y del fuego pasional.

Mientras Nuria, insomne, recordaba estas anécdotas, vio cómo se deslizaba un sobre por la hendija inferior de la puerta. Miró el reloj: siete de la mañana. Dormía poco su amante italiano. Seguramente estuvo escribiendo una buena parte de la madrugada. Era la cuarta carta de Martinelli. La última que recibiría. Junto a ella estaba la cinta de *Cavalleria rusticana*. Un bonito obsequio de despedida. Nuria se sentó a leer la carta con una mezcla de emoción, ansiedad y tristeza.

Sherezada querida:

Fue nuestra última noche, ya lo sé. Esta vez la carta te llega acompañada de un regalo: la ópera que tanto me gusta y que anoche, otra vez, escuchamos juntos mientras hacíamos el amor. Quiero que la oigas cuando, en tu país, desees evocar nuestro encuentro. Para mí quedará siempre asociada a tu recuerdo. Te voy a contar nuestra noche pasada para que te la lleves para siempre en la memoria, como hizo Ana Mijailova con la carta de despedida de Bujarin. Describir esa última noche nuestra será un ejercicio extraordinario para no olvidarla nunca. Te sorprendió que, amorosamente, antes de besarte humedeciera mis labios y los tuyos con tus jugos íntimos. No es extraño. El autor de "El jardín perfumado", un árabe llamado Skeith Nefzaowi, observador acucioso de las relaciones sexuales, alguna vez se preguntó si las secreciones eran la sustancia cohesiva del amor. Tal vez tenía razón. Hay un lenguaje secreto en la recepción y el intercambio de fluidos en la pareja. También creía que lo que se buscaba con los besos no era tanto el contacto entre los labios y las lenguas, sino la necesidad de mezclar las salivas en busca de un lazo de unión permanente. Temía, sin embargo, que la hembra montara sobre su vientre, porque en esa posición las secreciones de ella podían penetrar en su pene y volverlo loco o "robarle la voluntad", como escribió en su famoso tratado.

Todos -y tú también, Sherezada- saben que Caspar Bartholino -un gran anatomista de origen danés de fines del siglo XVII- encontró y describió las glándulas que humedecen la vagina de las mujeres cuando sienten (o presienten) el menor estímulo sexual, pero lo que suele ignorarse es la razón que lo llevó a buscar desesperadamente el origen de esa fuente de placer. Fue una incandescente prostituta holandesa que se hacía llamar Madame Le Fleur, quien tenía la rara facultad de eyacular copiosamente durante el acto sexual. Bartholino nunca pudo averiguar si aquel líquido blanco que ella expulsaba salía de la uretra o de la vagina, y tampoco si era una variante del semen masculino, pero sí notó que lo excitaba tremendamente frotarse con él el miembro y el rostro, como si se tratara de un ungüento mágico.

Fue a partir de esos encuentros que, con una mezcla de malicia y curiosidad científica (Bartholino provenía de una familia de notables investigadores), comenzó su indagación, pero con una particularidad: para la descripción anatómica del fenómeno no le servían los cadáveres, así que convirtió los burdeles y las tabernas de Amsterdam en su centro de experimentación. Acostaba desnudas a las mujeres sobre una mesa, o en el camastro de una alcoba desvencijada, les introducía los dedos en la vagina y trataba de averiguar cómo, por qué y por dónde fluían las secreciones que las lubricaban antes de los encuentros amorosos, facilitando la penetración de sus amantes.

Bartholino, sin embargo, nunca encontró las glándulas de la eyaculación femenina. Esa gloria le tocó al médico norteamericano Alexander Skene doscientos años más tarde. En cambio, Bartholino logró percatarse de un fenómeno físico que poseía importantes consecuencias morales: las secreciones que experimentaban las mujeres ante los estímulos sexuales eran totalmente instintivas y apenas tenían vínculo con su voluntad. No las preparaba para una relación amorosa consentida y deseada, sino para la eventualidad de cualquier penetración, como si la norma natural de la vida fuera el súbito apareamiento forzado por un macho excitado.

Gracias a esta observación, Bartholino pudo librar de la vergüenza y la culpabilidad que la destrozaban a una monja italiana, Sor Emelina

D'Alessio, violada en su juventud por un pelotón de insaciables soldados españoles. La religiosa no podía entender por qué cada vez que uno de aquellos jóvenes y feroces militares la penetraba, a veces con empellones dolorosos, incluso por el ano, ella respondía con una abundante secreción vaginal, como si realmente disfrutara y deseara lo que le estaba sucediendo. Bartholino, compasivamente, le explicó que para eso, precisamente, existían las secreciones: para facilitar todas las penetraciones, las deseadas y las inevitables. La naturaleza, sabiamente, no distinguía.

Fui, pues, Sherezada, en busca de tus secreciones en nuestra última noche de amor. De todas. Quería mezclarlas con las mías, pero a un ritmo lento. Me has preguntado si tú eyaculas levemente. En realidad, no lo sabes. Yo tampoco lo sé. Sientes que te humedeces, pero no puedes precisar cómo. Temes, además, que si ocurre, sea orina. Eso te aterroriza. No tengas miedo. El semen y la orina de los hombres salen por el mismo conducto. No me excita la orina de las mujeres -hay hombres que la disfrutan-, pero tampoco me repele. Es sólo un fluido. (El Emir Mustafá Edris, antes de combatir a los cristianos, durante las Cruzadas, solía bañarse en orina de las mujeres de su harén. Aseguraba que le daba fuerza y lo protegía de las espadas de los infieles.) Pero tus eyaculaciones, si suceden, no deben traer orina. Si la trajeran, si es que eyaculas por la uretra -pudiera ser por la vagina-, sólo sería en una pequeña proporción.

Sigo describiéndote nuestro último encuentro, como hacía Bartholino con sus amigas, para medir tus reacciones. Eso me gusta. Entraste en mi suite y terminaste de relatarme la historia triste de René y María. Te besé en los labios. Lo estabas esperando. Pero no te desnudé. Quería verte mientras tú lo hacías. Yo me acosté en la cama a mirarte. Cayó la blusa. Luego la falda. Has vuelto a utilizar la ropa interior que me gusta. Comienzas por el sujetador. Miro tus pechos. Me acaricio el pene, ya semierecto. Te quitas los panties. Ya estás desnuda. Miro tu sexo, tus caderas. Te pido que te acuestes junto a mí y que cierres los ojos. Lo haces. Acerco mi boca a tu oído y te digo que abras ligeramente las piernas y cierres los ojos. Hay algo de ordeno y mando en lo que te he pedido, como para que comiences a ser mía. Te he dicho que he percibido que te excita. Muerdo levemente tu cuello, bajo la oreja. Te paso la lengua por los labios. Abres la boca. Meto mi lengua en tu boca. Quiero saborear tu saliva. Humedezco mis dedos en mi boca y en la tuya. Te acaricio levemente los pezones. Vuelvo a hablarte al oído. Es el momento de la boca. Mi lengua quiere distinguir el sabor de tus pezones y de tu propia secreción. Voy a jugar con tu clítoris y con tu sexo. Voy a meter mi dedo en tu sexo. Quiero que esté totalmente mojado. Comienzo a frotarte el clítoris. El roce de mi dedo por los labios de tu vagina me indica que ya estás totalmente empapada. El olor de tu sexo sobre tus senos me enloquece. Mi lengua comienza a descender por el medio de tu vientre. Te mordisqueo el pubis suavemente. *Voy a jugar con tu clítoris y con tu sexo. Voy a meter otra vez mi dedo en tu sexo. Quiero que esté totalmente mojado. Comienzo a frotarte el clítoris. El roce de mi dedo por los labios de tu vagina me indica que ya estás totalmente empapada. Poco a poco introduzco mi dedo. Te acaricio bien profundamente. Puedo abrir los ojos, me preguntas. No, te respondo con mi boca muy cerca de tu oído. Quiero que sientas el contacto de mi pene erecto contra tu muslo. Te sigo masturbando y froto mi cuerpo contra el tuyo. Te pregunto si sientes unas gotas de semen en tu piel. No es verdad, pero la idea te excita. Te excita que me venga sobre tu cuerpo y, como tienes los ojos cerrados, no sabes si ha ocurrido. Te pregunto si deseas mi leche en tus pezones, en tu cuello, en tu rostro. No sabes qué decirme. La quieres dentro de ti, en tu sexo, pero también en tu piel. Tienes el coño empapado. Deseo chupártelo. Quiero sentir tu olor y tu sabor de hembra caliente. Comienzo a pasarte la lengua por el clítoris. Te pido que abras más las piernas, mucho más, y te penetro con mi lengua. Me vuelven loco tu olor y tu sabor. Te vienes otra vez en mi boca copiosamente. Siento los movimientos casi convulsos de tu pelvis. Te doy la vuelta y te coloco boca abajo. Te muerdo las nalgas. Te pido que te coloques sobre las rodillas. Te penetro fuertemente desde atrás. Abres tu sexo para sentirme bien dentro de ti. Te aprieto las nalgas. Pégame, me dices. Nunca te habías atrevido a pedírmelo. Te golpeo en las nalgas con las palmas de la mano. No quiero hacerte daño. Quiero poseerte toda. El golpe* es una señal de posesión. El ligero dolor es una forma de entrega. Eres mía. Me excita y te excita. Sin sacarte mi pene, te muerdo fuertemente la nuca. Te pregunto si quieres mi leche. Me dices que sí, que te la dé. Te pregunto si la quieres sobre las nalgas, sobre el ano, sobre la espalda. Te la voy a entregar dentro de tu sexo, pero me gusta que vaciles, que no sepas dónde te causará más placer. Quiero venirme junto a ti y te lo digo. Dímelo, mi cielo, te pido. Me vas indicando que no puedes más. Yo me vengo mucho y te lo digo. Tú gritas de placer otra vez, y tienes un orgasmo convulso y largo, como en varias tandas de espasmos que te dejan exhausta. Yo me quedo sobre ti unos minutos. Quiero disfrutar de tu piel sudada. Quiero que tu sudor y el mío se entremezclen, como lo hicieron nuestras salivas, mi semen y tus jugos deliciosos e íntimos. Te abrazo frente a frente y siento que te amo mucho. Nos apretamos intensamente y así nos quedamos un buen rato.

Tras el descanso, me contaste en detalle tu sueño erótico. Yo también te hice una historia de sueños eróticos. Te pareció fascinante, dijiste, y reíste al recordar el origen de esa palabra. En Lima, a fines del siglo XVI, la monja de clausura Inés Ivitarte le contó a su confesor que el diablo se le había aparecido en su celda y la había poseído repetidas veces. Relató que sintió un intenso placer y que sus partes se empaparon repetidas veces. El confesor, para estar seguro de que el violador era el diablo y no el jardinero u otro hombre malvado, le preguntó cómo era la verga del demonio. Inés le explicó que era negra, *dura, grande, fría, con escamas. Para el confesor no hubo duda: era el diablo. Ésa era su verga. Un diablo estaba suelto en Lima.*

Los teólogos se reunieron. Buscaron en los libros. Santo Tomás tenía la respuesta. El diablo vivía en los sueños de los limeños. Se había materializado cuando alguien que murió en pecado había tenido un sueño erótico. Al eyacular, de ese líquido que da la vida surgió el diablo. Lo que mantenía vivo al demonio que revoloteaba eran los sueños eróticos de las personas. Si se lograba erradicarlos, el diablo moriría por asfixia, como si le faltara el oxígeno. Entonces la Inquisición publicó una orden para todos los habitantes de Lima, la Ciudad de los Reyes: prohibido soñar. Y los inquisidores, grandes cazadores de diablos, recorrían las casas todas las mañanas preguntando si alguien se había atrevido a tener un sueño erótico. Todos, claro, aseguraban haber obedecido. Todos declaraban no haber soñado. Triunfó el ángel de la luz sobre el de las tinieblas. El diablo, indudablemente, murió o se fue a otra ciudad a buscar semen de cadáver reciente. Inés Ivitarte nunca más salió de su habitación y no parece que el diablo haya vuelto a penetrarla. La maravillosa historia la encontró el historiador peruano Fernando Iwasaki en el Archivo de Indias de Sevilla y la glosó en "Inquisiciones peruanas", un libro delicioso que hice traducir al italiano.

Y ahora vamos a tu sueño. La breve descripción de tu sueño me erotizó. Me gustó ser el protagonista de tus fantasías oníricas. ¿Habías soñado, realmente, que hacíamos el amor, o se trataba de un juego tuyo para provocarme? Cualquiera de las dos posibilidades era alentadora. "He tenido un orgasmo soñando que me penetrabas", me dijiste la última noche en que nos vimos, tal vez nuestra última noche. Y luego agregaste: "Yo tomé la iniciativa. Creo que te dejé en las nalgas las huellas de mis uñas desesperadas mientras te apretaba contra mi cuerpo. Fue en un sitio comprometedor en el que había gente". ¿Sería verdad, como me asegurabas, que te habías despertado mojada y temblando tras el orgasmo involuntario, o era pura estrategia de tu juego de seducción?

Te pedí que me lo contaras con todo detalle. Pretendía dos cosas: deleitarme oyendo tus descripciones eróticas y colocarte en la posición de que tuvieras que construir situaciones que, seguramente, vulneraban tu sentido del pudor. La transgresión, Sherezada, es siempre una fuente de placer. También quería que experimentaras la otra cara de la literatura erótica. No sólo excita leer las historias de sexo. A veces concebirlas y contarlas es aún más estimulante. Pero hasta había un tercer elemento científico oculto en mi requerimiento. Según algunos neurolingüistas, las zonas del cerebro que se activan cuando se esbozan oralmente textos que pertenecen a la literatura erótica son diferentes a las que se activan cuando se lee literatura erótica. Pensaba preguntarte si habías notado alguna diferencia entre las dos experiencias. Creo que me quedaré sin saber la respuesta.

Anoche, después de despedirnos, antes de destruir tus fotos, volví a mirarlas. En una de ellas estabas reclinada en el sofá, como La Maja desnuda de Goya, aunque sin duda eras más bonita que Cayetana de Silva y Álvarez de Toledo, Duquesa de Alba, aquella española de alcurnia, viuda y ardiente, que se arriesgó a posar sin ropa y a exhibir su pubis ligeramente velloso (el primer retrato en la historia de Occidente en el que el artista se atrevía a tanto) para escándalo de la nobleza y de la Inquisición, pero para deleite de Manuel Godoy, el favorito de la reina María Luisa (esposa del amable consentidor Carlos IV), adicto incurable a la pornografía, quien le ordenara la obra a Goya para colgarla en su despacho y contemplarla fijamente antes de cada encuentro amoroso con su regia amante.

El fotógrafo te había captado con una mirada más pícara y sensual que la de Cayetana. ¿En qué pensabas? Cuando te pregunté no quisiste revelarme los detalles de tu fantasía onírica, pero me invitaste a que yo los reconstruyera. Probablemente te excitaba averiguar cómo yo me figuraba tu sueño, o tal vez cierta timidez te impedía concretar una historia tan íntima y comprometedora.

Antes de sentarme a escribir esta carta observé la fotografía durante cierto rato. Tus manos, como en el óleo famoso de Goya, se cruzaban detrás de tu nuca y sonreías levemente, pero había algunas diferencias notables. Tu cara era más bella y tu cabello no era tan oscuro. Tu piel, en cambio, visitada por el sol frecuentemente, era menos blanquecina y no tenía ese desagradable brillo nacarado con que Goya inmortalizó a su modelo. Tus piernas, además, estaban más entreabiertas que las de la duquesa, más insinuantes, y tu vientre mostraba un vello púbico, más oscuro y abundante. Tus senos eran más pequeños, pero más firmes, simétricos y bonitos, sin esa imperfecta separación que afeaban ligeramente a la aristocrática mujer inmortalizada por el gran sordo.

¿Qué habías soñado realmente? Te seguí el juego con mi fantasía, pero el reto era, por lo menos, curioso. No sólo tenía que adivinar el sueño que te excitó hasta el orgasmo: las imágenes también debían complacerme a mí para que resultara realmente erótico. Así que te imaginé durmiendo, entré en tu cabeza sigilosamente y comencé a construir la historia de un nuevo encuentro entre nosotros. Por lo menos, me habías dado un detalle: eras tú quien había tomado la iniciativa. Así que me figuré que llegaba a una habitación con paredes de cristal en la que me esperabas desnuda bajo una bata semitransparente. La gente circulaba por fuera en silencio. Sin decir una palabra, me recibías con un beso profundo, en el que tu lengua buscaba la mía vigorosamente y, sin esperar a que yo te tocara, tu mano sin miedo comenzó a acariciarme el pene por encima de la tela, sin molestarse en bajar la cremallera. Cuando lo sentiste duro, te arrodillaste amorosamente, abriste mi pantalón y comenzaste a besarme. Primero usaste la punta de la lengua. Luego te introdujiste el pene totalmente en la boca, moviendo la

cabeza suavemente hacia atrás y delante, hasta hacerme enloquecer.

Al poco rato, de alguna manera adivinaste que estaba a punto de venirme en tu boca. El deseo de hacerlo era muy intenso, pero me pareció percibir que preferías el semen dentro de ti. Quizás notaste el sabor de esa primera secreción seminal que anuncia la eyaculación, o quizás fue la expresión ansiosa de mi rostro o mis gemidos de placer, pero lo cierto es que interrumpiste súbitamente tu caricia oral, te pusiste de pie, te quitaste la bata y comenzaste a desabrocharme la camisa. Pronto estábamos los dos desnudos en la cama. Yo te dejé hacer y te dejé guiarme.

Seguiste con la iniciativa. Me besaste en el cuello y en la boca mientras me acariciabas el pene con tu mano. Tu lengua comenzó a recorrerme los pezones y bajó suavemente hacia el vientre. Me acariciaste el tórax con tus senos. Te incorporaste y te sentaste sobre mí. Los dos queríamos sentir el contacto de tu vulva sobre mi piel. Frotaste tu sexo sobre mi vientre y sobre mi pecho. Ascendiste y te colocaste en cuclillas sobre mi cara para que mi lengua te penetrara. Frotaste tu sexo contra mi rostro. Mi lengua jugó con tu clítoris y con los labios de tu sexo. Aprisionaste mi cara con las dos manos. Luego, tras un largo orgasmo, descendiste a lo largo de mi cuerpo y te frotaste contra mis piernas. Te gustó sentir la dureza de mis rodillas en tu clítoris. Yo te dejaba hacer todo lo que te complacía.

Me pediste que me acostara de espaldas. Te obedecí. Te colocaste a horcajadas sobre mi nuca y sentí el calor y la humedad de tu vagina en el cuello y una sensación tibia que irradiaba por mi cara. Me encantó. Me excitó estar empapado de tus secreciones. Comenzaste a frotarme tus senos contra mi espalda. Te sentaste sobre mi espalda, sobre mis nalgas, sobre mis muslos. Intentabas sentir mi piel en tu sexo, marcarlo. Tratabas de que cada centímetro de mi cuerpo supiera exactamente cómo era el tacto de tu vagina caliente. Yo ardía en deseos de penetrarte. Tú también.

Me acosté boca arriba. Te sentaste sobre mi pene, lo guiaste con tu mano y comenzaste a moverte. Yo entraba y salía rápidamente. O eras tú quien entraba y salía. Así estuvimos un rato. A veces te apretaba levemente los senos o los pezones. Te viniste copiosamente. Sentí cómo te contraías, cómo te cambiaba el sabor de los besos y el color de la piel. Me encantó ver tus ojos enamorados en el momento del orgasmo. Dijiste algunas palabras obscenas. Pero yo logré controlarme y no me vine.

Comenzaste de nuevo a chupármela. Querías tener en tu boca, mezclados, el sabor mío y el tuyo. "Quiero tu semen", me dijiste. Fue entonces cuando yo, por primera vez, tomé la iniciativa. Tú estabas acostada boca arriba. Te abrí las piernas y las coloqué sobre mi pecho, para estar seguro de que la penetración fuera profunda. Entré dentro de ti primero suavemente. Dijiste, "más duro". Te hice caso. Bus-

*cábamos el punto exacto en el que el placer y el dolor
se encuentran sutilmente. Tus uñas se clavaron en
mis nalgas con firmeza. Gemiste de placer. Fue
entonces cuando yo me vine larga e intensamente.
Tú me acompañaste en el orgasmo. Luego nos abrazamos por un rato en silencio. Los dos percibíamos
que el sexo nos había unido de una manera extraordinaria. Eso era la felicidad.*

*Es muy significativo que la última carta del
Sultán a Sherezada sea la descripción de un sueño.
Tal vez lo que hemos vivido haya sido sólo eso: un
sueño muy hermoso que llegó a su fin.*

Te ama,

tu Sultán

Nuria releyó la carta un par de veces tratando de entender lo que sentía. A trechos, era inevitable la excitación
sexual. El italiano, instintivamente, sabía qué cuerda de su
sexualidad debía pulsar. Había palabras y frases que la
humedecían cada vez que las leía. Describía caricias que
había recibido o dado que nunca olvidaría. A veces le inte-
resaban los sorprendentes temas que Martinelli trataba, la
vastedad desordenada de sus referencias culturales, su conocimiento de la fisiología y la psicología femenina. Pero la
frase final fue una especie de mazazo: ¿sería sólo un sueño lo
que habían vivido? Realmente, ¿no se verían nunca más?
¿Se irían desdibujando en su memoria el rostro y la figura de
Martinelli? ¿Se borraría ella para siempre de la mente de
Martinelli, un don Juan empedernido que muy pronto esta-

ría abrazando a otra mujer? En ese momento sintió ganas
de llorar. Su amante accidental, sin duda, ya ocupaba un
espacio grato en su corazón. Una vez de regreso en La Habana, ¿se atrevería a tener un nuevo amante, o Martinelli había
sido una excepción voluntariamente irrepetible? En Cuba,
francamente, no había conocido a ningún hombre como el
italiano. Tal vez porque las referencias culturales eran otras,
o acaso porque la política lo permeaba todo, o quizás porque las limitaciones materiales eran tantas y tan absorbentes
que no dejaban mucho espacio para el romance y la fantasía. ¿Cómo estremecerse de pasión cuando llaman a la puerta los miembros del Comité para avisar que al doblar de la
esquina era posible conseguir croquetas? Lo probable
—pensó Nuria— es que todo quedara estrictamente en lo que
había sido: una escasa semana de placer y sensaciones nue-
vas que jamás volvería a experimentar. Un paréntesis de felicidad que no había ido a buscar, pero que había surgido
espontánea y limpiamente cuando menos lo esperaba. Un
recuerdo magnífico que la ayudaría a vivir, a sortear momentos de tristeza y que guardaría en su corazón como un amu-
leto contra cualquier forma de desventura.

Con cuidado, Nuria introdujo la carta en el sobre y la
colocó dentro de la gaveta de la mesa de noche, junto a las
anteriores, bajo la revista que las protegía de cualquier
indiscreción. Antes de partir a La Habana las releería cuidadosamente y las destruiría, como Martinelli había hecho
con las fotos, aunque hacerlo le doliera en el alma. Luego se
aseó, se vistió y salió del hotel con paso lento. Había decidido acudir a una peluquería que le había recomendado la
amable mucama peruana que le arreglaba la habitación.
Esa noche llegaría Lucía, su hermana casi desconocida y,

sin embargo, jamás olvidada. Iba al reencuentro con su pasado y quería que la viera bella.

Lucía llamó a Nuria desde el aeropuerto. El avión había aterrizado a tiempo. Tardaría en llegar al hotel lo que demorara el taxi. Tengo unas inmensas ganas de abrazarte, le dijo Nuria. Y yo a ti, respondió Lucía. Nuria, muy nerviosa, bajó al pequeño y elegante lobby y le comunicó al recepcionista —un tipo delgado, aburrido y untuoso— que su hermana se quedaría con ella un par de días en la habitación, por si había que aumentar el precio. Le comunicaron, felizmente, que no habría cargos adicionales, dado que ella formaba parte del seminario organizado por el profesor Martinelli.

Nuria se sentó a esperar a Lucía. Abrió y cerró varias revistas sin poder concentrarse en la lectura. Decidió aprovechar el tiempo para repasar las escenas que recordaba junto a su hermana pequeña, su única hermana: fiestas de cumpleaños, viajes a la playa, algunas travesuras infantiles, o aquella imagen imborrable de la madre dándole el pecho a Lucía que tanta curiosidad debió causarle. Advirtió, y la sorprendió, que la memoria le funcionara mejor con la Lucía pequeña que comenzaba a caminar que con la bonita preadolescente a la que dejó de ver cuando tenía once años, y se dio cuenta de que no era fácil pasar de una a otra persona, como si el cerebro las clasificara como criaturas distintas. Observó, también, que las imágenes de sus padres que le venían a la mente no eran necesariamente las últimas, aunque tampoco las más remotas. Era como si su conciencia, automáticamente, seleccionara las escenas que, por razones que ella ignoraba, se habían grabado más intensamente.

Desde el ángulo en el que estaba sentada, Nuria vio llegar al taxi. Notó que su corazón se aceleraba. Una bella y joven mujer descendió del vehículo. Era Lucía: esbelta, con el cabello castaño abundante y hermoso. La niña que dejó de ver se había transformado en una bella mujer. Nuria no había calculado cuál sería su reacción en ese momento. Espontáneamente, como catapultada por sus emociones, saltó de la silla y fue a su encuentro. Primero gritó: "¡Lucía!" y la abrazó fuertemente. Luego dijo, balbuceando: "mi hermanita, mi hermanita bonita", y comenzó a sollozar de esa manera muy particular que suele aflorar del espíritu cuando la alegría y la tristeza se mezclan incontrolablemente. Pero no sólo le ocurrió a ella: las dos lloraban abrazadas. Pasaron dos minutos, quizás tres, una eternidad. Los huéspedes y empleados, sin entender demasiado lo que sucedía, más allá de que sin duda se trataba de un emotivo reencuentro familiar, miraban de soslayo el espectáculo conmovedor de aquellas dos jóvenes mujeres fuertemente trenzadas y empapadas en llanto.

Fue innecesaria la ayuda. Lucía, que sólo llevaba un maletín de mano, se dejó guiar por Nuria hasta la habitación, en el tercer piso del hotel, y allí volvieron a darse otro abrazo. Nuria se asomó junto a su hermana a la ventana y le habló de la plaza y de la iglesia, del barrio de Roma en el que estaban, y de la asombrosa belleza de "esta ciudad maravillosa y caótica", como la calificó. Le agradeció mucho que hubiera viajado a verla desde Nueva York, aunque sólo fuera por dos días, los mismos dos días que a ella le quedaban en Italia antes de tomar el camino de regreso a La Habana, porque no tenía nada claro cuándo se presentaría otra oportunidad de volver a reunirse.

Lucía le dijo que, pese a la ansiedad, una pastilla la calmó y le permitió dormir a pierna suelta durante el viaje, así que se daría una ducha y estaría lista para cenar donde Nuria quisiera. Nuria le contó de un pequeño y bello restaurante *art nouveau* junto a la Plaza de España por el que había pasado "precisamente hoy, camino de la peluquería". En Roma, agregó, se come bien en casi todos los sitios. Había descubierto hasta un pequeño y simpático restaurante de cocina cubana llamado La Bodeguita del Medio, al que no pensaba acudir ni forzada por la policía, porque no quería oler más ajo ni frijoles negros hasta que regresara a La Habana.

A Nuria le gustó el estilo natural y desenfadado de su hermana, perfectamente compaginado con su evidente refinamiento. Le encantó comprobar que conservaba un español habanero de muchacha educada por unos padres burgueses, tan diferente a la jerga popular de los jóvenes cubanos que tenía como discípulos en la universidad, usualmente vulgar y trufada con toda clase de palabrotas e interjecciones innecesarias, síntoma de una decadencia general de las costumbres que el propio Gobierno y el Partido Comunista no se cansaban de denunciar, pero a la que nadie sabía cómo ponerle coto. Por un momento trató de imaginarse su biografía si ella también hubiera emigrado a Estados Unidos, pero no tardó en rechazar la fantasía. Era impensable. ¿Y Arturo? En ese momento era, y desde siempre lo había sido, el hombre de su vida. Le hubiera resultado imposible abandonarlo y más aún pedirle que la acompañara. A pesar de todo, su existencia en Cuba no había sido fulgurante, pero tampoco estaba exenta de momentos de gran felicidad, aunque siempre con la pena de haber tenido que renunciar a todo contacto con la familia.

La conversación en el restaurante se desplazó varias veces entre la trivialidad y la intrascendencia hasta que llegaron a un punto doloroso:

—¿Fue duro el viaje a la Florida? —preguntó Nuria.

Lucía se puso tensa y calló unos segundos antes de comenzar a responder.

—Fue una experiencia horrible. En el hospital donde papá trabajaba como cardiólogo se hizo amigo de un técnico anestesista muy agradable. Se llamaba Wenceslao. Confió en él porque había sido seminarista en su juventud y seguía siendo católico. Eso le inspiró confianza a papá y a mamá. Sabes que ellos eran muy creyentes. Yo conocí a Wenceslao a bordo del bote la noche en que nos embarcamos.

—¿Y tú eres creyente como ellos? Quiero decir, ¿hoy eres creyente? —preguntó Nuria con el interés de comenzar a conocer a su hermana.

—En realidad, no demasiado. Primero me casé con un ateo y luego con un judío que no practica. Pero no me importaba acompañar a papá y mamá a misa si me lo pedían. ¿Y tú lo eres? —indagó Lucía con cierto desinterés que evidenciaba que cualquiera que fuera la respuesta le parecería aceptable.

—Yo no. Perdí totalmente la fe en la adolescencia. Pero, cuéntame, ¿de dónde salieron hacia Estados Unidos?

—Salimos de Caibarién. Yo nunca había estado allí. A mí no me dijeron nada hasta que nos subimos en el bote. Como era una niña, temieron que cometiera alguna indiscreción en la escuela.

—¿Por qué papá y mamá decidieron escapar de Cuba? Los dos tenían buenos trabajos. Él era un cardiólogo respetable y mamá enseñaba matemáticas en el Instituto del Vedado.

—Como sabes, ellos detestaban el comunismo. Papá me dijo que, cuando salimos de Cuba, estaba seguro de que regresaríamos en un par de años cuando el gobierno hubiera caído.

Nuria movió la cabeza con un gesto que podía significar algo así como "qué ingenuos eran", pero estaba decidida a no empañar las relaciones con Lucía enfrascándose en una absurda discusión ideológica.

—¿Por qué salieron de Caibarién? Hay zonas costeras más cercanas a la Florida.

—Como Wenceslao era de ese pueblo, fue allí donde tuvo la posibilidad de comprar el bote. Él sabía navegar. Lo había hecho en su juventud. Creo que hasta había servido en la marina mercante. Se lo dijo a papá y nosotros pusimos el dinero para comprar la nave. Wenceslao también se embarcó con su mujer y su hijita. Éramos seis en el bote, que tendría unos siete metros de largo.

—¿De motor, supongo?

—Tenía un motor fuera de borda. Nosotros viajamos desde La Habana en el auto de papá, que dejamos abandonado en el pueblo. Yo cargaba una mochila con unas cuantas cosas mías de la escuela y un conejo de peluche con el que me empeñaba en dormir. Mamá llevaba una pequeña maleta. Ahí iban tus fotografías.

Papá cargó con su maletín de médico, el estetoscopio y medicinas de urgencias por si se presentaba un problema durante el viaje. Él sabía que Wenceslao era diabético y llevaba insulina.

—¿Y tú cómo te sentías?

Lucía meditó por un momento y clavó la mirada en la distancia.

—A los once años todo eso, al principio, parece una aventura divertida. Luego aprendes que casi siempre es una tragedia. Me sentía como si lo que estaba ocurriendo le sucediera a otra persona. Recuerdo que me molestaba dejar a mis amigas del colegio, pero no creo que lo dije.

—¿No tuviste miedo?

—Empecé a tenerlo cuando llevábamos dos horas de navegación. Era una noche sin luna, totalmente oscura. No se veía nada a cinco metros de distancia. De pronto, el motor hizo un ruido extraño y se detuvo. Yo estaba medio dormida y me despertó el silencio. Mamá y papá estaban muy nerviosos. Wenceslao trató de ponerlo en marcha varias veces. Hasta se tiró al agua para comprobar si algo se había enredado en la hélice.

—¿Tenían previsto un percance como ése?

—Wenceslao dijo que no nos preocupáramos. El bote también contaba con una vela rudimentaria y un par de remos. Teníamos brújula. Tardaríamos más, pero llegaríamos a los cayos de la Florida.

—¿Tenían agua y comida?

—Para tres días. Wenceslao y papá habían calculado que, con el motor, en unas diez horas llegaríamos a la Florida, pero acumularon agua, alimentos y gasolina para tres días. Como el motor parecía estar bien, no pensaron que se podía estropear. En todo caso, teníamos la vela por si eso sucedía.

—¿Cómo reaccionaron papá y mamá cuando se paró el motor?

—Mamá comenzó a llorar. Yo también. Papá nos gritó que nos calláramos. La otra niña que iba en el bote se llamaba Irene. Debía tener unos tres años. Era preciosa, muy lista y seguía dormida. Wenceslao izó la vela y seguimos rumbo noreste, según decían. Pero entonces vino lo peor. Comenzó a llover. Primero fue una lluvia suave, y luego un aguacero tremendo con rayos y truenos. Yo me moría de miedo. Han pasado muchos años y no puedo evitar una terrible sensación de terror cada vez que estoy en medio de una tormenta.

—¿Y papá y mamá?

—Mamá comenzó a rezar. Papá trataba de ayudar a Wenceslao a controlar el bote. La tormenta fue arreciando. El bote se movía como si fuera la cáscara de una nuez. Primero yo vomité, pero luego vomitaron todos. Irene, la niñita, daba unos gritos espantosos. El viento arrancó de cuajo la vela y el mástil. Casi todas las botellas de agua y las latas de alimentos se perdieron con un bandazo que estuvo a punto de volcar la embarcación. Quedó una caja de galletas y, milagrosamente, el maletín de mamá que se quedó trabado bajo un banco de madera.

−¿Qué hacía Wenceslao?

−No podía hacer mucho. Nos gritaba que no nos preocupáramos, que su hermano, que vivía en Miami, estaba avisado de que ellos intentaban llegar a la Florida y seguramente alertaría a los guardacostas para que nos buscaran y recogieran.

−¿Qué tiempo duró la tormenta?

−No sé. Tal vez una hora, pero a mí me pareció una eternidad. Cuando cesó el viento volvió la lluvia. Primero como un diluvio universal, a chorros. Nosotros achicábamos el agua con las manos, con un zapato, con latas, para evitar que se hundiera el bote. Mamá dejó de rezar y también se puso a trabajar. Yo recuerdo que los dientes me castañeteaban y me dolían las manos. Fue espantoso.

−¿Demoraron mucho en llegar a la Florida?

Lucía miró a su hermana por un buen rato. Con los ojos llenos de lágrimas siguió contándole, mientras Nuria, conmovida, le apretaba una mano tiernamente.

−Cuando dejó de llover comprobamos que estábamos casi sin agua ni alimentos, sin vela, sin remos. Mi mochila y el maletín de papá con las medicinas también se habían perdido. Yo pensé que todos íbamos a morir.

−¿Murió alguien? −preguntó Nuria consternada.

−Murió Wenceslao.

−Oh, ¡Dios mío! −dijo Nuria y se mordió los labios.

−Según papá, se desorientó o se mareó por la diabetes que padecía, y cayó al agua cuando una ola muy fuerte sacudió el bote y él estaba de pie. Tal vez se hirió con el borde del bote en la caída. Yo recuerdo un golpe seco. El oleaje nos impulsó lejos de él rápidamente. Por más que nadaba no lograba acercarse. Es increíble la velocidad con la que el mar se puede tragar a una persona, aunque no murió en el acto. Lo oímos gritar, pero cada vez más distante. La esposa quiso lanzarse al agua para tratar de rescatarlo, pero papá se lo impidió. Ni siquiera lo veíamos. Ella respondía a sus gritos con otros gritos que no olvidaré nunca: "Aguanta, Wen", ella le decía Wen, "no te mueras, no nos dejes solas". Llegó un momento en que perdimos su voz para siempre. La niñita lloraba y gritaba desesperadamente. Mamá la cogió en sus brazos y trató de calmarla. Casi vira el bote tratando de controlarla. Le dijo que su papá sabía nadar muy bien y era un hombre muy fuerte. Cuando llegaran a tierra firme allí la estaría esperando. A la madre de la niña le decían Charo. Supongo que se llamaría Rosario. Papá trataba de consolarla. Ella lloraba en el hombro de papá. Yo a veces lloraba y a veces trataba de rezar. Cuando amaneció y pudimos ver, no había rastro de Wenceslao, ni de la vela rota, ni de nada. Estábamos solos en medio del mar, en un bote guiado a su antojo por las corrientes marinas. Yo tenía mucha sed y quise tomar agua. Sólo habían sobrevivido dos botellas. Mi padre nos dijo que iba a racionarlas. Comenzaríamos por tomar el agua de lluvia empozada en algunos rincones del suelo del bote. Recuerdo que me tiré al piso y comencé a lamer un pequeño charco como si fuera un perro. Mamá hizo lo mismo. Yo estaba feliz cuando salió el sol, pero papá nos dijo que el sol era más peligroso que la oscuridad. Debíamos tratar de cubrirnos la cabeza y el cuerpo.

—¿Cuánto tiempo duró esa tortura?

Nuria hizo una seña para pedirle la cuenta al camarero. Casi no habían probado bocado.

—Duró tres días. Lo peor fue la sed. El hambre se soporta. Papá decidió que Irene, la niña, que era la más débil, debía tomar más agua. Él apenas tomó un par de sorbos. El segundo día vimos cómo se acercaba un inmenso barco lleno de turistas, esos que hacen cruceros por el Caribe. Les gritamos. Yo me quité una blusa blanca que llevaba y la agité, pero no nos vieron. O si nos vieron no quisieron detenerse. Nunca lo supimos. Creo que papá dijo que era de bandera noruega. Pasaron de largo.

Cuando llegó la cuenta Nuria la pagó y salieron abrazadas y tristes del restaurante. Lucía enlazó el brazo de Nuria como buscando protección y continuó su relato.

—El tercer día creo que todos pensábamos que íbamos a morir. Fue entonces cuando, como de la nada, surgió un bello yate de recreo. Era de unos ingleses que lo habían alquilado para recorrer las islas. Los marineros nos ayudaron a subir a bordo. El bote en que veníamos se perdió. Lo dejaron a la deriva, pero mamá salvó el maletín con las fotos y los recuerdos de la familia. Como papá hablaba inglés, porque de joven había pasado un año de residencia en Cleveland Clinic, les explicó quiénes éramos y lo que nos había sucedido. Los ingleses se portaron muy bien. Nos dieron de comer y beber, pero yo sólo tenía sed. Charo oscilaba entre el dolor de haber perdido a su marido y la alegría de que su hija Irene se hubiera salvado. A veces lloraba inconsolablemente y a veces abrazaba a su hija y se reía.

—¿Cómo llegaron a Estados Unidos?

—Nos llevaron los ingleses. Le avisaron por radio a la Guardia Costera americana que llegarían a Cayo Maratón, en el sur de la Florida, y dieron los nombres de los pasajeros encontrados en el mar. También explicaron que uno, Wenceslao Alcántara, había perecido ahogado. Charo había memorizado el teléfono de su cuñado, el que vivía en Miami. Las autoridades americanas le avisaron y cuando llegamos al muelle nos estaba esperando. Fue muy triste el encuentro de él con su cuñada y con la sobrinita.

—¿Y qué sentiste tú cuando llegaste a Estados Unidos?

—Sentí una inmensa alegría, pero también pensé que no debía estar tan contenta porque Wenceslao había muerto e Irene se había quedado huérfana. Hasta el día de hoy siento esa ambivalencia cuando rememoro todo aquello. Papá siempre repetía que si él hubiera sabido lo peligroso que era ese trayecto nunca hubiera arriesgado a su familia.

Las dos hermanas llegaron al hotel y subieron a la habitación. Nuria le preguntó si deseaba que pidiera algo de comida, ya que apenas habían probado la del restaurante. Lucía le dijo que no. Se sentía muy cansada y prefería dormir. La intensidad del relato y el *jet lag* la habían golpeado de repente. Nuria le dijo que esperaba que le contara cómo había sido la vida de ellos en Estados Unidos. Durante muchos años, durante décadas, se lo había preguntado y había tratado de imaginárselo. Ahora podría averiguarlo con lujo de detalles. Lucía le aseguró que al día siguiente continuaría el relato, pero ella también deseaba saber cómo había sido la vida de su hermana Nuria en Cuba, aquella figura mítica de quien sus padres no cesaban de hablar día tras día, como para que nunca se les escapara del corazón.

*　*　*

Las dos hermanas amanecieron felices. Era un sábado luminoso que aprovecharían para caminar y hablar incesantemente entre las ruinas y los monumentos romanos, ambas convencidas de que tenían muy pocas horas para ponerse al día de lo que habían sido sus respectivas vidas. Mi matrimonio con Arturo fue mejor de lo que nuestros padres esperaban. No les gustaba que fuera comunista y militar, pero en la intimidad de la casa resultó ser un hombre muy cariñoso. Mi primer marido, antes de conocer a Josh, era un encanto, pero yo no podía con su afición a las drogas. Se llamaba William, Willy le decía, y de niño había vivido en Puerto Rico, así que también hablaba español. Cuando me iba a la universidad, porque me casé con él antes de terminar la carrera de Arquitectura, se quedaba practicando el saxofón, y, luego lo supe, consumiendo opio, cocaína y casi cualquier cosa que pudiera afectarle el cerebro. ¿Qué hiciste cuando lo descubriste? Lo abandoné inmediatamente. Afortunadamente, no tuvimos hijos. Lo amaba, pero lo dejé. Arturo siempre ha sido muy estricto en esas cosas de las drogas. Sólo toma alcohol cuando está muy tenso. Le gusta el ron, pero casi nunca se emborracha. ¿Y cómo conociste a Josh? Fue en un concierto poco importante al que me invitó una amiga. Aunque se dedica a las finanzas, es un gran aficionado a la música y toca el piano muy bien. Eso es algo bastante frecuente entre los judíos. Aman la música y aprenden de niños algún instrumento. Junto a otros tres amigos habían creado un cuarteto para experimentar con el jazz latino. Los orientaba un cubano recién llegado a Nueva York, Paquito D'Rivera, que era un genio. Yo estaba escarmentada con los músicos, pero cuando supe que, además, era un banquero que tocaba por divertirse, le presté atención. Arturo también tiene talento musical, pero todo a un nivel muy *amateur* y popular. Toca la guitarra y canta canciones de la Nueva Trova. Le gustan las de Pablo Milanés, Carlos Gómez y otros que seguramente no has oído mencionar. Cada vez toca menos. Tienes dos niños preciosos. Son una maravilla. Josh y yo vivimos para ellos. Yo perdí a Graziella. El semblante de Nuria se oscureció. Eso acabó conmigo. Era una niña maravillosa. ¿No vas a tener más hijos? Me he quedado con ganas de tenerlos y con el terror de perderlos. No hay nada más terrible que la muerte de un hijo. Graziella era una belleza. Su muerte afectó mi relación con Arturo. Hicimos todo lo que pudimos por salvarla, pero él no estaba junto a mí cuando murió. Estaba en África, en una de sus dichosas misiones internacionalistas. Cuando lograron avisarle ya la niña estaba enterrada. Yo entendía lo que había sucedido, pero para mí fue terrible afrontar sola ese dolor, no tener un hombro en el cual llorar.

—Según el profesor Martinelli, lo mejor y lo peor de la civilización romana se encuentran en este Coliseo —dijo Nuria mientras bordeaban las ruinas del imponente estadio.

—¿Quién es Martinelli? —preguntó Lucía.

Nuria se quedó pensando unos instantes antes de responder, pero lo hizo con una pasmosa indiferencia que no dejó entrever el menor rasgo de afectividad.

—Es un neurolingüista muy divertido y medio excéntrico que organizó el seminario que me trajo a Roma. Un tipo, realmente, muy extraño.

—¿Qué quería decir, exactamente, con que el Coliseo albergaba lo mejor y lo peor de la civilización romana? Esa es una afirmación un poco vaga.

—Creo que por la barbarie, de una parte, y por el sentido de la escenografía por la otra. Decía que Roma era, ante todo, un gran espectáculo lleno de extras, usualmente dirigido por un actor mediocre que se hacía llamar César.

—¿Por qué elegiste la carrera de Psicología?

—Siempre se ha dicho que los psicólogos y los psiquiatras buscan resolver sus propios problemas y, de paso, se ponen al servicio de los demás. Tal vez eso fue lo que me sucedió. Cuando salí de la adolescencia me sentía muy frágil e insegura. A veces he pensado que mi pasión por Arturo surgió de que él proyectaba una fuerte imagen protectora.

—Pero tú eras muy bonita y mamá siempre me contaba que los chicos se morían por ti.

—Sí, nunca tuve problemas para atraerlos, pero la sexualidad es sólo un componente de la personalidad. A veces he pensado que, como papá era extremadamente protector, busqué a alguien que lo sustituyera.

—¿Te fue difícil vivir sin tu familia en Cuba?

—Al principio estaba tan indignaba con que ustedes se hubieran marchado sin avisarme que pensé que podía olvidarlos fácilmente, pero me equivoqué. Los extrañaba a todos. Como sabes, nuestra familia era muy limitada.

Mamá y papá era hijos únicos. Los abuelos murieron pronto y el resto de los parientes se marchó a Estados Unidos. Me quedé prácticamente sola en Cuba, sin otro familiar que mi marido y la familia de mi marido. Ellos me adoptaron. La mamá de Arturo se portó muy bien conmigo. El padre también era un militar, un viejo militante del Partido Comunista, un hombre silencioso, pero también bueno. Los dos murieron.

–¿Por qué te hiciste comunista? –preguntó Lucía con una genuina curiosidad exenta de cualquier forma de reproche.

Nuria pensó bien la respuesta.

–Fue una mezcla de idealismo y de presión social. Me parecía que eso contribuiría a ayudar a los más pobres. Pero también influyeron mis relaciones con Arturo y mis deseos de estudiar Psicología y luego de enseñar en la universidad. Ésa es una carrera que sólo puedes estudiar si tienes un alto nivel de integración política, como allá decimos en la jerga burocrática.

–¿Has sido feliz? –preguntó Lucía.

–Supongo que sí –contestó Nuria–. A veces muy feliz, a veces menos, a veces me he sentido desgraciada. Pero el resultado final ha sido muy aceptable. Creo que ésa es la consecuencia de que mi felicidad no sólo se deba a mi relación matrimonial, que es, en general, buena, sino al resto de mi vida. Me gusta mucho enseñar y trabajar como psicóloga clínica.

–¿Te has especializado en algún campo?

–Me interesa mucho la terapia de parejas y la familiar. Veo muchos casos de neurosis causadas por problemas de la sexualidad. También doy un curso de sexología. Casi todas las semanas se me aparecen padres angustiados porque temen que el hijo es maricón o la hija lesbiana. En Cuba eso sigue siendo un problema tremendo. Primero tengo que tratar a los padres y luego a los hijos.

–¿Y qué haces?

–Les explico que uno no elige voluntariamente su sexualidad y trato de que todos eliminen la sensación de culpabilidad que sienten. Los padres porque creen que no criaron bien a sus hijos. Los hijos porque suponen que son unos horribles pervertidos. Eso se agrava cuando son comunistas. Sienten el dolor de ser comunistas y, al mismo tiempo, disfrutar de cosas que les parecen decadentes y perversas, condenadas por el Partido.

–¿Los convences? ¿Logran ser felices?

–Me temo que no. Hubo un par de casos en los que, muy discretamente, les recomendé que emigraran hacia sitios en los que esas preferencias sexuales no constituyeran un problema. Hubo una chica que se fue a Holanda y un muchacho que consiguió viajar a Argentina.

El paseo, escoltado por un sol incandescente, las llevó a sentarse en un banco a la sombra de un viejo edificio. Fue Nuria la que entonces comenzó a preguntar.

–¿Les fue muy difícil adaptarse a Estados Unidos?

–Al principio sí, como a todos los inmigrantes. Primero nos radicamos en Miami. Mamá trabajó en un hotel limpiando habitaciones y papá, mientras estudiaba para pasar la reválida como médico, salía a vender enciclopedias y cursos de inglés por las casas. A mí me matricularon en una escuela pública del barrio. A los seis meses ya yo hablaba inglés. A mamá le costó más trabajo aprenderlo y siempre tuvo un acento fortísimo, pero logró convalidar su licenciatura en matemáticas y, cuando nos fuimos a Nueva York, pudo enseñar en un *high school*. Para ella fue como volver a nacer.

–¿Y qué hizo papá?

–Tras pasar los exámenes, papá consiguió un buen trabajo como cardiólogo en un hospital para veteranos en Nueva York, en Manhattan. Se especializó en hacer cateterismos para explorar el estado de las arterias de los pacientes. Se volvió un mago en esa especialidad. Al principio nos tomó cierto tiempo adaptarnos a esa ciudad, pero muy pronto los tres la adorábamos.

–¿Y el frío?

–Duro algunos inviernos, sobre todo si hay viento, pero ésa es la capital del mundo. Para mí, primero como estudiante de Arquitectura, y luego ya como profesional, me resultaba la ciudad perfecta.

–¿Pero no es una sociedad un poco despiadada? –preguntó Nuria.

–Eso forma parte del estereotipo, aunque es una sociedad en la que tienes que trabajar y demostrar que vales. En Miami uno de los trabajos que tuvo mamá fue en un enorme almacén lleno de pasillos abarrotados de diferentes objetos. Se dedicaban a servir pedidos por correo a todas partes de Estados Unidos. El primer día de trabajo le instalaron en el tobillo una especie de medidor. Era un contador de pasos. Al final de la jornada se lo quitaron y registraron cuánto había caminado. Ésa era su marca mínima para el día siguiente. Eso sí nos pareció despiadado, pero mamá decía que les agradecía a los dueños que le hubieran proporcionado la manera de ganarse la vida y que el correcorre la mantenía en buena forma física. Ella siempre fue muy laboriosa.

–¿No sentían ganas de volver a Cuba?

–Francamente, Nuria, lo único que realmente extrañábamos de Cuba era a ti. Mamá no dejó de llorar por ti. Como te conté en una carta, colgó tu retrato a la entrada de la casa. Todas las noticias que nos llegaban de la Isla eran muy negativas.

–Y tú, Lucía, ¿no sentías nostalgia?

Lucía midió muy bien sus palabras para no ser áspera u ofensiva:

–Yo salí a los once años, Nuria. Me integré muy bien en la sociedad norteamericana. Como hablaba inglés sin acento y transformé mi nombre en Lucy Garces, me fue muy fácil formar parte de lo que allá llaman el *mainstream*. Era una muchacha más dentro del *high school* y luego en la universidad. Mis amigos se sorprendían cuando llegaban a casa y descubrían que mis padres eran cubanos y que mamá hablaba el inglés con un acento de mil demonios. Creo que el único choque cultural que padecí fue con un noviecito al que invité a cenar a casa. Se horrorizó cuando vio que

mamá freía los plátanos verdes. Creo que por eso huyó
–dijo Lucía riendo.

–¿Entonces te americanizaste totalmente? –agregó
Nuria sin el menor asomo de reproche.

–Es un proceso muy curioso por el que pasan todos
los jóvenes inmigrantes. En la niñez y adolescencia quie-
ren pertenecer al grupo y rechazan cualquier rasgo que
los aleje de la persona promedio. Pero cuando nos hacemos adultos descubrimos que esos elementos extra con
que contamos, los que nos vienen de nuestra cultura original, nos hacen más interesantes. Como a los veintidós o
veintitrés años volví a llamarme Lucía Garcés, con acento, me puse a escuchar ritmos latinos y descubrí la literatura latinoamericana. Todo eso enriquecía mi identidad
norteamericana, no la debilitaba. Los dos esposos que he
tenido, Willy y Josh, y otras relaciones esporádicas que
tuve antes que ellos, siempre me decían que los atraía el
componente "exótico" de mi origen cubano. ¿Y tú, no
tuviste otras relaciones además de Arturo?

–Bueno, de muchacha, en el instituto, tuve algunos
noviecitos sin importancia, como Eduardo Berti, que
luego siguió siendo amigo nuestro, pero Arturo fue mi primer y único novio.

–¿Y no has conocido otros hombres? –preguntó Lucía
dándole a conocer la obvia significación carnal que la palabra también tiene.

Nuria se sintió desarmada por la inesperada pregunta,
pero respondió con una firmeza que hasta a ella misma le
resultó sorprendente.

–Nunca he amado a otro hombre. Eso es raro en un país como Cuba, en el que cualquiera tiene tres o cuatro matrimonios, pero yo he sido muy feliz. Nunca he necesitado otra relación –mintió resueltamente.

–Pues eres muy dichosa. Yo amo mucho a Josh, pero a veces me siento atrapada dentro del cuadro familiar. No sé si por los hijos o por la rutina, pero he sentido la necesidad de escapar del aburrimiento. Una amiga querida suele usar una frase exacta: dice sentirse "atrincherada" en el matrimonio. El hogar tiene algo de eso, de trinchera frente a los enemigos.

*   *   *

Cuando llegaron al hotel era prácticamente de noche. Mientras Lucía se daba una ducha reparadora, Nuria aprovechó para buscar las cartas del Sultán a Sherezada. Quería releerlas antes de destruirlas. Las halló dentro de la gaveta, donde las guardaba, pero le sorprendió encontrarlas sobre y no bajo la revista. Pensó que la mucama, por alguna razón, las había colocado en esa posición, pero tampoco descartó que ella misma hubiera olvidado ocultarlas. Las fue leyendo y rompiendo en pequeños pedacitos, una a una, cada vez con el pulso más acelerado. Cuando Lucía salió de la ducha le preguntó porqué estaba tan "colorada". Debe ser la caminata, dijo Nuria y pasó al baño. Mañana las dos abandonarían Roma. Lucía rumbo a Nueva York. Nuria camino de La Habana. Quién sabe cuándo podrían volver a encontrarse.

XIV

No fue necesario que lo llamaran desde la recepción del hotel. Arturo Gómez se levantó de la cama a las cinco de la mañana tras una noche de insomnio larga y amarga. El espejo del baño con toda crueldad le mostró un rostro ojeroso y una piel súbitamente oscurecida. Recordó un verso de Miguel Hernández que Nuria adoraba: "porque la pena tizna cuando estalla". No había entendido el significado de la frase hasta ese momento. La barba cerrada de dos días le confería un aspecto lamentable, como de indigente. Movió la cabeza de forma ligeramente pendular en señal de desaprobación. Decidió afeitarse y darse una ducha. De muy joven había aprendido, porque Nuria se lo había dicho –Nuria, siempre Nuria en sus pensamientos– con la autoridad que le daba su profesión de psicóloga, que de la tristeza uno se evade repitiendo la rutina de los momentos felices. Le parecía estarla oyendo: "Cuando estés deprimido, báñate, aféitate y haz todo lo que hacías cuando no lo estabas. La depresión te cambia la conducta. Si tú cambias la conducta, la depresión desaparece".

Esta vez el truco no tuvo ese efecto. El chorro de la ducha, sí, lo despejó, y sintió cierto alivio cuando volvió a ver su rostro limpio en el espejo, pero el dolor seguía ahí.

¿Cómo era ese dolor? Del origen no tenía duda: la miserable traición de Nuria, la canallada de Nuria. ¿Qué le dolía? La idea obsesiva de Nuria acostada con otro hombre, ese maldito, ese repugnante viejo italiano con sus manos colocadas sobre la carne de Nuria, dentro de la carne de Nuria. Le dolía el placer que ella había sentido, las caricias descritas en las pedantes cartas a Sherezada, las palabras obscenas que seguramente se cruzaron mientras hacían el amor, las mismas que Nuria le decía a él en tiempos más felices, porque no hay sexo sin un elemento de sordidez, y la sordidez tiene una sola dimensión. Nuria, sin duda, no había inventado otra forma de hacer el amor que la que había practicado con él durante tantos años, ni había pronunciado otras palabras, ni había cambiado sus gestos en los momentos de mayor placer. Todo lo que era de ellos dos, lo que habían construido en la cama tras tantos años de amarse, se lo había entregado sin piedad ni consideración a un tipo prácticamente desconocido del que ni siquiera tuvo tiempo de enamorarse.

Arturo trataba de quitarse de la cabeza esas imágenes que le quemaban el cerebro, pero volvían como una bandada de aves de rapiña. Los servicios de inteligencia habían hecho muy bien su trabajo. Demasiado bien. Las fotos eran numerosas y elocuentes. Conocía el rostro de Martinelli, la habitación en la que Nuria se encontró con su amante en repetidas ocasiones, las calles por las que pasearon abrazados, los restaurantes en los que cenaron. ¿Por qué retrataron la cama de la suite del italiano? ¿Qué trataban de probar con la foto del lecho? Todas las camas son iguales. Era muy fácil, terriblemente fácil, reconstruir el escenario de la traición. Casi hasta podía rehacer los diálogos. ¡Cuánto

–pensó Arturo– hubiera querido no saber nada, no haber leído las cartas, ignorarlo todo! "Ojos que no ven, corazón que no siente", dice el melancólico adagio, tan popular, que su abuela repetía como una obsesa. Los ojos no son el espejo del alma, como aseguran los poetas cursis: son las espadas que destrozan el alma y hieren exactamente en la garganta, donde el dolor se empoza, traba las palabras y nubla el entendimiento.

¿En qué había fallado? ¿En las largas misiones internacionalistas? Nuria siempre le había dicho que la enorme ventaja de esas separaciones era la emoción de los reencuentros. Su matrimonio comenzaba frecuentemente del punto cero. Cuando llegaba de nuevo a La Habana hacían el amor como dos adolescentes, reinventaban la luna de miel, se querían sin límites durante varias noches, volvían a descubrir el significado de la palabra ternura. Nuria le había jurado mil veces que esas ausencias eran la secreta vacuna de la pareja para impedir la fatiga conyugal, esa enfermedad que ella solía tratar constantemente en su gabinete de psicóloga, a donde los matrimonios llegaban casi rotos, mudos, aplastados por la cotidianidad, esa forma fangosa, esa tembladera terrible desde la que se ven pasar los días y las noches encadenados a la nada mientras el cuerpo se desgasta en su camino inexorable hacia la muerte.

¿Por qué, si su matrimonio no padecía esa fatal fatiga conyugal, Nuria lo había traicionado? Él, es cierto, a lo largo de los años había tenido algunas aventuras pasajeras, pero siempre de poca monta. "Amores de soldado", le gustaba pensar, pero no porque hubiera dejado de amar a Nuria, sino por razones estrictamente fisiológicas alejadas de cualquier compromiso emocional, más cercanas a la masturbación que al romance. Esas relaciones, que no habían sido tantas, y que Nuria tal vez intuyera, pero de las que no se quejó nunca, jamás pusieron en peligro su matrimonio, ni tenían la menor significación emocional, y sólo se atrevió a explorarlas porque poseía la certeza de que con ellas no arriesgaba la estabilidad de un hogar del que estaba orgulloso.

A Arturo no se le escapaba la aparente injusticia de juzgar a Nuria por un rasero diferente al que se juzgaba a sí mismo, pero encontraba una explicación lógica y hasta moral en la diferencia que había discutido mil veces con su mujer: la asimetría entre la naturaleza emocional de hombres y mujeres, que él no había inventado, pero que estaba ahí. Los hombres no requieren un lazo afectivo para acostarse con una mujer, decía. Las relaciones sexuales masculinas son una forma de gimnasia, una mera evacuación de semen por el extremo de la uretra. Las mujeres, en cambio, se van a la cama llenas de ilusiones, enamoradas o en busca de amor, y no por necesidades estrictamente físicas. Y quedaba, además, el factor social. Los dos, Nuria y él, habían estudiado lo suficiente para saber que, dentro de los cánones morales de una sociedad como la cubana, el adulterio femenino y el masculino eran evaluados de distintas maneras. Una mujer engañada por su marido no era jamás objeto de burla, sino de solidaridad. Un hombre engañado por su mujer se convertía inmediatamente en el hazmerreír de todos. Era el "tarrudo" universalmente vilipendiado. Por eso en las Fuerzas Armadas y entre los cuadros del Partido Comunista se combatían a sangre y fuego estas deslealtades. Para salvaguardar el prestigio de estas dos entidades, columna vertebral de la institucionalidad revolucionaria, era necesario proteger la imagen colectiva. El precio del liderazgo era tener siempre la cabeza en alto y no hundida por el peso de los cuernos puestos por cualquier puta dispuesta a deshonrar a su marido.

Sin embargo, pensó Arturo, pese a ese esquema de razonamiento, que también era suyo, subsistía otra realidad: él seguía queriendo a Nuria. La quería y la odiaba al mismo tiempo. ¿Cómo podía colocar en la misma balanza veinte años de convivencia y una semana de traiciones? ¿Por qué no podía perdonarla y recomenzar de nuevo? Él suponía que las mujeres se iban a la cama llenas de una carga afectiva, necesitadas de amor, pero ésa era sólo una generalidad teórica. ¿Y si sólo se trataba de curiosidad? Nuria había llegado virgen al matrimonio, y mil veces le había dicho que nunca había conocido otro amante antes o después que él. Lo que sucedió, ¿no habría sido sólo una alocada forma de experimentación, una manifestación tardía de inmadurez juvenil porque Nuria no tuvo tiempo de hacer locuras en la época en que se admite que las mujeres exploran su sexualidad? Ellos mismos, en sus encuentros más ardientes, no habían fantaseado con la idea de incorporar a otra mujer a la cama, aunque luego, aliviados tras el orgasmo, hubieran desechado la proposición relegándola a lo que era, o a lo que parecía ser: una idea sexualmente estimulante formulada con el único propósito de aumentar el placer de ambos. La relación de Nuria con Martinelli, ¿no sería sólo la materialización sin consecuencias de una fantasía?

¿Cómo sería la vida sin Nuria, se preguntó Arturo? No tenía duda de que podría reemplazarla fácilmente con otra mujer atractiva, pero dos aspectos serían muy diferentes: es

difícil volver a querer a alguien con la misma intensidad
con que se quiso a ese primer y definitivo amor surgido en
la adolescencia y prolongado a lo largo de los años. El otro
aspecto era la confianza. ¿Cómo volver a confiar en la fidelidad de una nueva compañera, alguien que traería a la
pareja, seguramente, mil cicatrices, si Nuria, la mujer de su
vida, lo había traicionado? ¿Y si era él quien generaba la
insatisfacción de las mujeres? ¿No sería él, en alguna medida, el culpable de la traición de Nuria? Tal vez su carácter
un tanto retraído, o la manera en que hacía el amor, o acaso
sus ausencias prolongadas en misiones internacionalistas
provocaban en cualquier mujer la necesidad de buscar
otros brazos, de refugiarse en otros hombres. ¿No repetía
Nuria, convencida, una y otra vez, que tras cada fracaso
matrimonial invariablemente había dos culpables, o ninguno, pero jamás era uno solo? ¿Podía romper con Nuria,
sin más, e iniciar una nueva vida, como le sugería, sin decírselo claramente, aquella desagradable sabandija, ¿cómo se
llamaba?, Monreal, que le entregó las fotos y las cartas
mientras le mencionaba las infidelidades de Josefina a
Napoleón para consolarlo? ¿Y cómo sería la vida de Nuria
sin él? Todavía le quedaban unos pocos años de fertilidad.
¿Querría tener con el otro, quien fuera ese otro, el hijo que
ellos perdieron cuando murió Graziella? ¿Cómo se sentiría
él si volviera a verla, felizmente casada, embarazada o con
un hijo nacido de su nueva relación? Eso sería terrible:
verla contenta y radiante mientras él se retorcía por la
humillación era la peor de las pesadillas imaginables. Eso
no podía suceder.

Arturo terminó de vestirse con su uniforme de coronel
de Tropas Especiales, examinó su pistola, una Makarov de

nueve milímetros, certera y devastadora, que lo había acompañado en todas las guerras; comprobó que el peine estaba en su sitio. La rastrilló para verificar su funcionamiento, la enfundó en la cartuchera que tenía al cinto y se miró al espejo. Tomó el sobre con las fotos y las cartas del italiano que estaba sobre la cómoda de la habitación. Así vestido le pareció creer que había recuperado su habitual control de las situaciones más difíciles. Tal vez el contacto con el arma de fuego y el traje de militar lo habían revitalizado. Le habían devuelto la confianza en sí mismo. Era el momento de hablar con Nuria por última vez. ¿Por última vez? Volvió de nuevo a dudar, pero ya estaba camino de abordar su carro.

* * *

A Nuria le pareció escuchar un leve ruido en la planta baja de la casa, se puso la bata blanca de algodón y bajó a investigar. Allí estaba Arturo, sentado a la cabeza de la mesa de cristal. Había descorchado una botella de Máximo, su ron favorito, una especie de brandy delicado, y tomaba sorbos despaciosamente. El primer impulso de Nuria fue arrojarse a sus brazos para besarlo, pero la mirada torva de Arturo la paralizó en seco. Siéntate, le dijo con una voz inquietante, ronca, tenemos que hablar mucho. Nuria se sentó en la otra punta de la mesa, a unos escasos dos metros. Temblaba de miedo. Aunque no había calor, advirtió que una gota de sudor comenzaba a recorrerle la espalda. Cuéntame qué ha pasado, le ordenó Arturo con sequedad. La miró fijamente a los ojos y agregó una advertencia: no me mientas, lo sé todo, pero quiero escuchar tu versión. Empujó un sobre hacia el centro de la mesa, con una leyenda que ya Nuria conocía: CARTAS DEL SULTÁN A SHEREZADA.

Todo empezó con una invitación a Roma tras publicar un artículo en una revista italiana de psicología. No, Arturo, no conocía al señor Martinelli. Nunca había oído hablar de él hasta que me escribió. Era una oportunidad única de visitar esa ciudad y de salir de Cuba a respirar otros aires. Estaba totalmente cansada de las peleas dentro de la facultad y de la universidad. Sí, Arturo, estaba en contacto con mi hermana Lucía desde hacía meses. No podía decírtelo para no comprometerte. Claro que pensaba verla. Ella es el único familiar que me queda. Es verdad lo que dices, tu familia siempre fue muy buena conmigo, pero es tu familia, no la mía. Mis padres murieron sin volver a saber de ellos y no quería que me sucediera lo mismo con Lucía. Eso nunca me lo había perdonado. No, Arturo, mis padres no eran unos traidores. Eran, simplemente, unas personas que no querían vivir en Cuba, que no creían en la Revolución como creíamos nosotros. ¿Que si ya yo no creo en la Revolución? Yo ya no sé ni en lo que creo, Arturo. He dedicado toda mi vida a una esperanza que jamás se ha cumplido. ¿Por qué no te lo dije? Porque no quería introducir entre nosotros un elemento de desunión. No, Lucía no es una enemiga ni es agente de nada. Es una muchacha encantadora, muy bien educada que vive en un mundo diferente al nuestro, en el que la ideología no afecta los sentimientos. Encontrarme con ella fue encontrarme con un pedazo mutilado de mi vida. Fue volver a ver, a través de ella, a mis padres, dos personas decentes y laboriosas. Claro que se hubieran podido quedar en Cuba, Arturo, pero no querían. Querían vivir sus vidas, tomar sus decisiones. No, no pienso interrumpir nunca más mis relaciones con Lucía, aunque tenga que pagar por ello el precio que sea. En mi corazón mando yo, no el Gobierno. No, Arturo, no es tan fácil. Martinelli no entró también en mi corazón, como dices. Martinelli fue una relación muy especial, inesperada, que jamás me pasó por la cabeza cuando acepté viajar a Roma. No fui a Roma a engañarte. Eso ocurrió porque ocurrió, pero no había premeditado nada. No, no lo quiero, como te quiero a ti. Eso no es verdad, Arturo, yo te amo, tú has sido siempre el hombre de mi vida. No, Arturo, no soy una puta, no me ofendas. Hablemos en calma. Siéntate, por favor. Ocurrió porque estaba sola en Roma, quizás porque emocionalmente lo necesitaba. Uno nunca sabe con toda claridad por qué actuamos de la manera que lo hacemos. Tal vez quería sentir emociones antiguas. Ya tengo cuarenta años, Arturo. No es falso que a esa edad de pronto el corazón da un vuelco. ¿Curiosidad? Algo de eso. Y necesidad de otra piel, y necesidad de halagos, y necesidad de experimentar una felicidad distinta. ¿Inseguridad? Naturalmente. Una ve que los pechos y las nalgas descienden, se hacen más fláccidas, y que el vientre pierde firmeza. Una sabe que las canas y las arrugas comienzan a asomarse. Una teme que va dejando de ser atractiva y quiere comprobar cuánto. Tienes razón: una también quiere saber si es capaz de seducir. ¿Cómo voy a querer hacerte daño? Yo no quería hacerte daño, Arturo. Jamás pensé que tú sabrías lo que había ocurrido en Roma. No, te equivocas, no pretendía humillarte. La relación con Martinelli, cinco días miserables, no eran contra ti, sino por mí. ¿Cómo me iba a burlar de ti junto a este italiano? Siempre le hablé de ti con mucho respeto y cariño y él siempre se refirió a ti en los mismos términos. Los dos entendíamos la diferencia entre la lealtad y la fidelidad. Yo te he sido infiel una vez, pero jamás he sido desleal contigo. Yo qué sé cómo era el pene de Martinelli. ¿Qué importa eso? No vuelvas a llamarme puta, Arturo, no degrades esta conversación. ¿Y tus infidelidades, Arturo? ¿Crees que yo no las conocía o no las intuía? Pero yo sabía, Arturo, que tú me querías, que podías ser infiel, pero no desleal. Sí, ya hemos discutido mil veces el tema de la asimetría emocional y sabes lo que pienso de eso. Ustedes tienen la necesidad de regar esperma y nosotras de sentirnos amadas, pero las dos son necesidades biológicas a fin de cuentas, son carencias. Las que los afectan a ustedes no son más poderosas que las que nos afectan a nosotras. Sabes que siempre te he dicho, y repito en las clases, que la exclusividad sexual es una convención social, no una pulsión natural de la especie. Tú, y yo, y todos, tenemos la necesidad biológica o psicológica de buscar otros brazos. Eso no es el fin del mundo. ¿Qué hicimos en la cama Martinelli y yo? Es increíble que me hagas esa pregunta infantil. Lo que hacen todas las parejas en el mundo. No te tortures pensando en eso. Quítate esas imágenes de la cabeza. Huye de ellas. Si necesitas saberlo, respóndete tú mismo: ¿qué hacías tú con las mujeres que alguna vez te llevaste a la cama? Lo mismo que hacías conmigo, Arturo. El sexo tiene unas limitaciones muy concretas. No, no voy a entrar en detalles contigo. No tiene ningún sentido que te cuente lo que pasaba en aquella habitación. Éramos dos adultos con experiencia, eso es todo. De acuerdo, Martinelli era un viejo. ¿Hubieras preferido que hubiese sido un joven y apuesto italiano? ¿Por qué me fui a la cama con un viejo? Porque yo no estaba buscando belleza física, ni a nadie que compitiera contigo. Tú eres mucho más apuesto que él. Sí, claro que a veces tenía remordimientos. Yo no soy una máquina programada con teorías psicológicas. Por supuesto que tengo conciencia y sabía que estaba mal lo que hacía, pero también sabía que es absurdo exigirles permanentemente a las personas un comportamiento que es contrario a la naturaleza humana. Lo que me parece terrible es que el Ejército y el Partido Comunista se inmiscuyan en las vidas privadas de los cubanos y decidan castigar las infidelidades de las mujeres de los dirigentes. Ésa sí es una cabronada. Lo que me parece intolerable es que existan criaturas repugnantes como el Monreal ese que me vino a ver. No, no tenían ningún derecho, Arturo. Tampoco es verdad que exista el honor colectivo. ¿A quién coño se le ocurre decir, en serio, que una institución, una abstracción jurídica, tiene honor? Honor tenemos tú y yo, pero ni tu honor depende de mi actuación, ni el mío depende de las cosas que tú haces, ni el de los dos depende de lo que podemos hacer con nuestros genitales. Te equivocas, yo sí tengo honor y no ha desaparecido por el episodio de Roma. Mi honor consiste en serte leal a ti y a mí misma en las cosas fundamentales de la vida. En tener valor para abrazar a mi hermana. En defender en la universidad las cosas en las que creo. ¿Cómo no vas a poder vivir tú con tu honor "manchado", como tú afirmas? No vuelvas a decirme que Graziella se hubiera avergonzado de su madre. Ése es un golpe bajo. Graziella está muerta y con ella se murió un pedazo de mi alma. Graziella, si hubiera crecido, habría sido una mujer inteligente y aceptante para entender las imperfecciones de las personas, sus caídas y sus errores. Yo me habría encargado de abrirle la mente para que no fuera una mujer estúpida e inflexible, porque, Arturo, fui yo quien siempre se dedicó a ella mientras vivió. Tú estabas demasiado ocupado haciendo guerras y salvando patrias por ahí, y era yo quien tenía que cuidarla, y hablar con ella, y leerle cuentos, y conversar, hasta lograr que fuera la personita maravillosa que llegó a ser. No, no la metas en esta pelea nuestra porque eso es una canallada. No, Arturo, ni te he llamado canalla, ni yo soy una canalla. Soy una mujer, coño, que una vez se dejó llevar por su corazón sin pretender hacerle daño a nadie. ¿Cómo no voy a llorar, Arturo? No puedo evitarlo. No, Arturo, no es verdad que las infidelidades no se pueden perdonar. Hay mil cosas peores que las infidelidades. ¿Y yo qué culpa tengo de que el Ejército y el Partido Comunista no permitan que sus dirigentes padezcan las infidelidades de sus mujeres mientras ellos, los machazos, tienen mil amantes y se vanaglorian de sus conquistas? Todos los ministros y todos los generales tienen amantes. ¿Acaso no lo sabes? No, no vuelvas a decirme que es distinto. Es distinto porque ésta es una sociedad machista de mierda, donde ustedes hacen las reglas a su antojo. ¿Y qué quieres que yo haga si tu ejército y tu partido te exigen que te divorcies para seguir formando parte de la pandilla? Tú eres quien tiene que tomar la decisión. No, yo no quiero que te divorcies de mí. Yo te amo. Te lo he dicho mil veces: tú eres el hombre de mi vida y comenzaste a serlo desde que yo era una adolescente. Pero yo no puedo decidir por ti. Eso es ridículo, Arturo, cómo se te ocurre que yo volvería a Roma a los brazos de Martinelli. Martinelli es un capítulo cerrado de mi vida y siempre lo fue. Jamás pensé que esa relación iba a tener continuidad. Me alegro oírte decir que no puedes vivir sin mí. En el perdón y la reconciliación hay siempre un elemento valioso. ¿Y por qué tienes que dejar el Ejército y el Partido? ¿Por qué tienes que optar? ¿Qué coño le importa al Gobierno cómo tú y yo convivimos? ¿No puedes dejarme a mí ni tampoco al Ejército? No, Arturo, yo no te he buscado el infierno en que estás viviendo. Quien te lo ha buscado es este imbécil gobierno que se dedica a espiar la vida privada de las personas y que te exige que hagas lo que no quieres hacer. No me grites, Arturo. No te pongas violento.

—Cállate, Nuria, cállate, coño —le dijo Arturo poniéndose de pie, desenfundando la pistola y apuntando a la frente de Nuria.

—No, Arturo, no me mates —imploró Nuria mientras todos sus músculos se tensaban hasta el dolor.

—Cierra los ojos, Nuria —le ordenó Arturo como si se tratara de un prisionero de guerra al que se proponía ejecutar.

—No, Arturo, no me mates —volvió a implorar Nuria, ya con los ojos cerrados, mientras una lágrima le surcaba la mejilla, a la espera del balazo que pondría fin a su vida.

La detonación estremeció la casa e inmediatamente un cuerpo cayó como un saco de plomo. Cuando Nuria abrió los ojos vio el cadáver de Arturo. La bala le entró por el parietal derecho y le hizo añicos la bóveda craneana. La pared y el suelo estaban manchados por la sangre y la masa encefálica. Los sollozos se le agolparon a Nuria en la garganta y le impidieron gritar. Así estuvo unos minutos hasta que pudo caminar como un zombi hasta el teléfono.

*　*　*

Al velorio del coronel Arturo Gómez acudieron muchos de sus amigos y compañeros del Ejército y del Partido. Por una maldita casualidad, lo velaron en el mismo recinto en el que Nuria había llorado a Graziella. Nuria, vestida de negro, envejecida hasta la ancianidad, lloraba copiosamente y repartía abrazos, daba la mano, o inclinaba la cabeza sin reconocer los rostros borrosos o las palabras huecas que escuchaba, acaso con la excepción de Eduardo Berti, el viejo amigo, quien también tenía los ojos intensamente rojos. Le pareció que el capitán Monreal se acercó a ella y le dijo en un tono confidencial: "La versión que hemos difundido esta mañana afirma que el coronel Arturo Gómez, desesperado por los dolores sin alivio que le provocaban viejas heridas de guerra sufridas en heroicas misiones internacionalistas, se había quitado la vida tras dejar una carta en la que manifestaba su devoción por su familia, el Ejército, el Partido y la Revolución". Nuria, aturdida, lo miró con una expresión tan fatigada que ni siquiera quedaba espacio para el odio. Sólo sentía unos ardientes deseos de escapar de aquel lugar, de aquella isla, de su propia vida.

APÉNDICE/EXPEDIENTE
3443/83

Se adjunta al expediente la copia fotográfica de las cartas manuscritas del profesor Valerio Martinelli a la compañera Nuria Garcés. Se ordena que esta documentación sea clasificada como ultrasecreta y sólo pueda acceder a ella quien posea autorización firmada del Ministro del Interior.

Querida Sherezada:

Tras tu salida de la habitación sentí una especie de éxtasis. Cuando acerqué mi boca a tu oído y te pedí que abrieras las piernas, sabía que te sentirías muy excitada y ése sería el comienzo de una relación apasionada. Me obedeciste (de paso, descubriste que te gustaba obedecerme). Te desnudé y me desnudaste ansiosamente. Me volvió loco sentir en mis dedos la humedad de tu sexo. No he podido quitarme tu imagen de la cabeza, Sherezada, acostada boca abajo, con las piernas abiertas, mientras yo ocupaba todo tu sexo con mis dos pulgares profundamente encajados, y con el resto de ambas manos te apretaba fuertemente el pubis y las nalgas. Podía oírte gritar de placer. Podía sentir cómo te "venías" (esa fue la palabra que usaste) profunda e intensamente una y otra vez, como si saber que habías perdido el dominio de tu sexo, secuestrado por tu amante, aumentara tu sensibilidad y placer.

No era una buena idea, Sherezada, darte mi semen. La primera entrega de unos amantes que desean, realmente, descubrir el placer sexual y grabarlo para siempre en el recuerdo, no puede centrarse en la eyaculación rápida del varón. Es posible que un episodio de esa naturaleza, aunque muy grato en el instante en que sucede, obstruya otras experiencias posteriores mucho más provechosas. Mi proyecto contigo era otro, más lento y demorado, y se basaba en los mecanismos de las tres memorias que el cerebro nos depara y que yo he estudiado cuidadosamente en el laboratorio de mi universidad.

El experimento lo he llevado a cabo con estudiantes, hembras y varones, y los resultados invariablemente son los mismos. Tras una conversación relajante, y tras inyectarles una inocua sustancia de contraste que se percibe en el escáner, les he pedido a los sujetos que me narren una experiencia sexual placentera en la que intervinieron sus dedos. El ejercicio consistía en que ellos intentaran reconstruir mentalmente las sensaciones táctiles, por ejemplo, cuando se masturbaban o masturbaban al compañero o compañera de cama, o cuando se acariciaban la piel propia o la del otro.

En la medida en que relataban el episodio, veía con toda claridad cómo se iluminaban ciertas partes del cerebro. Después les pedía que repitieran el ejercicio, pero que se olvidaran de los dedos y focalizaran la memoria en su lengua: que me describieran cuando entraban en la boca de la persona amada, cuando la recorrían, cuando lamían su sexo o sus pezones. Entonces descubrí que era otra distinta la zona iluminada del cerebro. Por último, el sujeto debía aguzar la memoria y recordar un olor íntimo de la persona amada: su ropa, su piel, su sexo. Y volvía a suceder exactamente lo mismo: era una tercera zona del cerebro la que se ocupaba del olfato.

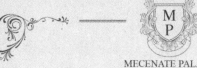
Hay, pues, Sherezada, tres memorias diferentes asociadas al sexo, y yo comencé a soñar con una primera relación contigo encaminada a forjar en mi cerebro un lazo que grabara para siempre tu recuerdo, como quien lleva en el brazo o en el pecho el tatuaje del rostro del ser querido. Era, sencillamente, una forma de atraparte para siempre dentro de mí, como si estuvieras encerrada en una celda a la que te asomabas por tres ventanas luminosas: tu recuerdo trenzado entre mis dedos, en mi lengua y en mi olfato.

Te sorprendió, en fin, que no quisiera eyacular dentro de ti y te mencioné la historia de los azande. Te la voy a contar con más detalle. Es interesante y me gusta compartirla contigo. Tras leer un ensayo del antropólogo Pierre Ricard (contradictor de Evans-Pritchard en muchos aspectos) sobre esa curiosa, feroz y pequeña tribu de Sudán, descubrí que las mujeres de esta etnia tenían el mayor índice de estimulación erótica del planeta y los deseos sexuales más agudos y pertinaces.

¿Por qué? Ocurría que los hombres azande, unos guerreros terribles, pensaban (y ellas creían) que el semen era un elemento sagrado que daba la vida, curaba las enfermedades y conectaba con los dioses en el momento del orgasmo. Y como los hombres azande se sabían poseedores de algo tan valioso, habían decidido, desde tiempos inmemoriales, entregarles el semen a sus mujeres en sólo contadas ocasiones y con el exclusivo propósito de procrear.

Los azande, además, cada uno de ellos, contaban con escuderos adolescentes que los acompañaban en las batallas y les servían de ayudantes mientras se preparaban para ser guerreros ellos mismos. Estos escuderos vivían en el hogar rigurosamente monógamo de los azande, junto a la pareja y los pocos hijos concebidos por ella.

El ritual, que tenía lugar dos veces a la semana, generalmente al atardecer, después de las cacerías, era siempre el mismo: a una orden del guerrero, el escudero -que entre sus funciones litúrgicas tenía la de servir a su señor como asistente sexual- frotaba con los dedos la vagina de la esposa de su jefe y luego le lamía el sexo y el ano, como era natural entre todos los mamíferos del villorrio, hasta que por la abundante lubricación comprobaba que estaba bien estimulada. En ese momento, le avisaba a su jefe con un lacónico ya. A partir de ese instante, el guerrero, que había estado mirando la operación y acariciándose el miembro suavemente, mientras el escudero preparaba a su mujer para la penetración, pasaba a poseerla con una actitud totalmente profesional, casi siempre desde atrás, ella colocada de espaldas y sobre las rodillas -también como los animales del caserío-, pero un instante antes de eyacular el guerrero le hacía una seña al escudero que acudía solícito. El guerrero entonces le introducía

el pene en la boca al muchacho y descargaba todo su semen. El escudero se lo tragaba, poniendo mucho cuidado en que no se derramara una sola gota de aquel líquido sagrado que lo mantenía unido y subordinado a su maestro y protector, y mucho menos que fuera a caer sobre la piel de la mujer. La hembra azande, quedaba, pues, deseosa y excitada, a la ansiosa espera de que, en alguna oportunidad, el semen de su pareja realmente la impregnara en el momento en que ella alcanzaba el orgasmo o que, al menos, le permitieran paladearlo en su boca.

La hipótesis del antropólogo Ricard, según aprendí de sus enseñanzas, como te conté, era que las mujeres azande estaban permanentemente calientes y expectantes porque deseaban ardientemente el semen de sus parejas. Eso explicaba los altos niveles de progesterona, las fantasías sexuales que contaban constantemente, y la costumbre que tenían de masturbarse ellas solas, generalmente con el mango del azadón, o unas a otras, como forma de desfogar sus deseos permanentemente insatisfechos.

Mañana, Sherezada, tendrás más deseo de recibir mi semen que el que hoy sentiste. Te contaré cómo será nuestro próximo encuentro. Hagamos un ejercicio de anticipación que aumentará el goce de nuestra próxima cita. Si la primera vez que nos acostamos nos excitó la incertidumbre de no saber cómo se desarrollaría nuestra relación, ahora sucederá a la inversa: nos estimulará saber exactamente lo que ocurrirá entre nosotros. Primero, mi dedo jugará con tu clítoris mientras te hablaré al oído quedamente. Luego te pediré que tú misma disfrutes la experiencia de sentir cómo mi pene se endurece dentro de tu boca. Cuando la erección sea suficiente para penetrarte, Sherezada, te acostaré boca arriba y pondré bajo tus nalgas una pequeña almohada que elevará tu pelvis, me colocaré sobre ti y comenzaré a acariciar con mi pene la entrada de tu vagina. Frotaré la cabeza contra el clítoris, recorreré de arriba hacia abajo varias veces tu sexo, comprobando cómo se humedece cada vez más, esperando que me pidas con la mirada y con tus gemidos que te penetre con la misma pasión con que hoy me rogabas que te empapara con mi semen. Cuando observe, Sherezada, que estás verdaderamente excitada, te penetraré hasta el final y volveré a moverme rítmicamente dentro de ti, como ocurrió hoy, al tiempo que te rogaré al oído que te "vengas" junto conmigo, para que tu orgasmo sea acompañado por un chorro de semen caliente.

¿Qué ocurrirá? Lo sé: muy excitada, no tardarás en percibir que el éxtasis, efectivamente, llega, pero no como una sensación de golpe, sino, otra vez, como oleadas de contracciones sucesivas. Me vengo —gritarás, me vengo—, repetirás en voz alta, una y otra vez, mientras te morderás los labios. "Yo también me vengo", te contestaré, y en ese instante no querré evitar que el semen brote no sólo desde las profundidades de mi cuerpo, sino también desde el fondo de mi alma.

A los pocos segundos estaremos desfallecidos y entrelazados, felices y enamorados tras el prolongado orgasmo compartido. Así estaremos un buen rato, abrazados y sin decir palabra.

Cuando nos repongamos, Sherezada, tú recostada sobre mi pecho, seguramente me preguntarás si pensaba que el semen tiene, realmente, un componente erótico más allá de la fisiología, como suponía el antropólogo mencionado. Te explicaré que sí. Que la naturaleza, al preparar a la mujer para la maternidad, la había dotado psicológicamente de la necesidad de desear el semen dentro de su vientre.

Tú —te diré—, Sherezada, en este momento, estás empapada de mi semen. Mi semen se habrá mezclado con la humedad caliente de tu vagina y eso te gustará. Entonces te masturbaré con mi propio semen, y te introduciré el dedo en tu vagina empapada. Te retorcerás de placer, Sherezada. Te gustará saber que estás llena de mi semen, y te complacerá mucho que te frote el clítoris y los labios de la vagina con esa sustancia tibia que tanto habías deseado.

Pero cuando más excitada te sentirás será cuando descienda a tu sexo nuevamente y comience a lamerte el clítoris y la vagina. En ese momento, en mi boca se mezclarán la saliva, el semen y tus abundantes secreciones, y eso te producirá un indescriptible placer. Tardarás sólo pocos segundos en volver a alcanzar el orgasmo, y yo sentiré con alegría tus contracciones en mi lengua y en mi rostro.

Inmediatamente, me alzaré a tu altura, Sherezada, para ver tus ojos. Estarás bella, exhausta y sudorosa, como estuviste hoy. Te sentirás perdidamente enamorada y mimosa. Te besaré en los labios profundamente. Querré compartir contigo todas las humedades, sabores y olores que atesoraba en mi boca. Ese intercambio de semen, saliva y dulces secreciones vaginales, como si se tratara de una sustancia sagrada, será una forma pagana de íntima comunión entre dos amantes que en ese instante sentirán quererse intensamente. Hundirás tu lengua en mi boca y yo te abrazaré con fuerza. Pensarás, entonces, que nunca habías sentido nada semejante y me dirás, con picardía, que comienzas a tomar en serio la extraña historia de los azande.

Te ama,

tu Sultán

Sherezada querida:

Fue una grata sorpresa encontrar bajo la puerta el sobre con tus fotografías íntimas. No las esperaba. La nota que las acompañaba, con esos trazos rápidos y elegantes con que escribes, me pareció persuasiva y muy tuya, aunque innecesariamente defensiva: "Lo que hace pornográficos o eróticos a los desnudos es el sitio en que aparecen y la forma en que te llegan a las manos. Es cierta la confusa frase de McLuham de la que te reíste la otra noche: el medio es el mensaje. Estas fotos, en una revista, podrían resultar pornográficas. En un sobre personal, deslizadas bajo tu puerta confidencialmente, con el ruego de que las destruyas tras mirarlas, son una delicada prueba de amor y de confianza. No creo que exista un regalo más preciado y valioso que el pudor propio. Con estas fotos te lo entrego todo y, no sé por qué, siento al dártelas un inmenso placer físico localizado, como te gusta decir, al sur de la cintura".

Me habías contado que trajiste las fotos a Roma, pero pensé que sólo querías encender levemente mi lujuria con la noticia de que existían y estaban en tu poder y a mi posible alcance. Esa noche, durante la cena, me dijiste, enfáticamente, o resignadamente (no supe descifrarlo), que el sexo o era kinky o no era sexo. Estuvimos de acuerdo en que las relaciones sexuales realmente placenteras se montaban sobre una estructura jerárquica de entrega y posesión. Tú gozabas, aseguraste, con el acto de entregarte, como si toda penetración fuera una violación querida o, a veces, suplicada. Yo admití que mi mayor placer derivaba de hacerte mía en el sentido exacto de la frase: poseerte en la cama física, emocional y materialmente. En todo caso, además de esa voluntad tuya de darte, y de complacer mi necesidad de posesión y dominio, de acuerdo con tu nota interpreté el regalo de tus fotos como un generoso gesto de amor mezclado con la pícara intención de excitar mi sexualidad. Algo así como el juego nada inocente de abrir y cerrar las piernas rápidamente en un movimiento de abanico. Visto y no visto.

Creo que la idea de obsequiarme esas cálidas imágenes tuyas se te ocurrió cuando te contaba mi curiosa experiencia en la casa de Jacques Lacan en París. Lo observé en tu mirada mientras yo hablaba. Había ido a visitar a Lacan para conversar sobre su teoría del lenguaje en el psicoanálisis, pero el psiquiatra no estaba y me atendió su mujer, Sylvia Bataille, una extraordinaria actriz que conservaba cierta belleza y el apellido de Georges, su primer marido, el notorio escritor con fama de pornógrafo, tal vez más apreciado por su audacia que por su prosa. Pasar del lecho de Bataille al de Lacan debe haber sido una intensa experiencia intelectual y física para aquella encantadora mujer, aunque, a decir verdad, ninguno de los dos maridos se refirió a ella en los papeles que dejaron escritos, acaso por un pacto entre caballeros, o tal vez porque ella misma solicitó ese discreto silencio.

La charla con Sylvia Bataille, como te relaté, comenzó por mi presentación profesional. Le expliqué sobre mis estudios sobre el lenguaje, el sexo y el papel que juegan las imágenes y las palabras en la aparición del deseo, y mi interés en las ideas siempre originales de Lacan a propósito de los oscuros asuntos de la conciencia. Fue entonces cuando la señora Bataille, inesperadamente, con una mirada chispeante, como de picardía, tras ordenarme con amabilidad que la llamara Sylvia, me preguntó si quería ver un cuadro extraordinario que reunía todos esos elementos y que nunca había sido exhibido en exposición de arte alguna. Le dije, naturalmente, que sí; me tomó de la mano y me llevó a una habitación contigua, donde había un óleo realista de mediano tamaño que mostraba la vulva de una mujer joven, a la que no se le veía el rostro, echada en una cama. La mano de Sylvia, ya agrietada por los años, pero todavía hermosa, sudaba nerviosamente.

Es El origen del mundo, de Gustave Courbet, me dijo, y luego me contó que fue el obsequio que le dio Lacan cuando se comprometieron, aunque era, en realidad, un regalo para avivar el fuego de la fantasía sexual de ambos. Ella venía, como era conocido, de la relación con Bataille, un erotómano consumado, y estaba

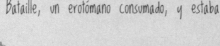

segura de que los vínculos con su nuevo amante, un hombre mucho más frío y cerebral, sin duda más culto e inteligente, aunque menos intuitivo, sólo podían sostenerse si consagraban el hogar recién estrenado a una deidad, la diosa-coño, capaz de mantener la tensión sensual en la pareja. Sylvia, incluso, rió al agregar que hasta habían pensado en colocar una lámpara votiva debajo del óleo, como se hace con las imágenes de las que esperamos milagros y prodigios.

La historia del cuadro, que es la historia del coño de Johanna Hefferman, en su día había sido la comidilla de París. Johanna, a la que Courbet llamaba Jo, una bella modelo irlandesa —de cabellera pelirroja y pubis oscuro—, impulsiva y ardiente, era la amante del pintor norteamericano James McNeill Whistler, un brillante discípulo y admirador de Courbet que llegó a ser uno de los grandes pintores del XIX. Whistler había accedido a prestarle a Jo a su maestro para que le sirviera de modelo, bajo el caballeroso entendido de que ejecutaría un desnudo inocente y poético en el que una lánguida muchacha jugaba con un pájaro.

Courbet, en efecto, pintó Mujer con cotorra, pero, secretamente, en 1866 consumó otro lienzo que no estaba previsto: El origen del mundo, el primer retrato de la vulva de una hembra que registra la historia de la pintura, demasiado sensual para ser una ilustración anatómica, y demasiado realista para comparecer sin rubor en medio del inocente ámbito doméstico. Se trataba, además, de una imagen que sólo podía haber sido pintada después de un encuentro sexual, porque aquella postura obscena de Johanna era otra forma de entre-

ga a un amante que, sin duda, acababa de poseerla. Whistler, que vio el cuadro cuando estaba terminado, pese a sus costumbres libertinas, no soportó la humillación de que el sexo de su compañera hubiera sido inmortalizado por el gran Courbet, y enterró para siempre ambos afectos.

Sylvia Bataille sabía y me comunicó todos los detalles de aquel secreto episodio. Al taller de Courbet había llegado un asombroso millonario turco llamado Khalil Bey, seductor y bon vivant, coleccionista de desnudos, afición debida, según confesara en medio de grandes carcajadas, a que padecía la compulsión de masturbarse constantemente, y necesitaba estímulos eróticos cada vez más exigentes. Bey había comprado cuadros clásicos y románticos de Ingres y de Delacroix, pero deseaba un lienzo que trascendiera los límites de la hipócrita inspiración pseudorreligiosa y los temas mitológicos. No resistía otra Leda y el cisne, y la perversa representación de Cupido ya no era capaz de estimular su legendaria pedofilia (que también padecía, y a la que llamaba "mi herencia turca", como si fuera una fatalidad genética). Fue entonces cuando Bey oyó hablar de Courbet y de la inclinación del pintor a epatar a la burguesía parisina.

Incluso le mencionaron a Johanna, la modelo irlandesa de bellos ojos azules, cabellos de azafrán y rostro más cercano al cuadrado severo que al óvalo tranquilizador y obediente.

Bey conoció a Courbet y a Johanna, su modelo, y les explicó al pintor y a la muchacha lo que deseaba con vehemencia y por lo que estaba dispuesto a pagar una considerable cantidad de dinero: no quería el cuerpo entero de Jo. Ni siquiera los senos eran importantes. Lo único que deseaba era un retrato sincero y franco de su vulva, pero con una condición esencial: debía pintarla tras haber sido penetrada por Courbet. Bey necesitaba saber que aquel sexo entreabierto fuera un sexo satisfecho, humedecido por el semen del pintor y agotado tras las contracciones del orgasmo. Pero todavía existía otra condición más delicada: Bey debía estar presente cuando Courbet copulara con Jo, y luego durante las sesiones en las que la pintaba. No deseaba participar, sino sólo mirar, y ni siquiera por el disfrute pasivo del voyeur, sino por otra razón más inquietante. Quería estar seguro de que aquel sexo virtual que compraba para alegrar sus noches de solitaria lujuria era un sexo feliz y enamorado.

Sylvia Bataille estaba convencida de que así había sido pintado el cuadro, y le parecía entender la lógica del turco, porque ella también había encontrado en la lectura de La historia del ojo, la novela erótica de su primer marido, una extraña fuente de placer permanente. La idea de Georges Bataille imaginándose, excitado, las aventuras de Simona y Marcela, dos jóvenes que realmente existieron, acababa por estimularla a ella mientras hacía el amor con Lacan. El ménage à trois no se daba en la misma cama con los dos aman-

tes, sino participando los tres de la misma fantasía que un día había calentado la entrepierna de Bataille. ¿Cómo no comprender, entonces, a Bey? Cada vez que el turco contemplara el sexo de Jo colgado en la pared de su habitación, inmediatamente recordaría la imagen de Courbet cabalgando a la irlandesa, y sabría que ese sexo pintado era mucho más que pigmento sobre tela. Allí existía vida, allí estaba la huella del semen caliente dentro de la carne tibia. Bey había visto a la pareja estremecerse de placer y la había escuchado a ella gritar "¡Dios mío!", cada vez que se venía, y fueron varias las veces en que los temblores de sus piernas delataban la llegada en cascada de orgasmos cada vez más intensos y continuos.

Tus fotos, Sherezada, sin duda, son más eróticas que el cuadro de Courbet. Me encanta ésa en la que dejas ver tu torso desnudo y tu rostro ligeramente sonriente. Sé que no te gustan demasiado tus senos pequeños y algo caídos, pero yo los encuentro deliciosos. Deliciosos para mirarlos. Deliciosos para recorrer los pezones con delicadeza empleando para ello la punta de la lengua, y para acariciarlos con las yemas de los dedos.

Me gusta también esa otra imagen en la que tu abdomen ocupa la porción central de la fotografía, mientras tu rostro se oculta en una semipenumbra que deja ver y esconde tu cara simultáneamente. En ésta, tu pubis se insinúa con agresividad, como pidiendo a gritos que lo acaricien, que lo besen, y que una lengua lo penetre profundamente tras lamerlo con fruición. Creo que puedo adivinar la tensa atmósfera en que se tomó esa foto, al calor emocional de la transgresión que muy pronto mojó tu sexo, levantando esas secretas compuertas a las que sueles referirte.

En otra pose, te veo de espalda, desnuda, y me encantan tus nalgas y tus muslos, pero no puedo evitar tratar de imaginarme lo que pensaba el anónimo fotógrafo para el que posaste (no me dijiste quién hizo las fotos para estimular mi imaginación). "La mirada es la erección del ojo", solía decir Lacan. ¿Te miraba lujuriosamente, como a una hembra a la que deseaba poseer, o sólo eras para él un objeto hermoso, integrado en una especie de bodegón de carne? ¿Pensó el fotógrafo en Bataille y en su recurrente preocupación con el culo cuando te retrató? ¿Se le ocurrió que el sexo anal contigo podía convertirse en un placer extraordinario? Quién sabe lo que transitó por su mente. Quién sabe lo que luego pasó por su mano tras la sesión de fotografías, cuando el trabajo profesional finalizó y sólo quedaron en su memoria el silencio, tu cuerpo desnudo y los relámpagos de la cámara que rompían la monotonía de aquel espectáculo hermoso y azorado.

Sin embargo, igual que le sucedía al turco Bey, de todas las fotos la que más me estimula es la de tu coño, ésa en la que posas frente a la cámara con las piernas abiertas y con el dedo medio acaricias tu clítoris. No se ve tu rostro, como en el cuadro de Courbet, y los senos se asoman vaga-

mente, pero el erotismo que transmite es extraordinario. La densidad de tu vello púbico es menor. En época de Jo las mujeres no solían rasurarse, y nadie había hablado nunca del coño brasilero. ¿En qué momento tomaron esa foto? ¿Ibas a comenzar a masturbarte, a autosatisfacerte, como te gusta decir, o ya habías terminado? O no se trata de nada de eso y el dedo, ingenuo y lánguido, descansa inocentemente sobre el clítoris sin ningún propósito. Pienso que no. Creo que el dedo, tras pasar por tu boca, ya ha recorrido suavemente los labios mayores y menores, ha entrado en la vagina para humedecerse, y luego ha lubricado el clítoris con un suave movimiento circular que ha ido acelerándose al ritmo de tu deseo, hasta que alcanzaste un orgasmo prolongado y espasmódico. ¿Habrás dicho, "Dios mío", cuando te venías, como Jo mientras follaba con Courbet? No puedo saberlo. Me gustaría saberlo. Has sido, sin embargo, muy cortés remitiéndome las fotos. Muy generosa y tierna. Abrirme tus pier-nas en esas imágenes era otra manera de entregarte a mí. Cuando a Courbet le preguntaron por El origen del mundo, recor-dó la frase famosa de Flaubert cuando trataron de averiguar quién era Madame Bovary: "yo soy Madame Bovary", dijo Flaubert. "Yo soy el coño" dijo Courbet. Yo soy tu coño, Sherezada, porque me lo has dado en

esas fotos y se ha fundido conmigo. Me he perdido en su cálida humedad como quien desaparece para siempre en un sueño oscuro y delicioso.

Te ama,

tu Sultán

Querida Sherezada:

¿Por qué afirmo que tu vulva es hermosa? Ya te lo contaré al final de esta carta. Me gustó oírte decir que habías alcanzado conmigo ciertos niveles de goce que no conocías, pese a tu larga experiencia en la cama. Era mi manera de darte algo. También sé, porque lo subrayaste para que no existieran equívocos, que estás felizmente casada con un hombre bueno y valiente, un militar intrépido a quien amas, aunque ahora esté lejos, destacado en África, peleando en una guerra extraña. Fue tal el entusiasmo que pusiste en su descripción que conseguí admirarlo.

Tampoco olvido que me aclaraste que tu marido es un amante complaciente y eficaz con el que sueles disfrutar frecuentemente. No lo dudo. No padeces el menor síntoma de frigidez. Supuse que era una información importante que me dabas, seguramente escogida para establecer los límites de nuestra relación, y para negar que tu presencia en mi lecho se debiera a alguna suerte de insatisfacción profunda. No la tenías. No era eso lo que te impulsaba a mis brazos. En realidad, ninguno de los dos sabíamos con total claridad por qué acabamos desnudos y trenzados en una cama.

Da igual. Los deseos ocupan una zona opaca de la conciencia. ¿Y yo por qué te amo? Tampoco sé. Te he dicho, y es cierto, que mi mayor placer es darte placer y eso requiere, por mi parte, una cierta capacidad de observación. Pero no creas que se trata de una especie rara de generosidad. Tal vez es sólo otra expresión del egoísmo. Quizás verte y oírte gemir cuando alcanzas el orgasmo me confiere algún poder sobre ti, y acaso eso me hace feliz. Supongo que el amor es también eso. No lo sé. De ahí que nuestro primer encuentro, por mi parte, tuviera mucho de exploración. Quería conocer tu umbral de excitación. Hace años, en el primer experimento que dirigí en Roma, poco tiempo después de graduarme, comprobé que absolutamente todas las mujeres reaccionaban de diferentes maneras a los mismos estímulos sexuales.

Hubo un pequeño escándalo por el tipo de investigación que llevamos a cabo, y una protesta formal del Vaticano, pero seguimos adelante. Se trataba de analizar las reacciones de treinta y nueve estudiantes de Psicología, todas mujeres de entre veintitrés y veintisiete años que tenían pareja estable y bastante experiencia sexual previa, a las que les pedimos que se masturbaran mientras leían pasajes

MECENATE PALACE

de un texto erótico que yo había seleccionado de una vieja novela pornográfica titulada Memorias de una princesa rusa, inspirada en Catalina la Grande. Inmediatamente les medimos los niveles de inflamación de la vulva, la coloración de los labios mayores y los índices de secreción interna.

Las treinta y nueve estudiantes —con sus electrodos externos colocados en la cabeza— reaccionaron de manera diferente (algunas no alcanzaron el orgasmo y otras reportaron varios), pero la totalidad coincidió en algo fundamental: durante la masturbación todas se concentraron en el clítoris. Cuando les preguntamos por qué no se introdujeron el dedo respondieron que no lo encontraban especialmente placentero. Incluso, las que en sus hogares utilizaban vibradores, nos contaron que preferían presionar el clítoris y no adentrarse en la vagina, aunque luego admitían que, cuando se trataba del pene en relaciones convencionales, la reacción solía ser diferente. Los movimientos del pene dentro de la vagina sí les provocaban los orgasmos que no alcanzaban cuando introducían el vibrador.

La investigación me resultó doblemente interesante. Por un lado, medía la importancia epidérmica de la caricia clitórica, pero, por otra, las ondas cerebrales registraban una rara intensidad ante la sola presencia de la palabra clítoris. Cada vez que aparecía en el texto, era como si la mera enunciación del vocablo disparara un secreto mecanismo de excitación erótica. Luego, en la conversación con las estudiantes, pude averiguar las razones: casi ninguna tenía una idea muy clara de la anatomía o la "normalidad" de su propio clítoris. Estaban conscientes de tener senos o nalgas grandes o pequeñas, no ignoraban si su pubis era más o menos velludo, o su vagina más o menos ancha o estrecha, pero al no tener punto de comparación, y, en algunos casos (la mitad de las encuestadas), al ni siquiera haberlo contemplado en un espejo, no podían saber si su clítoris tenía el tamaño, la consistencia o la apariencia que se supone que debería poseer. Esa incertidumbre, paradójicamente, se transformaba en una forma de excitación, dado que no dejaba de ser una gran ironía que el centro del placer femenino estuviera misteriosamente oculto a las mujeres.

No es verdad que todos los orgasmos son clitóricos o vaginales. Esa es una sutil diferencia inventada por la desbocada imaginación de Freud, quien suponía que, con la maduración emocional y física, el placer debía trasladarse del clítoris a la vagina. El clítoris —y el tuyo, Sherezada, cuya memoria con-

servo en el paladar, el olfato y el tacto, créeme que es delicioso— es el extremo exterior de un vasto órgano lleno de ramificaciones nerviosas que incluye los labios y el tejido interior de la vagina. Parece que el origen griego de la palabra designa un pequeño promontorio, o quizás se origina en una diminuta deidad mitológica, pero es un error anatómico figurarse que se trata de un órgano independiente. Segregar el clítoris del conjunto genital es tan arbitrario como pensar que la falange del dedo meñique no forma parte de la mano o ésta del brazo.

En Santander, España, hace muchos años, mientras acudía a unos cursos universitarios de verano, conocí a una bella etíope, actriz de reparto condenada a papeles exóticos, refugiada en Europa desde la adolescencia, que había adoptado el nombre castellano de Bienvenida Pérez. La hermosa negra, juerguista y gozadora, tenía una colección de amantes latinoamericanos y españoles (me juraba, y no le creí, que yo era el primer italiano que pasaba por su alcoba), que se referían a ella como "la tres nombres". Cuando pregunté por qué, me lo explicaron regocijados:

aunque Bienvenida había sufrido en su país la ablación del clítoris (operación espantosa que realizó su
propia abuela con unos instrumentos espeluznantes),
conseguía disfrutar tan intensamente en la cama que
los amigos la llamaban, y ella se reía, la Bien
Venida, la Bien Llegada o la Bien Corrida, dependiendo de la zona a que pertenecía el dichoso
hablante que se la había tirado.

Sigmund Freud, que sólo tenía una vaga idea de
la anatomía y la fisiología pélvicas, les hizo un daño
terrible a las mujeres con sus audaces elucubraciones
sobre el orgasmo, el clítoris y la vagina, pero la
gran ironía es que la dama con la que fue más
devastadoramente cruel resultó ser quien más lo
admirara y la que más lo ayudó en el peor momento de su vida: Marie Bonaparte, descendiente directa de un sobrino de Napoleón y esposa del Príncipe
Jorge de Grecia, matrimonio que la convirtió en
princesa de Grecia y Dinamarca, multiplicando su ya
abultada fortuna. La historia me la relató en detalle
Lydia Marrero, una notable escritora cubanofrancesa
a quien traté en París cuando ella ya era muy
anciana y yo un desconocido neurolingüista italiano, en
aquella época interesado en el lenguaje yoruba y la
mitología afrocaribeña.

Lydia, a fines de la década de los veinte, muy
joven, muy brillante y muy hermosa, siempre vestida
con un toque varonil, había conocido en Francia a

Marie Bonaparte, fundadora de la entonces novísima Sociedad Psicoanalítica de París. La princesa, también muy atractiva, acababa de psicoanalizarse con Freud en Viena, en cuyo diván le puso al tanto de su compleja, peculiar y angustiada psiquis. La princesa era profundamente desdichada en la cama. Su esposo era homosexual —lo que no les impidió procrear dos hijos—, mientras ella se sentía bisexual de un modo culpable, pues los múltiples y notables amantes con los que se acostaba, incluido Aristide Briand, Primer Ministro de Francia, y Rudolf Loewenstein, su colega (y luego maestro inestimable de Jacques Lacan), no conseguían satisfacerla totalmente, circunstancia que la llevó a la convicción de que padecía una severa forma de frigidez de la que acaso el profesor austriaco podía librarla por medio del psicoanálisis.

Freud la escuchó atentamente durante múltiples sesiones, desarrollaron entre ellos una profunda simpatía —rapport, le llamaba—, y consiguió hurgar en el pasado infantil de la princesa hasta descubrir el previsible trauma: Marie Bonaparte, muy niña, había visto copular a una pareja, y la impresión del pene penetrando en la vagina le había provocado una secreta y reprimida envidia, dado que ella carecía de un órgano semejante capaz de dispensar y recibir placer simultáneamente, como si fuera la vara divina de un mago omnipotente. Marie, pues, tras el hallazgo y la catarsis correspondiente, de acuerdo con el guion freudiano, debía estar totalmente curada y lista para alcanzar los anhelados orgasmos.

Pero no sucedió así. Tras terminar de psicoanalizarse, estaba exactamente en el mismo punto de partida: no conseguía disfrutar plenamente en la cama, lo que también la hizo dudar de la teoría de su admirado Freud sobre el orgasmo maduro, que debía obtenerse en la vagina, o el inmaduro, casi infantil, provocado por la ultrasensibilidad del clítoris. ¿No sufriría, acaso, de algún defecto físico, de alguna disfunción fisiológica provocada por una anomalía anatómica? ¿Y si el origen del problema fuera la distancia entre el clítoris y la entrada de la vagina, que a ella, en su caso, se le antojaba demasiado extensa? ¿Por qué no investigarlo? Marie Bonaparte decidió medir personalmente ese espacio en mujeres orgásmicas y anorgásmicas y, después de varias docenas de indagaciones sobre las que llevó un minucioso registro, llegó a una conclusión desoladora: su problema era físico.

Regresó al diván de Freud y le relató su hallazgo con cierto nerviosismo. El psicoanálisis no había

podido curarle su frigidez porque el origen era anatómico: su clítoris, afirmaba, estaba demasiado alejado de
su vagina. El profesor la escuchó desalentado. ¿Por qué
había fallado el psicoanálisis? ¿Sería verdad que existía
un impedimento orgánico? ¿Estarían equivocadas sus conjeturas sobre el orgasmo maduro o sobre la envidia del
pene? ¿Tal vez la impotencia y la frigidez tenían un
origen fisiológico? El profesor se sentía perplejo. Dudaba
de sus propias teorías.

No obstante, alegó Marie Bonaparte, había esperanzas, aún si el problema era físico. Otro austriaco, el
Dr. Halban, era un notable cirujano ginecológico que
podía trasladarle el clítoris y colocarlo más cerca de la
abertura vaginal. Lo había hecho antes de manera
exitosa en varias ocasiones. Marie Bonaparte, que soñaba con tener mil orgasmos, se llenó de esperanzas.
Jorge, su comprensivo marido, también la estimulaba.
Freud, sin embargo, opuso cierta resistencia a la idea.
De alguna forma, si Marie Bonaparte lograba curar su
frigidez con aquella operación, una parte sustancial
de sus teorías quedaban desmentidas.

Según Lydia Marrero me contara (y sospecho que ella pudo verla desnuda, extremo que se desprendía de la conversación y de la risueña malicia con que movía las manos y los ojos cuando abordaba el tema, pero que no me atreví a puntualizar), el Dr. Halban operó a Marie Bonaparte no una, sino tres veces a lo largo de pocos años, y por un momento la inquieta princesa parecía tan esperanzada que hasta pensó en crear y financiar una fundación que propagara las virtudes de transferir el clítoris en caso de frigidez, pero no tardó en descubrir que el supuesto remedio había fracasado. Incluso, era probable que las cicatrices, la utilización de anestesia local, la aparición de queloides en la zona operada y el efecto de los nervios cercenados, además de atrofiar la ya disminuida respuesta erótica del maltratado clítoris —a esas alturas apenas una peca arrugada—, hubiesen aumentado perceptiblemente la insensibilidad general de la pelvis.

El fracaso, afortunadamente, no afectó el respeto y hasta el cariño de Marie Bonaparte hacia Freud. Diez años más tarde, cuando los nazis austriacos lo apresaron por su condición de judío y amenazaban con enviarlo a un campo de concentración, la fiel discípula francesa envió un emisario a Viena para negociar su liberación y exilio a cambio de una alta suma de dinero. El rescate abonado alcanzó la cantidad de un cuarto de millón de dólares y Freud pudo marchar a Londres, donde

moriría unos años más tarde aquejado por un dolorosísimo y recurrente cáncer en la mandíbula.

Bueno, Sherezada, ahora sabes por qué dedico tanto
tiempo y mimos a tu vulva. Para mí, es un tema fundamental. Te sorprendió que te dijera que tu vulva es
hermosa. Lo es. Los labios mayores y menores de tu
vagina poseen un grato color rosado y no son demasiado carnosos ni excesivos. Me encanta besarlos y atraparlos con mi boca. Puse un cuidado amoroso en acariciarte suavemente el clítoris, primero con mis dedos y
luego con mi lengua, para palpar su tamaño y comprobar tu nivel de sensibilidad, que me pareció muy alto,
pero sin alcanzar ese estadio extremo de hiperestesia
que puede convertir cualquier roce en algo molesto.
Luego, delicadamente, froté tu clítoris con la yema del
pulgar mientras mi dedo medio entraba dentro de tu
vagina, como si se buscaran para unirse. Hallé una zona
rugosa, efectivamente, donde debe encontrarse el punto
G. Noté que cuando ambos dedos, sobre el clítoris y
sobre tu punto G, dentro y fuera de tu vulva, se
movían al unísono, te estremecías de placer y
entonces yo sentía que te amaba intensa-

mente. Te podrá parecer extraño, pero es posible descomponer el amor en fragmentos. Es posible amar tus senos, tus nalgas, tu vulva. Es posible, incluso, amar tu clítoris. Yo lo amo, Sherezada, porque sé que gobierna tu placer, que es, también, el mío.

Te ama,

tu Sultán

Sherezada querida:

Fue nuestra última noche, ya lo sé. Esta vez la carta te llega acompañada de un regalo: la ópera que tanto me gusta y que anoche, otra vez, escuchamos juntos mientras hacíamos el amor. Quiero que la oigas cuando, en tu país, desees evocar nuestro encuentro. Para mí quedará siempre asociada a tu recuerdo. Te voy a contar nuestra noche pasada para que te la lleves para siempre en la memoria, como hizo Ana Mijailova con la carta de despedida de Bujarin. Describir esa última noche nuestra será un ejercicio extraordinario para no olvidarla nunca. Te sorprendió que, amorosamente, antes de besarte humedeciera mis labios y los tuyos con tus jugos íntimos. No es extraño. El autor de El jardín perfumado, un árabe llamado Skeith Nefzaoui, observador acucioso de las relaciones sexuales, alguna vez se preguntó si las secreciones eran la sustancia cohesiva del amor. Tal vez tenía razón. Hay un lenguaje secreto en la recepción y el intercambio de fluidos en la pareja. También creía que lo que se buscaba con los besos no era tanto el contacto entre los labios y las lenguas, sino la necesidad de mezclar las salivas en busca de un lazo de unión permanente. Temía, sin embargo, que la hembra montara sobre su vientre, porque en esa posición las secreciones de ella podían penetrar en su pene y volverlo loco o "robarle la voluntad", como escribió en su famoso tratado.

Todos —y tú también, Sherezada— saben que Caspar Bartholino —un gran anatomista de origen danés de fines del siglo XVII— encontró y describió las glándulas que humedecen la vagina de las mujeres cuando sienten (o presienten) el menor estímulo sexual, pero lo que suele ignorarse es la razón que lo llevó a buscar desesperadamente el origen de esa fuente de placer. Fue una incandescente prostituta holandesa que se hacía llamar Madame Le Fleur, quien tenía la rara facultad de eyacular copiosamente durante el acto sexual. Bartholino nunca pudo averiguar si aquel líquido blanco que ella expulsaba salía de la uretra o de la vagina, y tampoco si era una variante del semen masculino, pero sí notó que lo excitaba tremendamente frotarse con él el miembro y el rostro, como si se tratara de un ungüento mágico.

Fue a partir de esos encuentros que, con una mezcla de malicia y curiosidad científica (Bartholino provenía de una familia de notables investigadores), comenzó su indagación, pero con una particularidad: para la descripción anatómica del fenómeno no le servían los cadáveres, así que convirtió los burdeles y las tabernas de Amsterdam en su centro de experi-

MECENATE PALACE

mentación. Acostaba desnudas a las mujeres sobre una mesa, o en el camastro de una alcoba desvencijada, les introducía los dedos en la vagina y trataba de averiguar cómo, por qué y por dónde fluían las secreciones que las lubricaban antes de los encuentros amorosos, facilitando la penetración de sus amantes.

Bartholino, sin embargo, nunca encontró las glándulas de la eyaculación femenina. Esa gloria le tocó al médico norteamericano Alexander Skene doscientos años más tarde. En cambio, Bartholino logró percatarse de un fenómeno físico que poseía importantes consecuencias morales: las secreciones que experimentaban las mujeres ante los estímulos sexuales eran totalmente instintivas y apenas tenían vínculo con su voluntad. No las preparaba para una relación amorosa consentida y deseada, sino para la eventualidad de cualquier penetración, como si la norma natural de la vida fuera el súbito apareamiento forzado por un macho excitado.

Gracias a esta observación, Bartholino pudo librar de la vergüenza y la culpabilidad que la destrozaban a una monja italiana, Sor Emelina D'Alessio, violada en su juventud por un pelotón de insaciables soldados españoles. La religiosa no podía entender por qué cada vez que uno de aquellos jóvenes y feroces militares la penetraba, a veces con empellones doloro- sos, incluso por el ano, ella respondía con una abun- dante secreción vaginal, como si realmente disfrutara y deseara lo que le estaba sucediendo. Bartholino, compasivamente, le explicó que para eso, precisamente, existían las secreciones: para facilitar todas las pene- traciones, las deseadas y las inevitables. La naturale- za, sabiamente, no distinguía.

Fui, pues, Sherezada, en busca de tus secreciones en nuestra última noche de amor. De todas. Quería mezclarlas con las mías, pero a un ritmo lento. Me has preguntado si tú eyaculas levemente. En realidad, no lo sabes. Yo tampoco lo sé. Sientes que te hume- deces, pero no puedes precisar cómo. Temes, además, que si ocurre, sea orina. Eso te aterroriza. No tengas miedo. El semen y la orina de los hombres salen por el mismo conducto. No me excita la orina de las mujeres —hay hombres que la disfrutan—, pero tampoco me repele. Es sólo un fluido. (El Emir Mustafá Edris, antes de combatir a los cristianos, durante las Cruza- das, solía bañarse en orina de las mujeres de su harén. Aseguraba que le daba fuerza y lo protegía de las espadas de los infieles.) Pero tus eyaculaciones, si suceden, no deben traer orina. Si la trajeran, si es que eyaculas por la uretra —pudiera ser por la vagi- na—, sólo sería en una pequeña proporción.

Sigo describiéndote nuestro último encuentro, como hacía Bartholino con sus amigas, para medir tus reacciones. Eso me gusta. Entraste en mi suite y terminaste de relatarme la historia triste de René y María. Te besé en los labios. Lo estabas esperando. Pero no te desnudé. Quería verte mientras tú lo hacías. Yo me acosté en la cama a mirarte. Cayó la blusa. Luego la falda. Has vuelto a utilizar la ropa interior que me gusta. Comienzas por el sujetador. Miro tus pechos. Me acaricio el pene, ya semierecto. Te quitas los panties. Ya estás desnuda. Miro tu sexo, tus caderas. Te pido que te acuestes junto a mí y que cierres los ojos. Lo haces. Acerco mi boca a tu oído y te digo que abras ligeramente las piernas y cierres los ojos. Hay algo de ordeno y mando en lo que te he pedido, como para que comiences a ser mía. Te he dicho que he percibido que te excita. Muerdo levemente tu cuello, bajo la oreja. Te paso la lengua por los labios. Abres la boca. Meto mi lengua en tu boca. Quiero saborear tu saliva. Humedezco mis dedos en mi boca y en la tuya. Te acaricio levemente los pezones.

Vuelvo a hablarte al oído. Es el momento de la boca. Mi lengua quiere distinguir el sabor de tus pezones y de tu propia secreción. Voy a jugar con tu clítoris y con tu sexo. Voy a meter mi dedo en tu sexo. Quiero que esté totalmente mojado. Comienzo a frotarte el clítoris. El roce de mi dedo por los labios de tu vagina me indica que ya estás totalmente empapada. El olor de tu sexo sobre tus senos me enloquece. Mi lengua comienza a descender por el medio de tu vientre. Te mordisqueo el pubis suavemente. Voy a jugar con tu clítoris y con tu sexo. Voy a meter otra vez mi dedo en tu sexo. Quiero que esté totalmente mojado. Comienzo a frotarte el clítoris. El roce de mi dedo por los labios de tu vagina me indica que ya estás totalmente empapada. Poco a poco introduzco mi dedo. Te acaricio bien profundamente. Puedo abrir los ojos, me preguntas. No, te respondo con mi boca muy cerca de tu oído. Quiero que sientas el contacto de mi pene erecto contra tu muslo. Te sigo masturbando y froto mi cuerpo contra el tuyo. Te pregunto si sientes unas gotas de semen en tu piel. No es verdad, pero la idea te excita. Te excita que me venga sobre tu cuerpo y, como tienes los ojos cerrados, no sabes si ha ocurrido. Te pregunto si deseas mi leche en tus pezones, en tu cuello, en tu rostro. No sabes qué decirme. La quieres dentro de ti, en tu sexo, pero también en tu piel. Tienes el coño empapado. Deseo chupártelo. Quiero sentir tu olor y tu sabor de hembra caliente. Comienzo a pasarte la lengua por el clítoris. Te pido que abras más las piernas, mucho más, y te penetro con mi lengua. Me vuelven loco tu olor y tu sabor. Te vienes otra vez en mi boca copiosamente. Siento los movimientos casi convulsos de tu pelvis. Te doy la vuelta y te coloco boca abajo. Te muerdo las nalgas. Te pido que te coloques sobre las rodillas. Te penetro fuertemente desde atrás. Abres tu sexo para sentirme bien dentro de ti. Te aprieto las nalgas. Pégame, me dices. Nunca te habías atrevido a pedírmelo. Te golpeo en las nalgas con las palmas de la mano. No quiero hacerte daño. Quiero poseerte toda. El golpe es una señal de posesión. El ligero dolor es una forma de entrega. Eres mía. Me excita y te excita. Sin sacarte mi pene, te muerdo fuertemente la nuca. Te pregunto si quieres mi leche. Me dices que sí, que te la dé. Te pregunto si la quieres sobre las nalgas, sobre el ano, sobre la espalda. Te la voy a entregar dentro de tu sexo, pero me gusta que vaciles, que no sepas dónde te causará más placer. Quiero venirme junto a ti y te lo digo. Dímelo, mi cielo, te pido. Me vas indicando que no puedes más. Yo me vengo mucho y te lo digo. Tu gritas de placer otra vez, y tienes un orgasmo convulso y largo, como en varias tandas de espasmos que te dejan exhausta. Yo me quedo sobre ti unos minutos. Quiero disfrutar de tu piel sudada. Quiero que tu sudor y el mío se entremezclen, como lo hicieron nuestras salivas, mi semen y tus jugos deliciosos e íntimos. Te abrazo frente a frente y siento que te amo mucho. Nos apretamos intensamente y así nos quedamos un buen rato.

Tras el descanso, me contaste en detalle tu sueño erótico. Yo también te hice una historia de sueños eróticos. Te pareció fascinante, dijiste, y reíste al recordar el origen de esa palabra. En Lima, a fines del siglo XVI, la monja de clausura Inés Ivitarte le contó a su confesor que el diablo se le había aparecido en su celda y la había poseído repetidas veces. Relató que sintió un intenso placer y que sus partes se empaparon repetidas veces. El confesor, para estar seguro de que el violador era el diablo y no el jardinero u otro hombre malvado, le preguntó cómo era la verga del demonio. Inés le explicó que era negra, dura, grande, fría, como con escamas. Para el confesor no hubo duda: era el diablo. Esa era su verga. Un diablo estaba suelto en Lima.

Los teólogos se reunieron. Buscaron en los libros. Santo Tomás tenía la respuesta. El diablo vivía en los sueños de los limeños. Se había materializado cuando alguien que murió en pecado había tenido un sueño erótico. Al eyacular, de ese líquido que da la vida surgió el diablo. Lo que mantenía vivo al demonio que revoloteaba eran los sueños eróticos de las personas.

Si se lograba erradicarlos, el diablo moriría por asfixia, como si le faltara el oxígeno. Entonces la Inquisición publicó una orden para todos los habitantes de Lima, la Ciudad de los Reyes: prohibido soñar. Y los inquisidores, grandes cazadores de diablos, recorrían las casas todas las mañanas preguntando si alguien se había atrevido a tener un sueño erótico. Todos, claro, aseguraban haber obedecido. Todos declaraban no haber soñado. Triunfó el ángel de la luz sobre el de las tinieblas. El diablo, indudablemente, murió o se fue a otra ciudad a buscar semen de cadáver reciente. Inés Ivitarte nunca más salió de su habitación y no parece que el diablo haya vuelto a penetrarla. La maravillosa historia la encontró el historiador peruano Fernando Iwasaki en el Archivo de Indias de Sevilla y la glosó en Inquisiciones peruanas, un libro delicioso que hice traducir al italiano.

Y ahora vamos a tu sueño. La breve descripción de tu sueño me erotizó. Me gustó ser el protagonista de tus fantasías oníricas. ¿Habías soñado, realmente, que hacíamos el amor, o se trataba de un juego tuyo para provocarme? Cualquiera de las dos posibilidades era alentadora. "He tenido un orgasmo soñando que me penetrabas", me dijiste la última noche en que nos vimos, tal vez nuestra última noche. Y luego agregaste: "Yo tomé la iniciativa. Creo que te dejé en las nalgas las huellas de mis uñas desesperadas mientras te apretaba contra mi cuerpo. Fue en un sitio comprometedor en el que había gente". ¿Sería verdad, como me asegurabas, que te habías despertado mojada y temblando tras el orgasmo involuntario, o era pura estrategia de tu juego de seducción?

Te pedí que me lo contaras con todo detalle. Pretendía dos cosas: deleitarme oyendo tus descripciones eróticas y colocarte en la posición de que tuvieras que construir situaciones que, seguramente, vulneraban tu sentido del pudor. La transgresión, Sherezada, es siempre una fuente de placer. También quería que experimentaras la otra cara de la literatura erótica. No sólo excita leer las historias de sexo. A veces concebirlas y contarlas es aún más estimulante. Pero hasta había un tercer elemento científico oculto en mi requerimiento. Según algunos neurolingüistas, las zonas del cerebro que se activan cuando se esbozan oralmente textos que pertenecen a la literatura erótica son diferentes a las que se activan cuando se lee literatura erótica. Pensaba preguntarte si habías notado alguna diferencia entre las dos experiencias. Creo que me quedaré sin saber la respuesta.

Anoche, después de despedirnos, antes de destruir tus fotos, volví a mirarlas. En una de ellas estabas reclinada en el sofá, como La Maja desnuda de Goya, aunque sin duda eras más bonita que Cayetana de Silva y Álvarez de Toledo, Duquesa de Alba, aquella española de alcurnia, viuda y ardiente, que se arriesgó a posar sin ropa y a exhibir su pubis ligeramente velloso (el primer retrato en la historia de Occidente en el que el artista se atrevía a tanto) para escándalo de la nobleza y de la Inquisición, pero para deleite de Manuel Godoy, el favorito de la reina María Luisa (esposa del amable consentidor Carlos IV), adicto incurable a la pornografía, quien le ordenara la obra a Goya para colgarla en su despacho y contemplarla fijamente antes de cada encuentro amoroso con su regia amante.

El fotógrafo te había captado con una mirada más pícara y sensual que la de Cayetana. ¿En qué pensabas? Cuando te pregunté no quisiste revelarme los detalles de tu fantasía onírica, pero me invitaste a que yo los reconstruyera. Probablemente te excitaba averiguar cómo yo me figuraba tu sueño, o tal vez cierta timidez te impedía concretar una historia tan íntima y comprometedora.

Antes de sentarme a escribir esta carta observé la fotografía durante cierto rato. Tus manos, como en el óleo famoso de Goya, se cruzaban detrás de tu nuca y sonreías levemente, pero había algunas diferencias notables. Tu cara era más bella y tu cabello no era tan oscuro. Tu piel, en cambio, visitada por el sol frecuentemente, era menos blanquecina y no tenía ese desagradable brillo nacarado con que Goya inmortalizó a su modelo. Tus piernas, además, estaban más entreabiertas que las de la duquesa, más insinuantes, y tu vientre mostraba un vello púbico, más oscuro y abundante. Tus senos eran más pequeños, pero más firmes, simétricos y bonitos, sin esa imperfecta separación que afeaban ligeramente a la aristocrática mujer inmortalizada por el gran sordo.

¿Qué habías soñado realmente? Te seguí el juego con mi fantasía, pero el reto era, por lo menos, curioso. No sólo tenía que adivinar el sueño que te excitó hasta el orgasmo: las imágenes también debían complacerme a mí para que resultara realmente erótico. Así que te imaginé durmiendo, entré en tu cabeza sigilosamente y comencé a construir la historia de un nuevo encuentro entre nosotros. Por lo menos, me habías dado un detalle: eras tú quien había tomado la iniciativa. Así que me figuré que llegaba a una habitación con paredes de cristal en la que me esperabas desnuda bajo una bata semitransparente. La gente circulaba por fuera en silencio. Sin decir una palabra, me recibías con un beso profundo, en el que tu lengua buscaba la mía

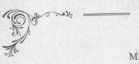

vigorosamente y, sin esperar a que yo te tocara, tu mano sin miedo comenzó a acariciarme el pene por encima de la tela, sin molestarse en bajar la cremallera. Cuando lo sentiste duro, te arrodillaste amorosamente, abriste mi pantalón y comenzaste a besarme. Primero usaste la punta de la lengua. Luego te introdujiste el pene totalmente en la boca, moviendo la cabeza suavemente hacia atrás y delante, hasta hacerme enloquecer.

Al poco rato, de alguna manera adivinaste que estaba a punto de venirme en tu boca. El deseo de hacerlo era muy intenso, pero me pareció percibir que preferías el semen dentro de ti. Quizás notaste el sabor de esa primera secreción seminal que anuncia la eyaculación, o quizás fue la expresión ansiosa de mi rostro o mis gemidos de placer, pero lo cierto es que interrumpiste súbitamente tu caricia oral, te pusiste de pie, te quitaste la bata y comenzaste a desabrocharme la camisa. Pronto estábamos los dos desnudos en la cama. Yo te dejé hacer y te dejé guiarme.

Seguiste con la iniciativa. Me besaste en el cuello y en la boca mientras me acariciabas el pene con tu mano. Tu lengua comenzó a recorrerme los pezones y bajó suavemente hacia el vientre. Me acariciaste el tórax con tus senos. Te incorporaste y te sentaste sobre mí. Los dos queríamos sentir el contacto de tu vulva sobre mi piel. Frotaste tu sexo sobre mi vientre y sobre mi pecho. Ascendiste y te colocaste en cuclillas sobre mi cara para que mi lengua te penetrara. Frotaste tu sexo contra mi rostro. Mi lengua jugó con tu clítoris y con los labios de tu sexo. Aprisionaste mi cara con las dos manos. Luego, tras un largo orgasmo, descendiste a lo largo de mi cuerpo y te frotaste contra mis piernas. Te gustó sentir la dureza de mis rodillas en tu clítoris. Yo te dejaba hacer todo lo que te complacía.

Me pediste que me acostara de espaldas. Te obedecí. Te colocaste a horcajadas sobre mi nuca y sentí el calor y la humedad de tu vagina en el cuello y una sensación tibia que irradiaba por mi cara. Me encantó. Me excitó estar empapado de tus secreciones. Comenzaste a frotarme tus senos contra mi espalda. Te sentaste sobre mi espalda, sobre mis nalgas, sobre mis muslos. Intentabas sentir mi piel en tu sexo, marcarlo. Tratabas de que cada centímetro de mi cuerpo supiera exactamente cómo era el tacto de tu vagina caliente. Yo ardía en deseos de penetrarte. Tú también.

Me acosté boca arriba. Te sentaste sobre mi pene, lo guiaste con tu mano y comenzaste a moverte. Yo entraba y salía rápidamente. O eras tú quien

entraba y salía. Así estuvimos un rato. A veces te apretaba levemente los senos o los pezones. Te viniste copiosamente. Sentí cómo te contraías, cómo te cambiaba el sabor de los besos y el color de la piel. Me encantó ver tus ojos enamorados en el momento del orgasmo. Dijiste algunas palabras obscenas. Pero yo logré controlarme y no me viné.

Comenzaste de nuevo a chupármela. Querías tener en tu boca, mezclados, el sabor mío y el tuyo. "Quiero tu semen", me dijiste. Fue entonces cuando yo, por primera vez, tomé la iniciativa. Tú estabas acostada boca arriba. Te abrí las piernas y las coloqué sobre mi pecho, para estar seguro de que la penetración fuera profunda. Entré dentro de ti primero suavemente. Dijiste, "más duro". Te hice caso. Buscábamos el punto exacto en el que el placer y el dolor se encuentran sutilmente. Tus uñas se clavaron en mis nalgas con firmeza. Gemiste de placer. Fue entonces cuando yo me vine larga e intensamente. Tú me acompañaste en el orgasmo. Luego nos abrazamos por un rato en silencio. Los dos percibíamos que el sexo nos había unido de una manera extraordinaria. Eso era la felicidad.

Es muy significativo que la última carta del Sultán a Sherezada sea la descripción de un sueño. Tal vez lo que hemos vivido haya sido sólo eso: un sueño muy hermoso que llegó a su fin.

Te ama,

tu Sultán